비가 오면 그는 만사를 제쳐두고 밖으로 나갔다.
지상을 떠난 생명체들이 빗물을 통해 통합되고
나누어지는 풍경을 지켜보는 것은
장엄한 축복이었다._ 본문 중에서

2025년 봄   박홍드림.

박 홍 장편소설

빗물 속에 영혼이 녹아 있다면

기억이란 것은 개인적인 개성의 기초가 된다.
그것은 마치 한민족 전통의 집단적 개성의
기초가 되는 이치와 같다.

- 우나무노, 『생의 비극적 의미』 중에서

빗물 속에 영혼이 녹아 있다면

―

박홍 장편소설

작가의 말

　모두가 가난한 시절에 먹고살기도 바쁜데 문학을 한다고 문학에 매달려 살았다. 좀 배웠다는 친척들은 "그만두세요, 다른데 그만큼 노력했으면 떼돈을 벌었을 거예요." 했다. 나는 그런 말을 한쪽 귀로 듣고 흘려버렸다. 힘든 노동일을 할 때도, 정신없이 바쁜 일상에 매달려 있을 때도 '모두가 나중에 문학을 하기 위한 경험을 쌓는 것'이라고 생각하면서 열심히 살았다.
　신춘문예에 몇 번 응모해보았지만, 예선에도 들지 못했다. 그러다 군대를 마치고 처음 소설을 써서『한국문학』에 응모를 한 것이 최종심 두 편 중에 한 편으로 선정되었다. 그때 金東里 선생의 심사평은 지금도 뚜렷이 기억한다. '두 작품은 최후까지 겨루게 되었으나 결국 「OO」을 취하지 않을 수 없었다. 나의 작품 "鄕邑"은 描寫力과 感覺은 순수하고 優秀하지만, 內容이 너무 貧弱하다. 작품이 조금 덜 만들어진 것도 魅力일 수 있지만 그것이 지나칠 정도라면 아무리 다른 좋은 點을 가졌더라고 내세울 수 없게 된다.'라고 했다. 그건 자신감을 심어주었다.
　그해에 월간《世代》에 응모한 중편소설이 최종심에 선정되었다. 박태순 심사위원은 "시냇물이 대하에까지 도착한 것은 아니었다."라고, 유종호 심사위원은 "作者의 才氣를 느끼게 하는 작품이나 첫머리의 긴장이 후반으로 내려갈수록 느슨해져서 균형을 잡지 못하고 있다."라고 했다. "作家가 자기의 强點과 약점을 성찰해가면서 노력한다면 才氣 있는 작가로서 성장할 가능성을 보여주고 있다."라고 평했다.

그때 나는 젊었다. 두려울 것이 없었다. 그러나 다음부터 쓰는 작품은 예심에도 들지 못했다. 나는 아직도 나의 강점과 약점이 어떤 것인지도 모른다. 소설 중편이 《문예중앙》에 예선으로 오른 것이 마지막이었다.

2010년 계간지 《시안》에 「머위쌈」 외 4편으로 등단하고 나서 일이다. 오탁번 선생이 내 소설을 한번 보자고 하셨다. 그때 나는 시에 매달려 있었고 옛날 작품 그대로 보여드리기가 싫었다. 선생님은 그 뒤로도 몇 번 더 소설을 보자고 하셨는데 결국 보여드리지 못하고 말았다. 내게 가장 후회스러운 일이 되었다. 이제 그 소설을 출판하게 되었다. 부끄럽고 후회스럽고 감개무량하다.

2025년 2월　박 홍

◐ 목 차

프롤로그 _ 8

동화 속의 주인공   13

소외의 기록들   29

혼란   41

중호의 소유물   57

사춘기   76

반항의 시기   90

서울의 변두리   103

요가의 연구   131

아름다운 것들	144
들국화 이야기	160
다시 원점으로	165
이담의 탈	175
봄의 분류	185
흐르는 물처럼	236
빗물에 녹아들 때	243

에필로그 _ 262

해설 _ 고광식(문학평론가) _ 267

prologue

 민박집 주위의 아침 풍경은 평화롭다. 가로등이 빛을 잃어가면서 골짜기마다 푸르스름하게 남아 있는 골안개가 서서히 모습을 드러내고 있다. 띄엄띄엄 떨어져 있는 민가의 굴뚝에서는 연기가 피어오른다. 연기는 바람이 없는 하늘로 곧장 솟구쳐 오르다간 주춤거리면서 다시 아래쪽으로 내려올 듯 낮게 깔리면서 옆으로 길게 푸르스름한 띠를 형성하고 있다. 이른 여름날의 아침이 시작되고 있다.
 진동계곡 쪽에서 내려오는 자동차 행상이 스피커를 틀어놓고 천천히 옮겨 다니고 있다. 시장이 먼 동네 사람들을 위해 이른 아침부터 장사를 시작했다.
 "따끈따끈한 순두부요 손두부요. 맛 좋고 영양 많은 순두부와 손두부요. 시골의 맛 손두부요 순두부요. 부산 오뎅 덴뿌라, 쌀떡볶이 도토리묵. 칼국수. 싱싱한 계란이요, 계란."
 "할머니, 할아버지 시인이잖아요."

어제저녁 서울에서 내려온 큰손주 녀석의 질문이다. 안중호의 아내는 손주 녀석의 질문이 기특하다는 듯 정색을 하고 받아준다.

"응. 그런데?"

"그러면 시 써서 이렇게 생활하시는 거예요?"

"아니다. 할아버지는 공무원 하셨다. 우리 준영이도 커서 공무원 해라."

안중호는 거실에서 대화를 듣고 있다. 벌써 아이에게 왜 그런 이야기를 하느냐고 딸아이가 핀잔을 주는데도 아내는 아내대로 아이들의 미래가 걱정인가 보다. 이제 초등학교 3학년인데 큰손주 녀석이 사회성에 눈을 조금씩 뜨는 것이 아내에겐 기특한가 보다.

"그러면 취미로 하시는 거예요?"

"글쎄, 할아버지는 평생을 해 왔는데……."

"할머니, 탈 만드는 것도 할아버지는 취미로 하시는 거예요?"

"글쎄다, 그런 걸 취미로 만든다고 해야 하나?"

"따끈따끈한 순두부요 손두부요. 맛 좋고 영양 많은 순두부와 손두부요. 시골의 맛 손두부요 순두부요. 부산 오뎅 덴뿌라, 쌀떡볶이 도토리묵. 칼국수. 싱싱한 계란이요, 계란."

"할머니 우리 순두부 해 먹어요."

"그러자."

"할머니 부산 오뎅도 좀 사요."

"그래, 그래!"

아내와 손주가 밖으로 나간 뒤에 안중호는 안방에 들어갔다. 딸아이와 사위는 아직도 잠에 떨어져 있다. 유치원에 다니는 막내 손주 녀석은 머리맡에다 스케치북을 펼쳐놓고 잠에 빠져 있다. 중호는 이 막내 놈을 볼 때마다 자신의 유년이 떠올랐다. 한 달에 한 번쯤 만나는 할아버지와는 아직도 낯가림하느라 마주 쳐다보려고도 하지 않는다. 부끄럼 때문이라고 하지만 중호가 보기엔 마음을 열려고 하지 않았다. 고집불통이었다. 어제 차에서 내리자마자 자동차 문을 발로 차고 소리를 지르고 도로 서울로 가자고 야단을 부렸던 녀석이다. 영글지 않은 토마토 같은 주먹과 발로 승용차의 문과 범퍼를 때리는 것이 예사롭지 않았다. 저희 엄마 아빠는 관심도 없다는 듯, 보지도 못한 일처럼 그냥 넘겼다. 자리가 부족하니까 유아용 의자를 치우자고 녀석의 의견을 물은 것인데 그렇게 야단을 부렸다고 했다.

작은놈은 피부도 가무잡잡하고 머리가 짱구다. 기질

과 성격이 할아버지 대에서 손자 대로 이어진다고 하더니 그 말이 맞나 싶다. 녀석은 하루 종일 자동차만 가지고 논다. 종이만 보면 자동차 그림을 그린다. 모두가 소방차와 경찰차와 119의 자동차들 그림이다. 외식을 하러 밖에 나가면 녀석을 위해 창가에 자리를 마련해야만 했다. 바깥 풍경이 보이지 않으면 바깥이 보이는 자리가 나올 때까지 기다리게 했다.

   중호는 가방을 둘러메고 집을 나섰다. 방동약수터에 물을 뜨러 가는 것이다.

동화 속의 주인공

"중호는 우리 집 식구들을 아무도 안 닮았어!"

우스꽝스런 소리를 잘하기로 동네에 소문이 난, 사촌누이 노랑각시가 시침을 뚝 떼고 중얼거렸다.

"숙모! 어떻게 된 거예요? 정말 신천교 다리 밑에서 주워 왔어요?"

중호는 더럭 겁이 나서 가슴이 조마거렸다. 이젠 거짓말이라는 것을 뻔히 알면서도 이런 얘기만 나오면 공연히 가슴이 두근거렸고, 겁이 나서 어쩔 줄을 몰랐다. 사실은 중호 자신도 주워 온 아이가 아니라는 확신이 없었던 거다. 그런데도 어머니는 중호를 바라보고 비실비실 웃고만 있었다. 중호는 화가 났다.

"정말 주워 왔다니까 그러네. 생긴 것도 다르잖아!"

가슴이 쿵 내려앉았다.

새삼스럽게 무슨 뚱딴지같은 소리냐는 듯 이번엔 큰 누이, 순자 엄마가 거들었다.

"신천교 다리 밑이 아니고 못골 다리 밑에서 주워 왔어."

"중호 진짜 엄마는 떡 장사하고 있었다면서?"

"그럼! 모찌떡 장사를 하고 있었어. 떡 장사를 해선 우리 중호를 남들처럼 키울 수 없다고 중호를 여기에 데리고 오던 날도 얼마나 울었는데? 아이고 중호야, 불쌍한 중호야 하고 눈물 콧물이 범벅이 되도록 울더라니까. 어찌나 애처로운지 차마 눈 뜨고 못 보겠더라!"

모두 중호에게 들키지 않게끔 중호의 눈치를 힐끔힐끔 살피기 시작했고, 누군가는 안 됐다는 듯 끌끌끌 혀를 찼다. 중호는 갑자기 서러워져서 눈물이 욱 솟아올랐다. 그러나 옛날처럼 목젖이 보이도록 입을 크게 벌리고 앙- 울음을 터뜨리고 싶진 않았다. 어머니의 젖가슴에 손을 넣고 칭얼거린다든가 목을 끌어안고 비비고 투정을 부릴 수도 없었다. 벌써 어머니는 경원이 누나보다도 위엄이 없었다. 중호는 입술을 꼭 말아 물고, 눈물이 핑 괴어든 두 눈에다 온 힘을 모으고서 노랑각시와 큰 누이를 노려보았다. 갑자기 귀머거리라도 되어버린 듯 귀가 멍하여졌고, 시야가 부연 물결로 출렁거렸다.

"운다-, 운다, 운다."

노랑각시와 순자 엄마는 서로 옆구리를 쿡쿡 찌르며 소곤거리다 간 킥-하고 터지는 웃음을 치마폭에 쏟았지만 중호는 방문을 쾅 닫고 마루로 나와버렸다.

밖은 깜깜했다. 별도 없이 까만 하늘에 멀리 비행장의 신호등이 깜박거리고 있었다. 텅 빈 마당엔 한차례 비라도 쏟아질 듯 음산하고 썰렁한 바람이 도둑놈처럼 술렁술렁 넘나들고 있었다. 개울 쪽에서 비릿한 물 냄새가 묻어왔다.

　무서웠지만 중호는 꼼짝하지 않고 서 있었다. 아버지 생각이 났다. 앞이 터진 저고리 때문에 안으면 따뜻한 가슴의 맨살이 먼저 닿았다.

　눈물 때문에 멀리 비행장의 불빛이 일렁거리는 것이 재미있었다. 중호는 눈물이 흘러내리지 않게 하려고 눈을 깜박이지 않는 데 신경을 쓰면서 그렇게 서 있었다.

　"달걀귀신은 허여멀쑥한 얼굴로 소리도 없이 불쑥 나타난다며?"

　방 안에서 누군가의 과장된 음성이 채 끝나기도 전에 멀리서 개 우는 소리가 들렸다.

　"워어우우으으―. 워어엉―."

　중호는 기겁해서 방으로 뛰어들었다. 모두 키들키들 웃음을 터뜨렸고, 누군가는 야단을 치기도 했다. 그러나 중호는 머리끝까지 이불을 뒤집어썼다. 숨이 가빠왔고, 가슴이 터질 것만 같았다. 눈도, 코도, 입도, 귀도 없는 달걀귀신이 소리도 없이 마루 끝에 우뚝 다가선 듯해서 놀라기도 했지만 막상 멀리서 우는 개소리에 더욱 놀랐다.

　구장 아저씨는 피란 오기 전에 살던 동네 이야기를 종종 들려주었다. 개울 쪽에서 묻어오는 냄새는 비릿한 물 내음이 아니라 쿰쿰하고 속이 뒤틀리는 악취였다고 했다. 그러면 어디에 숨어 있었는지, 산골짜기나 동네의 바깥에서 굶주린 개들의 야릇한 비명이 들려왔다. 매부리코의 뒷집 할머니는 그렇게 비명을 질러대는 개들은 시체의 맛을 보았기 때문에 눈동자부터 빨개진다고 했다. 구장 아저씨는, 그런 개들은 보는 족족 쏘아 죽였다고 했는데 어떤 개들은 뼈다귀를 문 채 달아난다고도 했다. 벌써 옛날얘기였다. 그러나 중호는 그때부터 이런 개들의 꿈을 종종 꿀 때가 있었다. 조명탄이 터지고, 투명해서 빨간 구슬과 같은 눈동자를 가진 개들이 활동사진보다 더 선명한 모습으로 방문에 비쳐 보이는가 하면 빨간 눈과 몸체는 꼼짝하지 않는데 네 개의 발만 일률적으로 움직이며 소리 없이 행진해 가는 꿈이었다. 중호에겐 전쟁에 관한 기억이 없었다.

그날 밤, 중호는 부러 자기는 그때 주워 온 전쟁고아라고 생각을 굳혀버렸다. 그러자 더한층 눈물이 쏟아졌다. 눈물과 열기로 인해 이불 속은 참을 수 없도록 후끈거렸고, 숨이 막혔다. 그는 아무에게도 눈치 채이지 않게끔 이불을 조금씩, 조금씩 벗기고 코만 빠끔하게 내밀었다. 그러자 거울 속에 비추어 보았던 자신의 초라한 모습이 떠올랐다. 촌놈처럼 시커먼 얼굴엔 마른버짐이 드문드문 생겨 있었고, 똥배가 삐져나와 있었다. 세 살 위의 형 중희는 그렇지 않았다. 삐쩍 마르긴 했으나 도회지 아이들처럼 깨끗했고, 품위가 있었다. 어떤 옷을 입어도 잘 어울렸고, 학교에선 언제나 일 등을 했다. 그래서 누이들에게서만이 아니라 다른 친척들로부터도 칭찬받고 있었다. 중호는 불쌍하고 가엾은 동화의 주인공처럼 묵직하고 느긋한 비애감에 빠져, 어느새 골골대며 그의 품속으로 찾아든 새끼 고양이를 꼭 끌어안았다. 마치 자신이 어미 고양이라도 된 듯 이상한 기분이었다. 그는 고양이의 입속에다 자신의 새끼손가락을 살그머니 집어넣었다. 딱딱해선지 자꾸만 뱉어냈다. 순간 중호는 자신의 조그만 고추를 끄집어냈다.

언젠가 발을 쭉 뻗은 중호의 발끝에 어머니의 젖무덤보다 더 보드랍고 물컹대는 것이 우북한 털 속에서 감지되었다. 발이 아버지의 핫퉁이 속으로 들어갔다는 것을 깨달았을 땐 잠을 깬 아버지가 중호의 볼기짝을 툭 때리고는 중호를 다시 품어주었다. 비록 뼈대가 억세고 수염이 따끔거렸으나 몸을 내맡긴 채 중호는 꼼짝하지 않았다. 잘못을 저질렀기 때문에 싫다고 할 수가 없었다. 머리 가죽이 자꾸만 두꺼워지는 듯했고 눈꺼풀이 파르르 떨렸고 손가락이 저절로 꼬물거리려고 했다. 등과 목이 가렵기 시작했다. 참을 수 없도록 가려워졌을 때 정신이 몸뚱이로부터 살짝 빠져나가 버렸다.

중호는 자신의 조그만 고추가 어미고양이의 젖이라 생각했다. 손가락처럼 밀어내지는 않으나 까끌까끌한 혓바닥 때문에 고추는 금방 새끼손가락처럼 딱딱하게 굳어버렸고, 아파서 참을 수가 없었다. 놀라고 당황한 중호는 고양이의 목을 꽉 눌렀다. 그리고 고양이를 이불 밖으로 내밀었다. 전신이 후들후들 떨렸다.

중호는 아버지가 있었으면 이런 사촌 누이들을 한바탕 혼을 내어주었으리라 생각하며, 조금씩 얼굴을 이불 밖으로 내밀고 잠에 빠져들었다.

중호는 8남매의 막내였다. 서너 살 터울로 중호가 태어났을 땐 이미 출가한 누이가 둘이나 생긴 뒤였다. 첫째 누이는 배다른 형제였다. 누이를 낳고 첫째 엄마가 바로 죽었기 때문에 아버지가 다시 장가를 가서 낳은 자식들이 일곱이나 되었다. 배다른 누이는 시골에 살고 있었다. 남편은 조그마한 시골 교회의 목사였고, 농사를 짓고 있었다. 그녀의 남동생 중원이 농사일을 돕는다는 명목으로 시골에서 같이 살았다. 중원이 논에 물꼬를 대러 갔다가 간질 발작으로 죽었다. 큰누이가 신중하지 못했다고, 형제들로부터 욕을 얻어먹었다. 그때부터 이쪽 집에서 왕래를 끊어버렸다.

경원이 누이의 말에 의하면 그들의 백부님이 목사였다고 했다. 부친은 백부님의 심부름을 다니면서 선교활동을 한다는 명목으로 독립운동도 도왔다고 했다. 때문에 어느 새벽 기차역에서 불심검문에 체포되었고, 감옥에서 당한 고문 때문에 장님이 되었다고 했다. 중호가 기억하는 아버지는 장님이었다.

새벽이, 갓 깎아낸 쇠 색으로 창호지 봉창을 희붐하게 밝힐 때쯤 중호는 으레 눈이 뜨였다. 호롱불 옆에서, 어머니는 밤새 불려 둔 콩을 국자로 떠서 맷돌 속에다 집어넣고 있었고 아버지는 지렛대의 이쪽 끝에다 끈을 묶어 천장에 매달고 지렛대를 밀었다 당겼다 했다. 그러면 콩이 으깨어지면서 부드럽고 감미로운 맷돌 돌아가는 소리와 함께 아버지의 커다란 그림자가 이쪽 벽에서 저쪽 벽으로 일렁거렸다. 한 번 밀었다가 당길 때마다 그림자는 이쪽 벽에서 저쪽 벽으로 건너다녔다. 중호는 일렁거리는 그림자가 재미있었다. 두 번, 세 번 그렇게 그림자를 쫓고 있노라면 다시 졸음이 몰려왔다. 부드럽고 감미롭게 돌아가던 맷돌 소리가 와그르르하고 골짜기로 굴러가는 바윗돌 소리를 냈다. 어머니가 맷돌 속에다 맹물을 거푸 퍼 넣었기 때문이다. 어떤 날은 늦잠을 자서, 어머니가 부엌에서 콩물을 끓이고 있을 때 눈이 뜨일 때도 있었다. 타닥타닥 불티 튀는 소리를 듣고 있다가 마루로 나서면 선뜩하여 소름이 돋았다. 촉촉이 젖은 마당엔 감꽃이 희끗희끗 흩어져 있었는데 자세히 보면 마루 끝에도 하얀 감꽃이 실에 꿰져 있었다. "아이구, 호야! 춥다, 춥다." 아궁이의 환한 불빛을 받은 어머니가 두 팔을 벌리고 활짝 웃고 있었다. 중호는 부엌으로 내려섰다.

식구들이 모두 일어나 두부 만드는 어머니를 돕고 있을 때 잠이 깬 적도 있었다. 콩물을 부은 삼베자루에 기다란 통나무를 걸쳐 놓고, 식구들은 양쪽에 앉아 있었다. 중호는 콩물에 간수를 치고 났을 때가 가장 재미있었다. 마치 뭉게뭉게 피어오르는 구름처럼 두부국 물은 자꾸만 어우러지면서 수만 가지의 형상을 만들어냈다. 중호는 오랫동안 통 위에 엎드리고 그것을 지켜보곤 했다. 개울 건너 논바닥에 미군부대가 들어서고 난 뒤의 어느 날이었다. 중호는 느닷없이 터져 나온 찬송가를 듣고 잠에서 깼다. 벌써 불빛에 발갛게 익은 식구들의 얼굴이 아버지를 가운데 두고 빙 둘러앉아 있었다. "만세반석 열리니 내가 들어갑니다. 창에 허리 상하여…" 찬송을 부르는 누이들의 음성은 떨렸다. 억제된 슬픔이 어떤 사명감 같은 것으로 해서 감동적이었다. 마치 문밖에서 느닷없이 터져 나온 크리스마스 새벽 송처럼 신비로웠고, 희뜩희뜩 스치는 섬광처럼 딴 세계의 희열을 안고 있었다. 그러다간 "아버지--." 하고 일제히 터지는 오열로 바뀌었다. 중호는 울음이 나오지 않았다. 아직도 잠에서 덜 깨어나 어리둥절한 그에겐 아버지에게 안겨 새벽 기차를 타러 갈 때처럼 어수선한 놀람과 신비로운 공포만이 가득 안겨 왔다. 중호는 아버지의 혼이 몸뚱이로부터 살짝 빠져나간 것이라 단정했다. 꿈을 꾸고 있을 때 얼굴에 환칠을 해두면 혼이 찾아오지 못한다고 했다. 그것은 그렇게 슬픈 것이 못되었다.

5일이나 늦게 도착한 경원은 아버지의 무덤 앞에서 몸부림을 쳤다. "아버지--. 제가 왔어요, 경원이가 왔어요. 경원이가 왔어요." 그 몸부림이 너무 처절하여서 보는 사람들이 다시 울음을 터뜨렸다. 아무도 그렇게 울지는 않았다. 중호는 발을 동동 굴렀다. 부친의 죽음이 느껴진 것이 아니라 누이의 몸부림이 무서웠다.

경원은 하얀 블라우스에 까만 스커트를 입고 있었다. 그녀는 수시로 두 남동생에게 백부와 부친의 모험담을 들려주었고, 그녀의 기대와 포부를 심어주었다.

"논산역에서 불심검문에 붙들렸어. 선교활동을 하고 있었는데 아버지는 본명을 감추고 다니셨나 봐!"

"독한 놈들이야. 움직이지 못하게 관 속에 집어넣고 고문을 했대요. 눈 바로 앞에다 눈부시게 환한 백열등을 켜 놓고 잠도 못 자게 했대. 눈을 감으면 눈꺼풀에 버팅개를 해서 눈도 못 감게 했대요."

그런 얘기를 경원이 누나에게서 들을 때면 중호는 전신이 꼼지락거려서 몸이 말을 듣지 않았다.

"누나 얘기 들어봐, 누나 얘기. 백부님은 그때 어떻게 목사가 됐는지 모르지만 목사가 되고 가장 먼저 한 것이 마지막 제사였대. 백부님은 아래로 두 동생을 데리고 선산을 찾아갔대요. 어둑어둑한 저녁 무렵에 한참을 가다가 선산에서 조금 떨어진 길가에 멈추어 서더니, 자 됐다. 저기 오신다, 모두 엎드려 절해라 그러시구는 덥석 엎드렸다는 거야. 다른 형제들도 모두 백부님을 따라 엎드렸겠지. 그리고 한참 지나서 자 됐다, 가자 그러시면서 앞장서서 집으로 돌아왔대. 그리고 정성들여 제사를 지냈다는 거야. 그리고 조상님들께 말했대요. 다음부터는 제사를 지내지 않고 추도예배를 드리겠습니다, 그때부터 우리 집은 제사를 지내지 않고 추도예배를 드렸대요."

경원은 아버지의 다른 모험담도 들려주었다.

"한번은 마산 중리에서 백부님 심부름하러 가는데 일본 놈 순사가 따라오더래. 아버지는 목수 일을 해서 몸이 좋은데다 유도를 배웠대요. 모른 척 한참을 가다가 다리 위에서 휙 돌아섰다지. 당황한 순사가 권총을 꺼내 들었대. 왜 따라오냐고 물었대. 순사는 어떻게 알았는지 백부님 편지를 내놓으라고 했대나 봐. 아버지는 편지를 건네주고 그대로 가면 내 행동을 어떻게 믿겠느냐고 여기 총 자국이라도 만들어달라고 팔을 벌리고 총을 쏘라고 했대. 순사가 겨드랑이와 두루마기 자락에 총을 쏘자 에라잇, 하고는 순사를 내동댕이치고 편지도 뺏어서 달아났대. 하하하."

또 다른 이야기. 아버지가 호랑이와 도깨비를 만났던 이야기도 들려주었다.

그녀는 전쟁 때 5육군병원에서 간호사로 있을 때의 얘기도 들려주었다. 전쟁 나기 전에는 부산에서 방직공장에 다니고 있었는데 어쩌다 프롤레타리아 운동에 관여하게 되었고, 알지도 못하는 곳으로 호송되어 심한 고문을 당했다고 했다. 눈을 뜰 수 없게 뺨을 맞아서 퉁퉁 부었다고도 했다. 사변이 터지자 반공청년회인가 무슨 부인회인가에 가담하여 부상병들을 뒷바라지했고 그러다가 간호사가 되었다고 했다. 그녀는 그때까지도 두려움을 몰랐고, 풋풋한 열정만으로 엉겨 있었다.

그녀는 미군부대에 취직했다.

어쨌거나 두 남동생에 대한 정성은 지극해서 친척들 사이에서 칭찬이 자자했고, 동네에서도 그녀의 동생들 사랑을 모르는 사람이 없을 정도가 되었다. 이런 경원이를 두고 교회에서나 집에서나 만나는 사람마다,

"이눔 자식들아! 어서 커서 누이한테 은공을 갚아야지-"

"세상에 너희 누나 같은 사람도 없다. 어느 남자가 남자라서 동생들에게 그토록 지성스럽겠냐?"

했다.

 그때마다 중호는 얼굴을 왈칵 붉히며 머리를 숙였고, 마음속으로는 꼭 그렇게 하리라 다짐했다. 중호에겐 경원이 누나가 유관순만큼이나 위대해 보였다. 감옥에도 갔다 왔고, 부상병들을 뒷바라지할 땐 무슨 신분증만 보이면 어디든 무사통과했다고 했다. 또 모든 사람으로부터 칭찬을 듣고 있으니까 말이다. 그는 경원이 누나 앞에서는 잘못을 저지른 듯 겁을 먹었고, 멀리 떨어져선 존경과 선망의 눈길로 바라보았다.

 중호는 형 중희와 함께 나란히 경원이 앞에 설 때가 가장 괴로웠다. 그는 시커먼 촌놈일 뿐 아니라 자랑거리라곤 하나도 가지지 못했기 때문이었다. 경원은 간혹, 동

 생들 공부하는 모습이나 뒤꼍에서 씨름하는 모습을 사진으로 찍어두고는 물었다.

 "우리 중희는 커서 뭐가 될래?"

 그때마다 경원은 중희를 빤히 바라보고 기대에 찬 미소를 머금었다.

 "나? 박사가 될 거야. 미국 유학도 갔다 오고…."

 "그래, 무슨 박사 될래?"

 "의학 박사, 아니 신학 박사!"

 "의학 박사가 돼야지. 누나가 말야, 무슨 짓을 해서도 미국 유학은 꼭 보낼 테다."

"그래, 쪼아-"

"누나! 나는? 나는 왜 안 물어?"

"그래, 그래. 우리 중호는 커서 뭐가 될래?"

경원의 목소리는 조금 전과는 달리 금방 위엄을 머금고 차분해졌다.

"나도 형처럼 될 거야."

그러나 중호는 신빨이 나지 않았다. 모질게 토라져 버리고 싶도록 뭔가 못마땅했다. 그럴 때마다 혼자, 햇볕이 쨍쨍 내리쪼이는 마당에서 못 치기를 했고 계집아이들처럼 공기놀이를 했다. 한여름의 오후는 너무나 고요해서 어느 외딴섬에 혼자 떨어져 있는 듯 무서웠다.

멀리서 군가 소리가 들려왔다. 전장에 나가는 사람들의 울분과 설움이 함성처럼 한여름을 쪼개며 달려왔다. 멀리 국도 위로, 질주해 가는 트럭과 함께 먼지가 하얗게 일고 있었다. 세 대. 네 대. 트럭은 먼지를 하얗게 피워 올리고 달렸다. 중원이 형도 그렇게 두어 번 징집되어 갔다가 부적격자로 되돌아왔다고 했다.

옆집의 수탉이 홰를 치면서 중호에게로 다가왔다. 또 코를 쫄지 모른다. 놈은 아이들이나 여자들에게만 달려들어 코나 입술을 물어뜯었다. 놈은 알도 낳는다고 했다. 약한 자들을 용케도 알아보는 능력이 공포심을 만들었다. 중호는 지겟작대기를 찾아들고 마구 휘둘렀다. 겁이 나서 정신없이 휘둘렀다. 수탉이 달아나기 시작했다. 몸통을 향해 작대기를 내려쳤다. 달아나는 놈을 향해 연신 허탕을 치면서도 쫓아갔다. 놈은 돼지우리 위로 훌쩍 달아났다. 작대기를 찾기 좋게 눈에 보이는 곳에 세워놓았다.

무료해서 견딜 수가 없었다. 부엌에 있는 빗자루라든가 부지깽이 같은 것들이 이상스럽게 시침을 뚝 떼고 있었다.

"야 이 도깨비 놈들아!"

중호는 꽥 소리쳤다. 혹시 빗자루나 부지깽이에 피라도 묻지 않았나? 하고 유심히 살펴보았지만 피는 묻어 있지 않았다. 밤새 도깨비로 활동하다가 낮에는 멀쩡하게 가재도구로 변신해 있다고 했기 때문이다. 도깨비는 언제나 김 상! 하고 부른다고 했다. 도깨비가 김 씨를 가장 먼저 보았기 때문이라고 했다. 중호는 안 씨였다. 그러나 눈길이 가는 곳마다 이상스럽게 고요해서 견딜 수가 없었다. 중호는 다시 막대기를 집어 들고 집을 나섰다. 왼쪽의 텃밭에서 상추의 기다란 줄기의 잎을 내려쳤다. 하얀 진이 솟아났다.

"다시는 혼자 집을 보지 않을 거야. 엄만 바보야." 어쩐지 모두가 야속하다고 느껴졌다.

미군부대에서 흘러나온 감자 박스의 엉성한 울타리 사이로 옆집의 수탉이 고개를 비스듬히 빼 들고 갸우뚱대는 것이 보였다. 무슨 생각을 하는 듯이 갸우뚱대는 것이 기분 나빴다. 마침 어머니와 누이들이 교회에서 돌아오고 있었다. 중호는 달려가서 그만 왕-하고 울음을 터뜨렸다. 어머니는 왜 우느냐고, 낮잠을 잤느냐고 물었다.

낮잠을 자고 났을 때의 그 이상스럽게 생소함 때문에 운 적이 몇 번 있었기 때문이다. 그러나 중호는 대답하지 않았다.

그는 막대기로 마루를 쾅 내려쳤다. 장독대로 가서 항아리를 두들기고, 지나가는

고양이를 붙들어서 공중에 던졌다. 어머니가 화가 나서 자꾸만 물었지만 대꾸도 하지 않고 계속 심통을 부렸다. 뭔가 그러질 않고는 화가 나서 배길 수가 없었던 거다. 결국은 어머니에게 붙들려 호되게 두들겨 맞았고, 속이 상할 대로 상한 어머니가 우는 것을 보고는 자신도 원망스러워 눈물을 흘렸다.

순자가 수탉에게 쫓겨서 징징 울며 들어왔다. 횟배를 앓아서 얼굴이 노랗게 떠 있었는데 열병을 앓고 머리까지 훌렁 빠져 있었다. 중호는 갑자기 킬킬거리며 웃음을 터뜨렸다.

그해 늦은 여름, 중호도 심하게 앓아누웠다. 순자처럼 머리가 훌렁 빠져버리지 않을까 하고 겁이 났다. 킬킬대고 웃었던 일을 후회했다. 경원이 누나가 몇 번 주사를 놓아 주었지만 밤만 되면 몸이 불덩이처럼 달아올랐고, 낮엔 기운이 하나도 없어 물에 젖은 스펀지처럼 몸이 묵직하게 풀어져 내렸다. 어떨 땐 까무러칠 것 같은 현기증에 깜짝 놀라 어머니를 찾았다. 잠시라도 정신을 한 데다 팔고 있으면 몸뚱이가 한없이 깊은 구렁텅이로 굴러떨어지는 것 같아서 이를 악물고 흐려지려는 정신을 양미간에 끌어모았다. 밧줄을 붙들고 까마득한 벼랑에 매달린 것처럼 안타까웠고 진땀이 났다. 윙-하는 귀

울이와 함께 몸뚱이가 어딘가로 둥둥 떠가는 느낌이 들 때도 있었다. 그러면 머릿속이 점점 희박해지면서 무수히 많은 점들이 나타났다. 중호는 혼이 달아나지 않기 위해 까만 하나의 점에다 의식을 집중했다. 그러나 까만 점은 아득히 먼 곳으로 달아나서 가물거렸다. 중호는 까맣게 가물거리는 점을 오랫동안 지켜보았다. 난데없이 커다란 굴뚝 도깨비로 변해 바로 옆에서 왈칵 내리 덮쳤다. 한참 후에, 윙-하는 이명과 함께 아득한 곳에서 누군가가 그의 이름을 다급하게 불러대고 있었다. 정신을 차려보면 어머니가 근심 어린 얼굴로 내려다보고 있었다. 그러나 어머니 얼굴은 벼랑 위를 올려다보듯 까마득하였고, 이상스럽게 아득했다. "아, 무서워! 엄마! 귀에서 자꾸만 소리가 들려. 이상한 소리가, 피리 소리가…." 갑자기 설움이 북받쳐 중호는 목을 놓고 울었다. 어머니는 중호를 끌어안고 다독거리며 말했다. 시쟁이가 멀리서 피리를 불고 지나가는 것이라고. 그러면 악귀가 달아나고 병이 낫는다고. 어머니는 언제나 그랬다. 시쟁이가 텅 빈 가을 벌판에서, 띄엄띄엄 쌓아놓은 노적가리 사이로 피리를 불고 지나가면 병에 걸렸던 아이들이 다시 일어나서 뛰어다니게 된다고. "옛날 옛적 춤 잘 추고 피리 잘 부는 시쟁이가 살았더란다……."

  병이 나았는데도 중호는 여전히 기운이 없었다. 대문 앞에 앉아서 텅 비어나간 가을 벌판을 바라보면 뭔가 잃어버린 느낌이 몰려들었다. 멀리서 일렁거리는 아지랑이가 간들대는 피리 소리로 바뀌어서 들렸고, 간들대는 이명이 일렁거리는 지열로 바뀌어 보이는 게 재미있었다. 중호는 다시 한번 더 아파보았으면 했다. 환자 취급을 받는 것이 재미있었다. 그가 주인공이 되었고, 다른 식구들은 그를 위해 시중을 들어주어서 몸뚱이가 묵직하고 나긋나긋하게 느껴졌다. 마치 임금이라도 된 기분이었다. 변소에 갈 때도 누이들이 따라 나왔고, 밥상 앞에 앉아서도 그는 특별대우를 받았던 것이다.

소외의 기록들

도둑놈들이 마루 밑에다 커다란 부대를 쑤셔 넣고 달아나는 꿈을 꾸고 중호는 눈을 떴다. 경원이 누이가 옛집을 허물고 뜯어고치면서 방도 더 들이고, 웅덩이를 만들어 물고기도 몇 마리 풀어놓고 마루를 길게 만들었다. 창고 건물의 맨 갓집이었기 때문이다. -+밖으로 나가 마루 밑을 살펴보고 싶었지만 무서워서 나갈 수가 없었다. 틀림없이 뭔가를 잃어버린 듯 가슴이 두근거려서 견딜 수가 없었다. 그는 뻘떡 일어나 조심스럽게 주위를 살펴보았다. 어둠 속에 식구들은 잠에 빠져 있었고, 물건들도 제자리에 놓여 있었다. 옆의 거울을 바라본 순간 중호는 머리카락이 쫘-일어서는 것을 느꼈다. 마치 벽에 구멍이라도 뻥 뚫린 듯, 희붐한 새벽이 거울 속에서 중호를 노려보고 있었다. 우뚝 선 자신의 모습은 귀신같았다. 얼른 이불을 뒤집어쓰고 크리스마스 새벽송이 들릴 때만 기다렸다. 넷째 누이는 성가대원이었다. 예배당에서 밤을 새우고 새벽에 집집마다 찾아다니며 새벽송을 불렀다.

아침에, 중호는 크리스마스트리에 달린 조그마한 자루를 보았다. 그러나 거기엔 뭐가 들어 있는지 알 것 같았다. 그보단 아무래도 뭔가를 잃어버린 듯해서 자꾸만 마루 밑을 살펴보았다. 그때까지도 가슴은 두근거리고 있었다. 마루 밑엔 아무것도 없었다. 그때야 중호는 자루를 풀어보았다. 연필과 공책과 초콜릿이 들어 있었다. "중호 너 이게 무슨 연필인지 아니?" 막내 누이가 물었다.

의외로 잉크 연필이었다. 그는 아무 데나 낙서를 해댔고, 살짝 침을 발라보았다. 선명하게, 파랗게 나타나는 잉크색이 신기했다. 무슨 글씨든 그림이든 지워버리기 싫을 땐 침으로 살짝 발라두어야겠다고 생각했다. 그러면 영원히 남아 있을 거다. 학교의 뒷벽에다 영자 바보, 똥꼬라고 써 놓으면 비가 올 테고, 그러면 그것은 더 선명하게 살아날 것이 아닌가? 영자는 맨 뒷줄에 앉는 고아원 아이였다. 중호보다 머리 하나쯤은 더 컸고, 어른스러웠다. 고아원 아이들은 모두 미제 크레용을 쓰고 있었는데, 그중에서 영자가 그림을 가장 잘 그렸다.

중호는 중희에게 잉크연필을 내보이며 자랑했다. 중희는, 아주 의젓하게 빙그레 웃었다. 그 자신만만한 웃음에서 뭔가 언뜻 집혀오는 것이 있었고, 가슴이 철렁 내려앉았다. 중희는 만년필을 가지고 있었고, 가죽 잠바를 입고 있었다. 공부를 잘하는 형이기 때문에, 경원이 누나의 엄청난 기대를 받고 있기에……. 중호는 감당할 수 없는 공포가 간밤에 꾼 도둑놈의 꿈과 함께 몰려들었다. 갑자기 뭔가를

다 알아버린 느낌이었다.

"왜 우니? 중호 왜 우니?"

"난, 난, 난, 다, 다, 다, 안, 안……."

울음 때문에 숨이 막혔다. 그래서 말이 나오지 않았다. 중호는 그냥 방바닥에 데굴데굴 뒹굴었다. 숨이 막혀서 전신이 쩌릿쩌릿하게 저려 왔기 때문이었다.

"알았다, 알았다. 잠바 사 올게, 잠바 사 올게."

경원이 누나가 서둘러 잠바를 사러 나간 다음에야 긴 울음이 쏟아졌다.

"울지 마! 병신처럼. 나 혼자 갈까 보다."

교회에 갈 시간이 되자 중희가 신경질을 부렸다.

교회는 못골에 있었다.

교회에 가려면 못골 저수지를 돌아가야만 했는데, 해마다 한두 명씩 아이들이 빠져 죽었기 때문에 여름이 시작되기 전에 으레 굿을 하는 곳이 정해져 있었다. 중호는 그곳을 지나갈 때면 저수지와 반대편에서 중희의 옆에 바짝 붙어 걸었는데도 걸음이 잘 걸리지 않았다. 귀신이 발목을 붙드는 것 같았다. 또 못골에는 차곤이와 주철이가 살고 있었다. 옛날 옛적 중국의 어느 장수가 못골을 지나가다가 못골에서 장수가 나올 것이라고 뒤쪽 산맥을 뚝 잘라버렸다고 했다. 못골의 뒤쪽 산은 칼로 자른 듯 절벽이 있었다. 중호는 차곤이와 주철이가 어쩌면 장수가 되지 못해서 그렇게 이상한 사람이 되었는지도 모른다고 생각하고 있었다. 차곤이는 얼굴이 이상스럽게 생겨서 아이들이 그를 슬쩍 쳐다만 보아도 호미나 돌멩이를 들고 쫓아온다고 했는데, 중호는 아직 차곤이의 얼굴을 한 번도 보지 못했다. 얼굴이 불에 덴 듯 쭈글쭈글하다고도 했고, 누군가는 눈과 코가 붙어 있다고도 했다. 언젠가 들판에서 일을 하는 차곤이의 얼굴을 한 번 보려고 했던 적이 있었다. 조심스럽게 살금살금 그에게 다가갔는데, 갑자기 차곤이가 시퍼런 낫을 들고 중호를 잡으러 달려오기 시작했다. 중호는 정신없이 달렸다. 차곤이가 어른이기 때문에 더 빨랐다. 자칫 잡힐 뻔했을 때 중호의 발에 날개가 돋아서 하늘로 훨훨 날아올랐다. 꿈이었다. 자동차보다도 빠르게 신발에 바퀴가 달려서 달아나는 꿈도 꾸었다. 반대로 주철이는 빈 바지게를 지고 보리피리나 버들피리를 불고 다녔다. 뭐가 그렇게 좋은지 싱글벙글 웃으면서, 계속 중얼거리면서 논두렁이나 밭두렁을 타고 돌아다녔다. 그의 뒤에는 아이들이 서너 명씩 몰려다녔는데, 중호는 주철이도 차곤이처럼 무서워서 한 번도 그 아이들 속에 끼어들지 못했다.

  중호는 울음을 그쳤다. 혼자 교회에 갈 수가 없었기 때문이다.

*

  콜타르를 입힌 까만 송판 울타리가 비틀어지고 꼬여서 안이 훤히 들여다보이는 구장네 집을 지나갔다. 울타리 안에서 눈깔이 하얀 삽살개가 중호를 노려보고 있었다. 눈깔이 하얘서 귀신도 볼 수 있다고 했다. 긴 털이 눈을 덮었는데 털 사이로 눈깔이 보였다. 중호는 못 본 체했다. 그때야 순자가 뛰어와서 그들의 뒤를 따라붙었다.

동네를 빠져나왔다. 탱자 울타리가 빙 둘러쳐진 적산가옥을 지나갈 때 순자는 눈을 사팔뜨기처럼 만들었다. 중호도 순자처럼 눈을 사팔뜨기로 만들었다. 눈동자를 코 있는 쪽으로 몰리게 만드는 것이었다. 거기엔 일본 사람들이 만든 높다란 공동변소가 있었는데 변소 귀신이 내민다는 빨간 종이나 파란 종이들이 똥통 위에 흩어져 있었다. 귀신이 사팔뜨기 앞에서는 어느 쪽으로 나타나야 할지를 몰라 망설이고 있는 순간에 지나쳐버리기 위해서였다. 중희는 눈을 사팔뜨기로 만들지 않았다. 그는 귀신이 없다고 했다.

"엄마야~"

산자락을 지날 때 순자가 소리쳤다.

"왜? 뭐야?"

순자가 가리키는 곳을 보았다. 수풀 속에 퉁퉁 불어서 시퍼렇게 얼어 죽은 갓난아이가 있었다. 무서웠다.

"왜 갖다버렸을까?"

순자가 기어드는 목소리로 속삭였다.

"양색시가 키울 수 없으니까 갖다버린 거지. 가자!"

중희가 좀 엄한 목소리로 말했다. 그들은 도망치듯 그곳을 벗어났다.

적산가옥을 지나서부터 중호는 순자와 함께 송유관 위에서 아슬아슬하게 곡예를 부렸다. 그러고는 얼어 죽은 아이에 대한 충격에서 벗어났다. 송유관은 논밭을 가로질러 미군부대로 이어져 있었다.

다음 날에야 경원은 코르덴 잠바를 사 왔다.

"중호야, 이것 봐! 이건 안에 양털이 들었어. 형 것보다 훨씬 비싸고 좋은 거야." 중호는 정말 그렇다고 생각했지만 어쩐지 부끄러웠다.

그러나 잠바를 입고 집을 나왔을 땐 신나게 노래를 불렀다.

"산타클로스 할아버지 오늘 밤에 하얀 머리털과 하얀 수염을…."

그는 대나무밭 앞의 광기네 텃밭으로 갔다.

"중호야, 얘 봐, 얘 봐!" 뒤쪽에서 대균이가 불렀다.

"남자가 어른이 돼서 여자하고 그걸 해야 아이를 낳는대! 개나 돼지처럼 말이야!"

대균이는 분통이 터진다는 듯 씨근거리고 있었다. 중호는 어제 보았던 갓난아이를 떠올렸다. 순자의 뱃속에도 영자의 뱃속에도 계란처럼 눈곱만 한 애기가 생겨 있어서 점점 어른이 되면 밖으로 나오는 것인가 하는 생각이 있었지만 어쩐지 광기의 말이 맞을 것 같았다. 지난봄에 이웃집 텃밭에서 암퇘지 다리를 꽁꽁 묶어놓고 수퇘지를 데리고 왔을 때도 그랬다. 허연 우무 같은 것이 줄줄 흘러내리고 있었다. 그러나 그건 굉장히 부끄러운 일일 것만 같았다.

"정말이란 말이야. 난 어른들이 그러는 걸 봤는데?" 광기가 말했다.

"어른이 돼서 정말 그래야 한다면 난 자동차에 치여 죽어버릴 테야."

대균이 조금은 서러운 듯 힘없이 중얼거렸다.

"나도! 나도 차에 치여 죽겠다,"

"그래. 우리 같이 죽자!"

그들은 어깨동무를 했고 중호는 다시 노래를 불렀다. "탄일종이 땡땡땡…."

노래를 부르다 말고 중호는 양털 옷 자랑을 했다.

"이건 겉보다 안이 더 좋은 거래!"

보이지 않는 보물을 간직한 것처럼 중호는 가슴이 뿌듯했다.

*

다음 토요일. 교회에선 성탄절 밤에 보였던 아이들의 유희를 가지고 미군부대에 위문공연에 갔다. 파란 눈을 가지고 도깨비만큼이나 키가 큰 미군들과 까만 흑인들이 미군용 버스 안에서부터 아이들을 끌어안고 뽀뽀해댔다. 중호는 순자와 함께 중희 옆에 바싹 붙어 있었다. 그날 교회의 아이들에겐 잔칫날 같았다. 정문을 통과한 미군용 버스가 부대 안으로 깊숙이 들어가서 아이들을 내려놓았는데, 널따란 운동장엔 헬리콥터가 한 대가 앉아 있었다. 주위로는 서커스단의 어릿광대들처럼 빨갛고, 파랗고, 노란 옷을 알록달록하게 입은 미군들이 가짜 수염과 가짜 코를 달고 어떤 사람은 산타클로스 할아버지처럼 변장하고서 먹을 것과 장난감을 나눠주고 있었다. 초를 입힌 종이팩에 부대마크가 발갛게 새겨진 우유. 납작한 통에 든 아이스크림. 색깔에 따라 맛이 다른 사탕. 눈이 커다랗게 새겨진 고무풍선. 안에 하얀 것이 든 초콜릿. 입으로 혹 불면 삑 하는 소리와 함께 기다란 것이 툭 튀어 나갔다간 다시 도르르 말려드는 피리. 고무줄. 팽이. 딱총. 줄넘기……. 보지도 듣지도 못했던 물건들을 나눠주고 나눠주고 또 나눠주어도 자꾸만 생겨나는 것 같았다. 널따란 운동장에서 아이들은 뿔뿔이 흩어졌다. 설은 아직 멀었는데도 마치 설날 아침처럼 요란하여서 중호는 꿈을 꾸는 것만 같았다. 잠시 후에 아이들은 커다란 콘센트 막사로 들어갔다. 양쪽에는 그때까지도 커다란 크리스마스트리가 세워져 있었고, 오색의 전등이 반짝이고 있었다. 미군들이 다시 가면을 나눠주었다. 아이들은 저마다 알록달록한 가면을 쓰고 고깔모자를 쓰고 삑삑이를 불어댔다. 중호는 가면을 뒤집어썼기 때문에 중희와 순자를 얼른 찾아볼 수 없었지만 걱정되지는 않았다. 그보단 조금은 뻔뻔스러워질 수가 있었다. 그날 중호는 고린도전서 13장 1절을 암송했다. 맨 마지막에 '사랑이 없으면 울리는 꽹과리에 불과하니라' 하는 데에는 주일학교 반사가 가르쳐준 대로 영어로 말했다. 미군들이 휘파람을 불었고 소리를 질렀다.

　이후로 중호는 미군들을 보면 헬로우, 헬로우 하고 손을 내밀었다. 찬란하고 아름다웠던 추억처럼 그날의 일들이 그의 뇌리에 깊이 깊이 새겨져 잊을 수가 없었던 거다. 꿈을 꿀 때도 많았다. 꿈속에서는 그날 중호가 받았던 물건들이 보석처럼 찬란하게 반짝였고 산더미처럼 쌓여서 쏟아지고는 했다. 중호는 미군부대 옆을 지날 때면 걸음을 멈추고 서성거렸다. 그날의 추억이 그를 서성거리게 했다. 간혹 미군들은 철조망 밖으로 껌을 던져주었다. 어떤 미군은 담배를 던져주고 사탕도 던져주었다.

고아원 아이들은 모두 기막히게 좋은 장난감들을 가지고 놀았다. 자동으로 책상 위를 굴러다니는 자동차, 계속 북을 처대는 곰 인형, 굴러다니는 고양이, 하모니카, 비행기, 알록달록한 구슬 같은 것을 가져와선 노는 시간에 가지고 놀았다. 계집아이들은 양초로 만든 빨간 오리새끼 인형 같은 것을 가지고 놀았다. 이런 것들을 볼 때마다 중호는 부러웠다. 중호가 가지고 있는 장난감이란 커다란 대못과 사금파리, 공책을 찢어 만든 딱지, 사방치기 하는 돌, 조갑지 같은 것들이었다. 학교 유리창이 깨어졌을 때 주워온 유리조각 사이에 달개비 꽃잎을 따 넣고 가장자리를 눌러 꽃물의 무늬를 즐기는 놀이에도 싫증이 났다. 고아원 아이들 중에 몇 명은 고아원 아이가 아닌 아이들에게 적개심을 보이며 무서울 정도로 난폭했다. 그들은 그들끼리 어울려 다니며 연필을 부러뜨렸고, 책에다 칼질해댔고, 계집아이들의 고무줄을 잘라갔다. 만약 누군가 고아원 아이들과 싸운다면 상급반 아이들까지 몰려와서 겁을 주었다. 그래서 조그만 고아원 아이들도 큰아이들에게 덤벼들고는 했는데 "난 나 하나 죽으면 끝난단 말이야!" 하고 달려들면 아무도 맞대거리를 못 했다. 그 절망적인 막말은 시장바닥이나 길거리에서 의족이나 의수를 한 상이군인들의 협

박성 막말처럼 무서웠다. 해서, 중호는 고아원 아이들의 뒤쪽이나 멀찍이 서서 그들의 장난감을 지켜보았다. 무엇보다 중호는 영자의 크레파스가 탐이 났다.

영자는 키가 크고 공부도 잘했다. 고아원 아이 같지 않았다. 고아원 아이들과 어울려 단체 행동을 하고 다녔지만 말없이 조용했고 떠들고 싸우지를 않았다. 무엇보다 그림을 잘 그렸다. 교실 뒤쪽 벽에다 붙인 그녀의 초가집 그림은 너무 아름다웠다. 볏짚의 누런색과 안쪽 그림자 진 곳의 검은 색을 두껍게 칠해서 초가지붕의 느낌을 누구도 흉내 내지 못하게끔 그렸다. 누런 황토색 속에 샛노란 볏짚을 느끼게끔 색칠했고 뒤쪽으로는 검은색을 살짝살짝 칠해서 실제의 초가지붕보다 더 아름답게 초가지붕을 그렸다. 중호는 영자의 그림을 볼 때마다 부러움과 질투로 속이 부글거렸다.

"부대 옆으로 가지 말랬잖아! 너 이모한테 일러바칠 테다."

어느 날, 교회에 가다 말고 순자가 이렇게 쫑알거렸을 때 갑자기 설움과 분노 같은 것이 왈칵 치밀어 올라 중호는 순자의 머리끄덩이를 잡아당기고 말았다.

"왜 때려, 왜 때려!"

순자는 중호의 얼굴을 할퀴었다.

그날 전도사님은 '늑대와 소년'의 얘기를 들려주었다. 하나님은 하늘에서 내려다보고 있다가 벌을 내린다고 했다.

"여러분은 모두 천당에 가야 하지요-"

전도사님은 가슴이 저리도록 얘기를 잘했다. 욕심꾸러기, 거짓말쟁이들은 모두 지옥에 떨어져서 일 미터가 넘는 숟가락으로 밥을 먹는다고 했다. 그래서 밥을 언제나 어깨 너머로 퍼 넘기는데 천당에 사람들은 서로를 먹여주어서 살이 포동포동 올라 있다고 했다.

중호는 그런 것은 별로 무섭지 않다고 생각했다. 지옥에 있는 사람들도 천당에 있는 사람들처럼 언젠가는 서로 먹여주게 될 것이고 아니면 숟가락을 짧게 잡을 수도 있었기 때문이다. 무엇보다 그는 욕심쟁이가 아니었고, 거짓말쟁이가 아니었다. 그러나 심심해서 늑대가 나왔다고 거짓말을 하게 된 소년의 얘기가 사실처럼 느껴졌고, 갈기갈기 찢어진 옷이 없었다면 소년이 늑대에게 잡아먹힌 것도 몰랐으리라는 사실이 더욱 끔찍스럽게 느껴졌다. 중호는 심심한 걸 이길 수 있는 사람은 예수님이나 공자님 말고는 아무도 없다고 생각했다. 심심할 땐 마음이 엉뚱한 곳으로 도망을 가서 지남철처럼 몸뚱이를 자꾸만 끌어당기기 때문에 몸뚱이가 무슨 일을 저지를지 아무도 모른다고 생각했다.

돌아올 땐 종소리에 맞춰 걸음을 옮겼다. 걸음을 옮길 때마다 천당, 천당 하고 되뇌어 보았는데 그러면 땡! 땡! 하는 종소리가 천당! 천당 하는 소리로 바뀌어서 들렸다. 집에 가서 야단맞을 일이 아무래도 걱정되었다. 얼굴에 난 손톱 생채기를 감출 수가 없었다.

순자 아버지 인갑이 우물가에서 뭔가를 닦달하고 있었다. 술집에서 구해온 생선이나 닭을 닦달하다가 후룩 후룩 간이나 쓸개 같은 것을 집어먹을 때 호기심과 놀라움으로 얼굴을 잔뜩 찡그리고 지켜보던 아이들이 인갑이 몸을 일으키면 놀라 달아났다가 다시 고무줄이 수축하듯이 우물가로 모여들어 지켜보고는 했다. 남자는 우직하고 잔꾀 부리지 않으면 그만이여. 그러면서 싫다고 울고불고 밥도 먹지 않는 딸을 강제로 결혼시킨 탓인지 순자 엄마는 순자 이후로는 아이를 갖지 못했다. 군수공장 피복과에 다니던 순자의 엄마는 남편 인갑이와 남남처럼 살았다. 그녀는 직장을 핑계로 아침에 집을 나갔다가 밤늦게 돌아오고는 했다. 다행히도 인갑은 폭력을 행사하지는 않았다. 인갑이 아들을 하나 낳아서 데리고 오고부터 그녀는 집을 나가버렸다. 인갑은 기다렸다는 듯이 여자를 데리고 와서 같이 살았다.

중호는 순자 아버지에게 들키지 않으려고 우물로부터 멀리 떨어져서 집으로 돌아왔다.

혼란

    유민과 난민들이 모여들어서 형성된 뒷골 마을. 축구장만큼 커다란 운동장을 가운데 두고 시커먼 창고 건물이 띄엄띄엄 세워져 있었다. 군데군데 텃밭이 있었고, 단독주택들도 있었다. 운동장 한쪽 구석과 논밭 쪽으로 전쟁 때 망가진 자동차들이 쌓여 있었다.

    군데군데 공동 우물이 있었다. 우물 속은 깊고 어두웠다. 우물에서 흘러나오는 허드렛물은 작은 도랑을 만들면서 마을의 가장자리로 흘러갔다. 작은 도랑은 동네의 모든 우물과 연결되어 있었다. 집집마다 부엌 옆으로 개숫물을 버리는 작은 도랑이 있었다. 돼지우리에서 흘러나온 물은 간장색을 띠고 있었다. 그 물도 가장자리로 흘러가서 도랑물이 되었다. 외진 곳엔 물이끼가 끼어 있었고 여뀌가 수북이 자라는 곳도 있었다. 미나리와 수크령이 자라는 곳도 있었다. 도랑은 합쳐지는 곳마다 조금씩 넓어지면서 마을 밖으로 흘러갔다. 마을 밖에서는 신작로를 따라 흘러가다가 못골에서 흘러나오는 개천에 흡수되면서 갈대와 버들개지와 쑥과 풀을 키우면서 민물고

기들을 키우고 있었다.

어둠은 먼저 뒤쪽 골짜기로부터 슬금슬금 뻗어 나와서 외진 곳에 먼저 자리 잡았다. 마을의 골목골목으로 잠입해 올 때쯤이면 대청의 서까래 아래 메줏덩이리 뒤에, 휑하게 열린 변소 안에, 닭장과 돼지 우리 안에 어둠은 이미 까맣게 몰려 있었다. 대개의 집들은 문을 걸어 잠갔고, 그러면 으레 구수하고 무시무시한 얘기들이 사랑방이나 안방에서 시작되었다.

양조장 술 배달을 하는 광기 아버지는 어느 날 녹초가 되어서 돌아왔다. 누군가가 마을 앞에서 김 상! 하고 부르더라고 했다. 돌아보아도 사람은 없고 휑뎅그렁하게 바람만 술렁이는데 걸음을 옮기려고 하면 또 김 상 하고 부르고, 돌아서면 다시 부르고……. 어쩌다 돌아서니 등 뒤에 구척장신이 우뚝 서 있었단다. 중호는 바짝 긴장해서 눈을 깜박이며, 가슴을 졸이며, 귀를 하발통처럼 열고 얘기에 빠져들었다. 미칠 것만 같았다. 오줌이 마려운 듯 가슴이 옥죄었다간 긴 안도의 한숨과 함께 맥이 빠졌고, 이내 얘기는 서서히 손에 땀을 쥐게 했다. 도깨비는 한쪽 발밖에 없기에 왼쪽으로 넘겨야 한다는 것은 상식적인 얘기였다. 중호는 분통이 터졌다. 청도깨비가 아니면 조금도 무서워할 필요가 없다고 했지만, 호두를 깨무는 소리에도 놀라는 도깨비라고 했지만 중호는 모든 도깨비들은 일단 경계하고 보아야 한다고 생각했다. 불을 켜고 다닌다는 등불도깨비도 재미있었고, 홑이불을 쓰고 다니는 홑이불도깨비, 굴러다닌다는 달걀도깨비, 더벅머리도깨비, 삼태기도깨비, 멍석도깨비도 재미있었다.

"옛날에 한 젊은이가 장에 갔다 오는 길에 산에서 도깨비를 만났대. 도깨비가 씨름하자고 하더래. 젊은이는 씨름해서 여러 번 이겼대. 약이 오른 도깨비는 자꾸 대들었고, 젊은이는 도깨비가 다리가 하나밖에 없다는 것을 알기 때문에 덤빌 때마다 다리를 감아서 넘어뜨렸더니 나중에는 달아나고 없더래."

도깨비는 키가 커서 하반신은 안개나 어둠에 싸여 보이지 않고 상반신만 까마득하게 하늘 높이 구름 위에 솟아 보인다고도 했다.

중호의 머릿속에는 다양한 도깨비들이 살고 있었다.

"옛날 한 사람이 길을 가다가 어둠침침한 곳에서 달걀도깨비를 만났다는구먼! 달걀도깨비는 달걀처럼 생겨서 땅 위로 데굴데굴 굴러다닌다는 거야. 길 가던 사람들은 갑작스런 일이라 굴러가는 것을 바라만 보고 있는데 달걀이 차츰 커져서 하늘에 닿을 만큼 커졌다간 갑자기 내리쏟아지면서 사람을 덮쳐버린단다. 그 사람들은 대개 기절해버린대요."

힘이 세고 장난이 심한 도깨비도 있었다.

"얼마나 힘이 센가 하면 잔치를 준비하는 집에 가서 밤새도록 부엌에 들락거리며 덜거덕거리는 소릴 냈으나 두려워서 아무도 나가 보지를 못 했단다. 이윽고 날이 새어 부엌에 나가보니 쇠로 만든 솥뚜껑은 종이쪽처럼 솥에 들어가 있고, 떡시루는 뒷간에 갖다 놓고 삶아놓은 국수는 뒷동산 소나무 위에 여기저기 걸려 있고 외양간에 황소가 없기에 찾아보니 지붕 위에 있었다고 하네."

놈들은 심술도 많았단다.

"도깨비들의 장난이 심해서 농사를 지을 수가 없었단다. 밭에다 돌을 실어다 놓고 논에 물꼬를 터놓고, 심술이 이만저만이 아니었다지. 그래서 주인이 논에 나가 올해는 돌도 많고 물도 없으니 농사가 잘되겠다고 크게, 크게 중얼거렸단다. 이튿날 아침에 나가보니 논에는 물이 가득하고 돌은 하나도 없었다. 그래 주인은 쇠똥은 거름이 안 되고 더럽기만 하다고 투덜거리고는 이튿날 나가보니 쇠똥 개똥이 논에 가득해서 그해 풍작을 거두었다고 했다."

도깨비가 사람 성 씨 중에서 김 씨밖에 모른다는 것이었다. 도깨비와 김 씨는 무슨 친근성이 있는 듯 비가 내리거나 어둠침침하면 흔히 "김 서방 나올 때가 되었다든가, 또 김 서방 놀기 좋겠다."라고 말하면 틀림없이 도깨비가 나타난다고 했다.

"어느 시골에 인색하기로 유명한 영감이 살았단다. 어느 날 저녁에 누가 창밖에서 돈 닷 냥만 꾸어달라고 하더래. 인색한 영감은 웬일이지 선뜻 돈을 꾸어주었대요. 그날 밤부터 어느 떠꺼머리총각이 와서 돈을 갚고 가는데 웬일인지 밤마다 닷 냥씩 주고 가기에 영감은 곧 부자가 되었대요. 어느 날 가족에게 부자가 된 까닭을 이야기했는데 마침 도깨비가 지나가다가 이 이야기를 듣고 생각하니 제가 돈을 꾸어갔으나 한 번 갚으면 되는 것을 날마다 갚았다고 생각하니 건망증 때문에 도깨비는 가난해지고 영감은 부자가 되었다는 것을 알았지. 도깨비는 화가 나서 그날 밤에 제 돈으로 산 영감의 땅을 떼어간다고 밤이면 야단법석을 부리고 논에 돌을 산더미처럼 쌓아놓으며 여기저기 말뚝을 박아서 영 농사를 지을 수가 없게 만들었다고 했다."

 키가 크고 허리가 구부정한 구장 아저씨가 들려주는 도깨비 얘기는 너무 재미있었다.

 이런 것은 예배당에서도 마찬가지였다. 예배당은 마을의 여느 큰 집보다 별로 크지 않았다. 목사관과 종지기의 집은 아직 초가 그대로였고, 예배당에만 함석을 올려서 마을의 방앗간보다 조금 큰 집이었다. 그리고 한쪽 담은 아직 돌담이 남아 있었는데 어쩌다 돌담 사이로는 뱀이 기어 다닐 때도 있었다. 낮 예배 때엔 제법 사람들이 북적거렸으나 밤 예배 때엔 대개 썰렁했고, 침침한 불빛만큼이나 가슴 조이는 곳이었다.

 수요일 밤이었다. 말갛게 닦인 석유램프가 설교단 앞과 신발 벗는 곳에만 매달려 있었고, 스무 명 남짓한 아이들이 설교단 바로 아래에 옹기종기 몰려 있었다.

 "여러분, 마귀가 어떻게 생긴 줄 아시죠?"

 "예~~"

 "예."

 대답하는 아이는 두어 명밖에 되지 않았다.

 주일학교 반사는 잠시 뜸을 들였다가 천천히 마귀의 형상에 대해

설명했다. 머리엔 두 개의 뿔이 솟아 있고, 이마엔 자동차의 뒷불처럼 빨간 눈을 한 개만 가진 마귀가 언제나 예배당 밖에서 서성거리고 있었다. 밖은 깜깜했다. 중호는, 온몸의 신경을 바늘처럼 곤두세우고 귀는 예배당의 마당만큼이나 활짝 열려서 바람 소리라든가 나뭇잎 구르는 소리를 좇아 쉴 새 없이 옮겨 다녔다. 자잘한 돌멩이와 담벼락의 낙서까지도 그림처럼 환히 떠올려보았지만 까만 어둠밖에 아무것도 없었다.

"마귀는 천사가 하나님을 배반해서 변한 거예요. 하나님이 하늘 위에서 여러분을 내려다보듯이 마귀도 여러분의 마음을 환히 들여다보고 누가 하나님의 말씀을 잘 듣지 않게 생겼는가? 누가 나쁜 짓을 잘하게 생겼는가? 하고 눈여겨 두었다가 여러분이 교회 밖으로 나오면 여러분 속으로 살짝 숨어드는 거예요. 마귀는 하나님의 성당 예배당에는 들어올 수 없잖아요?"

그때 설교단 왼쪽 창 아래에 시체의 맛을 본 들개들만큼이나 빨갛고 투명한 눈초리가 중호를 뚫어지게 노려보고 있는 듯해서, 흠칫 놀란 중호가 그쪽을 보았다. 빨간 눈이 얼른 창 아래로 숨어 버렸다. 중호는 자신도 모르게 소리를 질렀다. 주일학교 반사는 중호를 바라보고 빙긋 웃어 보인 뒤에 한층 신이 나서 얘기에 열을 올렸다. 중호는 온몸이 옥죄어들었고 달달달 떨려서 견딜 수가 없었다. 오줌이 마려웠고, 보지 않으려고 해도 눈이 자꾸만 설교단의 왼쪽 창 쪽으로만 쏠렸다. 밖에서 서성거리고 있을 마귀는 중호가 교회 밖으로 나오기만을 기다리고 있는 듯싶었다.

　이날 이후로, 중호는 마귀가 자신의 뒤를 쫓고 있을지도 모른다는 생각을 떨쳐버릴 수가 없었다. 길을 가다가도 갑작스레 뒤를 휙 돌아보곤 했다. 방 안에서도 나풀거리는 머리카락이나 실밥 같은 것들이 없나 하고 유심히 살펴보았다. 중호는 마귀도 도깨비처럼 등거리를 입고 있어서 그 모습을 감추고 있는 것이라 믿고 있었는데, 혹시 등거리가 낡아서 그런 것들을 내보일지도 모른다고 생각해서였다. 그런데 한 번도 마귀나 도깨비를 발견하지 못하자 휙 돌아서는 순간에 그들이 놀라 숨는 것이라 단정했다. 3학년이 되고부터 중호는 예배당 안에서도 갑작스럽게 뒤를 획획 돌아보았고, 어떨 땐 '삐꼬땡!' 하고 이마에 별이 번쩍하도록 꿀밤을 먹였다. 보이지 않는 하나님의 시선이 어떤 날은 무척이나 갑갑하게 여겨졌는데, 깜짝 놀란 하나님이 얼떨떨해서 멍해진 사이에 멋대로 좀 해 보고 싶어서였다.

　밤은 중호에게 찬란한 황금의 시간이었다. 언제나 우연히 도깨비방망이를 얻게 되어서, 아니면 모세의 지팡이를 얻게 되면서부터 중호의 상상은 날개를 펼쳐나갔다. 중호가 가장 먼저 만들어내는 것은 고아원 아이들이 가지고 노는 장난감이었다. No 1, 혹은 No 3 하는 노란 미제연필을 산더미처럼 쌓아놓았고 형형색색의 크레파스도 창고에다 가득 쌓아두었다. 마당에도, 마루에도, 방에도 움직이는 장난감들이 제멋대로 굴러다녔다. 그가 아는 모든 장난감을 만들어놓은 후에 그 장난감으로부터 새로운 장난감을 만들었다. 고아원 영자처럼 초가지붕을 실제의 초가지붕보다 더 멋있게 그리는 인형을 만들고, 공기놀이하는 고양이도 만들고, 방귀를 붕붕 뀌면서 돌아다니는 코끼리도 만들고, 도깨비와 싸우는 인형도 만들었다. 이런 것들이 모두 다 만들어지면 어머니와 누이들에게, 중희와 순자와 동네의 친구들에게 그가 만든 장난감들을 듬뿍듬뿍 안겨주고 중호는 혼자 길을 떠나는 것이었다. 도깨비방망이가 있기에 그에게는 이제 장난감 같은 것이 소용없었다.

산을 넘고 강을 건너다보면 호랑이를 만났다. 호랑이에게도 중호는 산더미처럼 먹을 것을 만들어주었다. 그러면 호랑이는 중호를 잡아먹을 필요가 없었다. 토끼나 사슴을 만나면 끝없는 초원을 만들어주었고, 나비나 새들을 만나면 꽃밭과 숲을 만들어주었다. 그의 도깨비방망이는 어느새 요술의 구슬이나 알라딘의 램프로 변해 있었다. 한강과 압록강을 건너면 언제나 요단강이었다. 요단강은 눈물처럼 번쩍번쩍했고 거미줄처럼 얽혀 있었다. 요단강을 지났는데도 중호는 아버지를 만날 수가 없었다. 너무 오래되어서 아버지의 얼굴이 지워졌기 때문이다. 그가 가지고 있는 불로초나 죽은 사람을 살리는 약초는 소용이 없어졌다. 문득 갈릴리 바닷가에 수천의 사람들이 중호를 기다리고 있었다. 중호는 그 사람들 모르게 속임수를 썼다. 떡 나와라 뚝딱! 물고기 나와라 뚝딱! 그 사람들이 기도를 드리고 있는 사이에 떡과 물고기는 순식간에 쌓였다. 그러다가 중호는 예쁜 공주를 만난다. 무료한 낮 동안에도 막대기를 들고 두들기다보면 중호는 환상 속으로 빠져들 때가 있었다. 모세는 이스라엘 백성들에게 양을 잡아 죽여서 그 피를 문에 바르라고 했다. 그럼으로써 나쁜 병마가 침입하지 못하게 했다. 뒷골 사람들은 해마다 동지 팥죽을 쑤어서 대문 옆에다 쏟아두었는데 액운을 물리치기 위해서였다. 그러나 대문에다 칠한 사람들은 없었고 대개 대문 기둥에 찔끔 버려두었는데 그것은 기분 나쁜 것이었다. 해서 중호는 그런 사람들은 데리고 오지 않았다. 하나님이 아브라함을 부르듯이 중호를 불렀다. 보리짚 덤불 속에 기다란 지게 작대기가 있었다. 중호는, 어떤 계시라도 받는 듯이 그것을 집어 들고 한길 건너 웅덩이로 가서 쾅- 하고 내리쳤다. 순식간에 웅덩이 물이 갈라졌다. 그러나 웅덩이 속에는 깡통과 고무신짝과 돌멩이들이 너무 많아 건널 수가 없었다. 그는 모세처럼 두 손을 들고 하나님께 기도했다.

"하나님! 이 불쌍한 백성들을 무사히 가나안 땅으로 인도하여 주십시오." 중호는 예수님이 정말 바다 위를 걸어서 건너갔을까? 하고 생각했다, 어쩌면 사명대사처럼 가랑잎을 타고 건넜을지도 모른다고 생각했다. 그는 으슥한 곳에다 지게 작대기를 던져버렸다. 지게 작대기는 수많은 독사로 변해 악당들을 향해 돌진했다. 그는 뛰었다. 어느새 애굽 군대가 또 뛰어오고 있었다. 그는 붉은 구슬을 한 개 던졌다. 구슬은 불이 되어 활활 타올랐다.

눈깔이 하얀 구장네 삽살개가 중호를 보고 숨이 넘어가게 짖어댔다. 눈깔이 하얀 개는 귀신까지도 볼 수 있다고 해서 모든 아이들이 겁을 내고 있었다. 구장네 개는, 광기네 뒤쪽 대밭을 보면 언제나 으르렁거렸다. 순자가 마당에서 채송화를 옮겨 심고 있었다. 중호는 구장네 삽살개가 요사이 들어 자기만 보면 으르렁대고 짖어대는데 아무래도 몸속에 마귀가 들어와 있는지 모르겠다고 말했다. 순자는 무당을 불러서 굿을 해야 한다고 했다. 순간, 중호는 모든 것이 거짓말일지 모른다는 생각이 들었다.

"순자 넌 정말 귀신이 있다고 생각하나?"

중호는 정색하고 물었다. 순자는 중호를 빤히 바라보다가 말했다.

"그렇찮구! 길례 할아버지를 봐!"

중호는 가슴이 철렁했다. 길례 할아버지는 언제나 변소 주위를 맴돌면서 그르렁대는 가래침을 아무 데나 퉤퉤 뱉곤 했다. 어느 날 초저녁. 어둠이 서늘한 그림자처럼 몰려들었을 때 길례 할아버지는 변소 문 앞에서 거품을 물고 죽어 있었다. 순자는 변소 귀신의 시커먼 털 손이 할아버지의 간을 끄집어냈기 때문이라고 했다.

순자는 뱀을 보면 손부터 감추는 법을 가르쳐주었다. 손을 뒤로 돌려 엄지와 검지를 감추는 것이었는데 동네의 몇몇 아이들이 그러고 있었다. 그러나 중호는 그러지 않았다. 뱀이 중호를 보고 혓바닥을 날름거렸는데도 손가락이 썩지 않았다. 중호는 아이들이 손을 뒤로 감추는 이유를 아담과 이브의 선악과와 연결했다. 주일학교 반사는 사람의 목에 튀어나온 울대도 선악과를 따먹던 아담이, 아담아- 하고 하나님이 부르는 소리에 놀라 목에 걸린 것이라고 했다. 중호의 목엔 아직 울대가 튀어나오지 않았다. 중호는 사람의 좋고 나쁨을 목의 울대를 보고 구별하는 버릇이 생겼다. 대개 삐쩍 마르고 성질이 못된 사람들이 목의 울대가 많이 튀어나와 있었다. 5학년 1반 선생님도 그랬고 경원이 누나를 종종 찾아오는 남자도 그랬다. 중호는 평생 울대가 튀어나오지 않았으면 좋겠다고 생각했다. 그리고 중국의 어느 장수가 몽골 뒤쪽의 산맥을 자르긴 했지만 중호 자신이 이 고장에서 난다는 장수가 되었으면 하고 은근히 바랬다.

그해 겨울에 중호는 처음으로 3등을 했다. 어찌나 좋은지 집에까지 날아갔으면 싶었다. 교문을 나서자 수양버드나무가 쭉 늘어선 길을 아이들과 함께 걸어 나올 때까지는 꾹 참고 있었다. 그러나 그 길을 벗어나자 논두렁 위로, 개울의 꽁꽁 언 얼음 위로 마구 달렸다. 아이들의 눈을 피할 때까진 순자와 따로따로 떨어져 걷다가도 개울을 지나서부터 대개 기다렸다가 같이 가고는 했는데 그날은 순자도 기다리지 않았다.

집에 경원이 누나가 아파서 누워 있었고 어머니는 옆에서 병간호를 하고 있었다. 군용 철 침대에 누웠던 경원은 성적표를 보자 갑자기 눈물이 핑 괴어 돌아누웠다. 죽은 중원이 형도 머리가 좋았고, 중희도 중호도 모두 머리가 좋다면서 울음을 터뜨렸다. 어머니마저 훌쩍거리는 것을 보고 중호도 코끝이 찡해 왔다. 경원이 누이는 요즘 종종 앓아누웠다. 집 안에 감도는 이상한 느낌이 느껴졌다.

막내 누이는 지독히도 공부를 못했다. 공부에 관심이 없었다. 초등학교도 마치지 않은 채 성냥 공장과 신발 공장에 다니다가 경원이 누이가 야간 고등학교에 집어넣었다. 그래서 그런지 공부보다는 학교 근방의 골목이나 빵집에서 남학생들과 어울려 놀다가 들어오곤 했다. 어떨 땐 남학생들을 향해 사쿠란보! 하고 우산으로 찌르려고 할 때도 있었다.

"누나, 사쿠란보가 뭐야?"

"몰라!"

"사람을 협박하는 거야?"

"몰라!"

"그런데 왜 우산으로 찌르면서 그러는 거야?"

"몰라. 그냥 장난으로 그러는 거야. 넌 뭐가 그렇게 궁금한 게 많아? 저리 가!"

중학생이 된 중희는 누이들로부터 용돈을 얻는 듯했는데, 그래서 '밀림의 왕자'라든가 박기당의 귀신 나오는 만화를 종종 빌려오곤 했다. 더구나 밀림의 왕자에서 커다란 지네나 독거미, 혹은 슬슬 기어서 사람이나 짐승들을 옭아 잡아먹는 열대식물은 중호에게 새로운 상상의 문을 열어주었다. 그날 중호는 용돈을 한 푼도 얻지 못했다. 다른 식구들도 경원이 누이를 따라 중희는 어른처럼 대우했고 반대로 중호는 어린애로 취급했다. 남자라곤 단 둘밖에 없는데 이렇게 차별대우를 하는 것은 너무하다는 생각이 들었다.

그 무렵, 중호는 군용 철침대 밑이나 으슥한 곳에 들어가서 중희나 막내 누이의 미술책을 훔쳐보다가 잠이 들곤 했다. 어떤 날은 다락에 올라가서 책을 보다가 잠이 들 때도 있었다. 그림책은 그런 데에 숨어서 보아야 재미도 있었고 오래 바라볼 수 있었다. 중호는 막내 누이의 미술책이 더 좋았다. 그중에서 고갱이라는 사람이 그린 그림이 좋았다. 웃통을 벗어버린 원주민들이, 보지도 듣지도 못한 나무 아래에 찐한 색깔로 시원하게 그려져 있었고 빨간 나뭇잎과 이상스런 꽃과 장밋빛으로 색칠해진 무릎 높이의 시냇물 속에 서 있는 그림도 있었다. 그림은 색깔이 찐했다. 환한 햇빛도 있었고, 싱싱하고 가슴 두근거리는 그림도 있었다. 어느 날은 모든 그림책을 몽땅 다락에 올려두었기 때문에 아침에 책을 찾아서 수라장을 벌릴 때도 있었다. 중호는 책을 가져가는 날도 있고 가져가지 않는 날도 있는 형과 누이가 부러웠다.

"누나-. 타히티섬이 어디야, 타히티섬-."

어느 봄날 저녁에 중호는 막내 누이에게 물었다. 막내 누이는 멀뚱하게 중호를 바라보다간.

"타이티?" 하고 반문했다.

"누나 책에 있던데? 고갱이라는 사람이 살았다는 데야!"

"고갱?" 막내 누이는 다시 반문했다.

"야이!" 중호는 신경질이 나서 소릴 질렀다. 중희가 옆에서 대답했다.

"타히티는 남태평양에 있는 폴리네시아 섬야."

"폴리네시아가 뭐야?"

"그건 나도 몰라!"

중호는 폴리네시아가 무척 좋고, 싱싱하고, 환상적인 무엇일 거라고 막연히 믿었다. 어느 일요일 오후. 중호는 아무도 모르게 다락에 올라가서 미술책을 뒤적거리고 있었다. 그때 중희가 "이 새끼 여기 있을 거야. 우라 우라 우라--." 그러면서 다락문을 왈칵 열었다. 중호는 중희가 다락문을 열고 그런다는 것을 알았다. 그런데도 열대우림에서 머리에 왕거미 껍질을 뒤집어쓴 토인추장의 주문을 외고 있었다. 중호는 기겁해서 뛰어내렸다. 하늘을 나는 듯 뛰었다.

어릴 때, 앓아누웠을 때처럼 아득한 곳에서 누군가가 그의 이름을 불러대고 있었다. 이어 쌀뜨물 같은 것이 입으로 흘러들었다. 쌀뜨물은 금방 그를 현실로 불러내었다. 그는 누이의 침대 아래에서 끄집어내어져 있었고, 다락에서 침대까지 뛰어온 것이 거짓말 같았다.

"아휴! 이 바보!"

그런 장난을 다시는 하지 않겠다고 경원이 누나로부터 종아리를 맞고 난 중희는 밖으로 나오자 금방이라도 중호를 두들겨 팰 듯 으르렁거렸다.

6학년이 되고부터 중호는 가방이 묵직해졌다. 학교에서 과외수업을 하기에 대개 깜깜해서야 돌아오고는 했다. 피곤했고, 묵직한 가방 때문에 몸뚱이가 더한층 묵직하게 느껴졌는데 공부를 많이 했기 때문에 뿌듯하게 안겨드는 보람처럼 살짝 무거운 것들이 기분이 좋았다. 경원이 누나는 또 한 번 배를 움켜쥐고 끙끙거렸다. 중호는 이제 막다른 골목이라 생각했다. 저토록 배가 아픈데 시집을 가지 않고는 배겨낼 수가 없을 것 같았다. 어쩌면 시집을 가지 않고 중희와 중호를 뒷바라지하겠다던 약속을 지키지 못해, 꾀병을 부리는 것인지도 모른다고 의심이 없지도 않았지만 그런 예감부터가 싫었다. 매부가 될 사람은 누이와 같은 미군부대에 다니고 있었는데 해군사관학교를 나왔다고 했다. 중호는 해군사관학교를 졸업한 사람이 왜 미군부대에 다니고 있는지 궁금했지만 아무튼 매부 될 사람을 좋아하지 않았다. 이젠 믿지 않지만, 한때 그렇게 생각해서 그런지 목에 툭 튀어나온 울대도 보기 싫었다. 코는 매부리코로 끝이 살짝 구부러졌고, 기생오라비처럼 날씬했다. 그의 아버지가 전당포를 했다고, 일본어를 유창하게 했고, 대학을 다니다가 사관학교에 들어갔다고 했다. 중희가 다니는 학교의 역사 선생도 그의 친구라고 했다. 그는 중호를 보고 종종 물었다.

"이놈이 기특하단 말야. 아직도 침대 밑에서 공부하나?"

중호는 얼굴을 왈칵 붉혔지만 대답하지 않았다. 매부가 되고 싶어서 중호에게 알랑방귀를 뀌는 거라고 무시해버렸다. 그는 중희에게도 역사 선생의 근황을 묻고는 했는데 자신의 존재를 과시하려는 의도가 묻어 있었다. 그럴 때 중호는 마당에 앉아서 채송화의 수술에 새끼손가락을 갖다 대고는 했다. 채송화에 새끼손가락을 갖다 대면 벌레처럼 와 몰리는 수술의 접촉작용이 신기하고 재미있었다. 아직 아무도 몰랐고, 중호 혼자만이 아는 비밀이었다.

　여전히 교회에서 신방을 나온 사람들은 언제나 같은 얘기를 되풀이하고 있었다. 누구는 어느 부흥회에서 불의 성령을 받았고, 누구는 방언의 성령을 받았고, P시로 나갔던 김 장로님은 누군가가 자기 이름을 자꾸만 부르는 것 같아서 버스에서 내렸는데 잠시 후 그 버스는 기차와 충돌했고, 누구는 백일기도를 해서 폐렴이 나았고…… 하는 얘기들이었다. 중호는 그것을 믿어야 할지 믿지 않아야 할지 아리송했다. 사촌누이 노랑각씨가 그런 얘기를 떠벌리고 있었는데 언제나 똑같은 얘기들이어서 중호는 관심이 없었다. 그해 크리스마스에 경원이 누이는 약혼식을 올렸다.

　약혼식을 올리고 얼마 되지 않아서 뒷골의 집을 팔고 P시로 이사를 했다. 경원이의 남편이 신발 공장을 차렸다가 망해버렸기 때문이었다.

중호의 소유물

　새로 이사를 간 집은 위로 기차가 지나는 굴다리에서 조금 떨어진 곳이었다. 그곳에도 미군부대가 있었다. 그러니까 미군부대 입구에서 이백 미터쯤 떨어진 곳에 경원이 누이는 전셋집을 구했다. 조그만 가게가 달린 집이 중호는 맘에 들지 않았다. 유리창에 단팥죽, 우동, 생과자라고 써 붙인 가게가 너무 빈약해서 부끄러웠다. 방이 두 칸밖에 없었고, 가게 옆의 대문으로 들어가면 일본 관사처럼 커다란 주인집이 있었다. 이웃집과의 경계에 돌담이 남아 있었다. 돌담 옆에 제법 큰 밭이 있었고 한쪽에 조그마한 화단이 있었다. 중호는 이사했다는 변화 때문에 불만을 불만으로 알지 못했다. 경원은 어머니를 데리고 서울로 올라갔다.
　중학생이 된 중호는 맨 앞에서부터 아홉 번째에 앉았다. 모자가 커서 빙글빙글 돌았고, 소매가 길어서 한 번 접어 올려야 했다. 경원이 누이는 금방 클 테니까 괜찮다고 하면서 서울로 가버렸다. 막내 누이는 그래도 제법 의젓하다고 했다. 막내 누이는 다시 공장에 취직하고 그 위의 누이가 가게를 보았는데 가족들 누구도 가게에 들어오지 못하게 했다.

중희도 집이 마음에 들지 않는지 아예 교회에서 살다시피 했다. 평일에도 여학생들과 어울려 교회 마당에서 서성거렸고, 탁구를 했다. 작곡을 한다고 오르간을 붙들고 씨름할 때도 있었고, 성가 연습을 한다고 굵직한 베이스 음으로 우으으아 하는가 하면 토요일에는 등사기로 주보를 밀었다. 차룡이라는 친구와 짝꿍이 되어서 서로가 작곡한 곡을 서로가 부르고 비교하기도 했다. 오페라의 아리아와 세계의 민요가 모두 발췌된 음악책을 집으로 가져와서 연습할 때도 있었다. 중호는 중희를 따라다니고 싶어서 안달이 났다. 그러나 중희는 중호를 귀찮아했다. 중희는 벌써 거뭇한 수염이 코밑에 돋아나고 있었다. 꽉 조여들어서 터질 듯 팽팽한 바지를 만들었다. 잠잘 때 이불 밑에다 바지를 깔았다.

"형! 작곡은 어떻게 하는 거야?"

"몰라도 돼."

중희는 퉁명스럽게 대답했다.

"왜 내가 몰라야 해? 가르쳐주면 안 되나?"

"피아노나 오르겐 정도는 다룰 줄 알아야 해. 머릿속에 떠오른 멜로디를 음으로 찾아내야 하니까. 숙달되면 바로 그 음을 악보에 옮길 수 있겠지만 처음에는 그런 악기가 있어야 해! 그쯤만 알아."

"……"

"그런 뒤에 리듬을 만들고 화음도 넣는 거야. 나도 지금 배우는 중이야."

"형! 그리고 말야, 귀신은 정말 있는 거야?"

그때 학교 도서관에서 빌려온 '크리스마스 캐럴'을 읽고 있었기 때문에 중호가 물었다.

"또 귀신 이야기야? 넌 귀신에 대해 왜 그리 알고 싶은 게 많으냐?"

"귀신이 없으면 하나님도 없을 거 같아서."

"뭐라고? 귀신이 없다고 하나님이 왜 없냐?"

"귀신이 없으면 영혼도 없을 거고 영혼이 없으면 하나님도 없지 뭐."

"넌 참 단순하다. 귀신하고 영적 존재는 다른 문제야. 영혼은 영적 존재지만 귀신은 지상에 떠도는 죽은 사람의 환영이야."

"……."

"우리나라 기독교인들은 아직도 자연적 현상을, 우리 선생님 말씀을 따르면 자연적 개연성을 종교적 기적으로 생각하는 것이 문제야."

"천당이나 지옥에 가지 못하고 이승에서 방황하는 혼이 귀신이라잖아?"

"그건 천도교나 불교에서 말하는 거야. 혼이 없다면 어떻게 되겠어? 사람의 존재가 무슨 자연 번식하는 생물이나 박테리아처럼 변하잖아? 사실은 나도 확신은 없어. 이제 그런 것 그만 물어."

중호는 아무래도 귀신과 영혼이 아리송했다.

중희는 교회에서 학생회 회장직을 맡고부터 더 집에 붙어 있지 않았다. 해서 중호는 대개 혼자 있었다. 집에 혼자 있을 땐 영어 숙제를 했다. 그는 영어공부가 재미있었다. 영어 선생은 그날 배운 교과서를 무조건 외워 오라고 했다.

중호는 어쩌다 생긴 돈으로 길가에서 파는 미모사, 데이지, 판지, 채송화 같은 꽃을 사다가 두어 평 되는 꽃밭에다 심어놓고 학교에 가기 전이나 돌아와서 쪼그리고 앉아 꽃을 관찰했다. 신기했다. 거의 매일이다시피 분홍 꽃망울이 터지고 빨간 꽃잎이 솟아나기를 가슴 졸이며 기다렸다. 굳게 닫혔던 꽃망울이 밤새 파아란 껍질을 열고 얇디얇은 꽃잎을 솟아냈을 땐 감동과 경이와 신비로움으로 가슴이 아슬아슬했다. 이윽고, 이런 것이 중희가 말하는 창조주의 무엇이라는 것일까? 하는 데까지 중호의 막연한 생각들이 비약했다. 중호는 어른이 되면 널따란 정원에 수만 가지 꽃을 심고 가꾸리라 마음먹었다. 그는 우장춘 박사처럼 되고 싶었다. 중희가 물려준 교과서에서 중호는 '큰바위 얼굴'을 읽었는데 가장 먼저 떠오른 생각이 뒷골에서 못골로 이어지는 산맥을 끊어버렸다는 중국의 어느 장수 이야기였다. 낮엔 그렇지도 않았으나 밤에 불을 끄고 자리에 누우면 자신이 그렇게 되지 않을까? 하는 기대감으로 잠이 잘 오지 않았다. 그래서 결국은, 누군가를 존경하고 사모하면 그렇게 닮아가는 것인가 보다고 중호는 결론을 내렸다. 그의 꿈은 어느새 목장주가 되는 것이었다. 젖소를 꼭 열 마리만 키우고 과수원도 장만하리라. 아니, 자그마한 산을 하나 사서 글라디올러스와 장미와 튤립으로 온 산을 가꾸어 놓으리라. 열대식물과 미모사 숲과 바나나와 야자수도 심어야겠다고 생각했다. 그러나 실지로는 팬지나 채송화, 들에 피는 오랑캐꽃을 더 좋아했다. 자그마하고 앙증스런 꽃이 화려한 장미나 칸나, 달리아, 스위트피 같은 것들보다 더 애착이 갔고 더 사랑스러웠고 더 많은 비밀을 간직한 듯해서였다. 어쩌다 그는 가는 초대의 팬지꽃을 밟아버린 일이 있었다. 연약한 초록 꽃대가 무참히 이겨진 것을 보았을 때 자신의 실수로 갓 태어난 하나의 생명을 짓이겨버린 듯 아깝고 안타까워 눈물을 흘렸다. 중호는 닭도 꼭 열 마리만 키워야겠다고 생각했다. 옆집에 사는 주인아주머니가 피란을 오기 전에 널따란 과수원에 닭을 풀어먹이고 있었는데 아침마다 소쿠리를 들고 달걀을 주우러 다녔다고 했다. 중호는 그것이 무척 재미있다고 생각되었다. 그러나 그는 옆집 아주머니가 싫었다. 일제 강점기 시대에 일본 유학까지 다녀왔다고 했는데 중호가 다니는 교회의 집사였다. 타래를 머리카락 속에 집어넣고 매번 똑같은 모양으로 머리를 해 올리고는 성경과 찬송을 가슴에 끌어안고 얼굴을 쳐들고 천천히 걸어 다녔다. 그 아주머니에겐 급한 일도 없는 듯싶었고 중요한 일도 없는 듯싶었다. 뭐든 자신만만한 듯해서 중호는 공연히 화가 치밀었다. 놀랍게도 그녀는 중호 백부님의 이름도 알고 있다고 했는데, 중호는 허풍이라고 생각했다. 그리고 누이들에겐 왜 이렇게 사느냐, 왜 화장을 그렇게 찐하게 하느냐 왜 손톱을 기르느냐 하고 일일이 간섭해댔다. 중호에겐 간섭하려고 아주머니가 거짓말을 하고 있다고 생각되었다. 중호는 그 아주머니만 보면 속이 뒤틀렸다.

중호는 학교생활이 썩 맘에 들지 않았다. 누이들이 납부금을 제때 주지 않았기 때문이다. 시험 때면 시험을 보지 못하고 집으로 쫓겨 돌아온 적도 몇 번 있었다. 납부금을 내지 않았다고 시험을 치지 못하게 할 때도 있었다. 이젠 좋은 성적을 가져와도 칭찬해 주는 사람도 없었다. 누이들은 모두 연애하고 있었다.

중호는 굴다리 위의 철로로 해서 학교까지 걸어 다녔다. 학교는 꽤 멀었는데 시내 가운데의 산비탈에 있었다. 한때 중희가 중호에겐 선망의 대상이 되었듯이 이젠 준태가 그 자리를 대신하고 있었다. 준태는 중호보다 머리 하나는 더 컸다. 코밑이 거무스름했고 뼈대가 어른을 닮아가려고 제법 굵직굵직해지고 있었다. 무엇보다 평균 삼사 점씩 많은 점수로 언제나 일등을 차지하고 있었다. "조그만 게 아등바등 열심이야!" 준태는 간혹 중호의 머리를 쓰다듬으며 귀엽다는 듯 토닥거렸다. 그때마다 거부감이 일었지만 그렇다고 화를 내고 싸울 수도 없었다. 머리를 끌어안고 굴밤을 먹이는 시늉을 할 때도 있었다. 그럴 때면 중호는 얼굴을 붉혔고 가슴까지 발개질 정도로 부끄러웠다. 학기 초부터 아무리 버둥거려도 준태를 따라갈 수가 없었다. 준태는 간혹 청소당번에서 중호를 빼줄 때도 있었다. 학교 매점에서 빵을 중호에게 건네줄 때도 있었다.

"아냐, 괜찮아. 나 안 먹어!"

그러면 준태는 키들거리며 굴밤을 먹였다.

준태의 손가락은 이상스럽게 길었다. 주먹을 쥐고 긴 검지를 펴서 까딱까딱 대며 아이들을 지적할 때 중호는 간지럼을 타듯 웃음이 터졌다. 준태는 큰아이들하고만 놀았고 어른 흉내를 내려고 했다. 그럴 땐 중호에겐 아무런 관심도 보이지 않았다. 오히려 중호를 무시하는 듯 눈길 한 번 주지 않았다. 중호는 서운하고 야속해서, 다음 학기에 꼭 그를 물리치고 일 등을 해야겠다고 생각했다. 일 등을 한다면, 그도 중호를 좀 더 의젓하고 점잖게 대해 주리라, 중호는 기를 쓰고 버둥거렸다.

그러나 그해 가을쯤 해서 가게는 문을 닫았다. 누이가 자살한다고 소란을 피웠다. 경원이 애기를 업고 내려왔고 누이들을 야단치고 울고불고, 한바탕 소란을 피웠다. 옆집 아주머니는 천천히 걸어와서 점잖게 말렸다. 경원은 밤새 눈이 퉁퉁 붓게 울었다. 누이들의 남편 될 사람들을 불러 타협을 보았고, 며칠 뒤에 중희를 데리고 서울로 올라갔다. 가던 날 경원이는 몇 달 뒤에 중호를 데리러 오겠다고 울음을 터뜨렸는데, 중호는 그 울음에 감동했다.

중호는 막내 누이와 한방에 기거했다. 가게를 보던 누이의 남편 될 사람은 미군부대를 잠깐 다녔던 모양인데 역시 놀고 있었다. 서울에서 대학을 중퇴했다고 했다. 민물낚시를 좋아해서 대나무를 다듬어 낚싯대를 만들었다. 중호도 밤낚시를 몇 번 따라가 보았지만 너무 시간을 많이 빼앗겨서 그만두었다. 생활은 말이 아니었다. 중호는 지난여름부터 학교에 돈 한 푼 내지 못하고 있었다. 아침 끼니를 굶고 학교에 갈 때도 있었다.

"꼬마야! 너 공부 너무 하나 보구나. 안색이 좋지 않은데?" 준태가 놀렸다.

꿈도 꾸었다. 준태가 널따란 운동장에서 중호를 넘어뜨리고 키들키들 웃으며 달아나는 꿈이었다. 부끄럼과 모욕감 때문에 한동안 일어날 생각하지 않고 누워서 울었다. 운동장은 점점 넓게 번지고 사막처럼 변했다. 무서워서 잠이 깼다. 그 무렵, 검둥이처럼 시커먼 기화라는 친구와 단짝이 되어 학교까지 철로 길을 걸어 다녔다. 기화의 아버지는 쌀로 과자를 만드는 가내공업을 하고 있었고 생활은 넉넉한 편이었다. 기화는 제법 거뭇거뭇한 거웃이 그 둘레에 돋아나 있었는데 그것을 자랑하고 싶었는지 소변을 보고 나서 그것을 꺼내어서 흔들어 보이곤 했다. 기화는 시험 때 같이 공부하다 말고 간혹 그것을 내보이며 자랑했다. 기화의 방은 지저분했다. 법대를 나와 사법고시 공부를 하는 삼촌과 방을 같이 쓰고 있었는데 쌀가마니가 한쪽 구석에 쌓여 있었고, 옷가지들이 벽마다 아무렇게나 걸려 있었다. 기화는 쌀가마니에 비스듬히 기대어서 말했다. 기화는 음담에 대한 이야기를 쉴 새 없이 늘어놓았다. 시골에 살다 와서 그런지 시골 사랑채에서 농사꾼 남정네들과 연관된 음담들이었다. 중호는 어둠 속에서 눈을 뜨고 그것을 만지작거렸다. 누군가가 문구멍으로 그를 노려보고 있는 듯해서 가슴이 두근거렸고 숨이 가빴다. "야! 꼬마야, 너?" 준태가 그를 보고 길다란 손가락을 가리키며 놀라는 모습이 떠올랐고, 기화가 어둠 속에서 다정한 동료나 되는 듯 팔을 걸치는 것도 상상했다. 장막을 쳤던 어둠들이 얼른얼른 드러나는 듯한 느낌 뒤에 부끄럼과 수치심과 텅 빈 공허가 스멀스멀 기어 다녔다.

중호는 어둠 속에서 꼼짝하지 않고 누워 있었다. 집엔 아무도 없었다. 대균이와 함께 차에 치여 죽기로 하고 어깨동무를 하던 일들이 한꺼번에 떠올라 둥둥 떠다녔다. 이젠 뭔가를 알 것 같았지만 슬픔이 몰려왔다. 순간 버릇처럼 하나님이 이런 자신의 모습을 내려다보고 있을까 하는 생각이 스쳤지만 이내 피식 웃고 말았다.

결국 학교는 그만두어야만 했다. 계속 월사금을 내지 못했고, 벌을 서듯 교실 뒤쪽에 서 있는 것이 부끄러웠다. 준태나 기화에게 말 한마디 못 하고 학교를 그만둔 것이 못내 아쉬웠다.

그해 겨울. 중호는 딱딱하고 단단한 껍질 속으로 숨어 버린 듯, 더 단단한 무엇으로 자신을 감추고 싶은 충동뿐이었다. 깊게 움츠러든 달팽이처럼 밖으로 나가기가 싫었고 누구와 만나기도 싫어했다.

*

그들은 더욱 외진 변두리로 이사를 했다. 중호는 대본점에서 책을 빌려다가 밤새워 읽기 시작했다. 그것밖에 아무것도 할 일이 없었다. 다행히도 대본점 주인은 한때 문학의 꿈을 품었던 사람이라고 했다. 『압록강은 흐른다』라든가 『토니오 크뢰거』, 『갯마을』, 『학원』 같은 책들을 가지고 있었다. 헤르만 헤세의 책들에 중호는 매료되었다. 『데미안』과 『지와 사랑』을 읽고는 잠들지 못하고 꿍꿍거렸다. 이런 책들의 독파는 내성적인 중호에게 턱없는 자존심을 키워 놓았다. 여전히 푸른 초원과 과일나무와 꽃으로 가꾸어진 에덴동산 같은 목장을 상상했고, 그 속에서 이런 책이나 맘대로 구해 읽었으면 더 바랄 것이 없다 싶었다.

그해 겨울은 유달리 추웠다. 어느 날 책을 빌리려고 대문을 나서던 중호는 애기를 업고 골목에서 서성거리는 옆집 소녀를 보았다. 겨울인데도 맨살 종아리를 내놓고 있었는데, 그건 이른 봄날 새싹을 보았을 때처럼 신선한 아름다움을 간직하고 있었다. 가슴이 쿵쾅거렸다. 소녀는 갸름한 얼굴에 입술이 꽃처럼 붉었다. 중호는 이 소녀에 대해 안절부절못했고, 송판울타리 사이로 소녀를 훔쳐볼 때면 가슴이 빨개지는 것 같았다. 그러나 부끄럼 때문에 소녀를 자꾸만 피했다.

무엇보다 그는 자신의 이런 감정을 허락할 수가 없었다. 먹고 살기도 힘든데, 공부도 못하고 이렇게 빈둥거리고 있는데 옆집 소녀에 대해 이런 감정에 사로잡혀 있는 자신을 인정할 수가 없었다. 혀를 깨물고 싶었다. 누이들은 둘 다 공장에 다니고 있는데 대학을 중퇴했다는 매형은 낚시질만 다니고 있었다.

　새로운 관심의 대상이 생긴 것처럼 중호의 내부에 변화가 일었다. 꼭 소녀 때문이라고는 할 수 없지만 중호의 미래를 펼쳐져 보이는 동기가 되었다. 미래에 대한 기대가 잠시도 그를 가만있게 하지 않았다. 다시 학교에 다니고 싶었다. 머리를 싸매고 공부도 하고 싶었다. 부끄러움이 껍질을 깨는 것처럼 우지끈하고 용기가 솟구쳤다.

　중호는 같은 집에서 세를 살고 있는 상필이란 아이에게 부탁했다. 상필은 중호보다 나이가 많았지만 존댓말을 쓸 만큼 어른스럽지는 못했다.

　"뭐든지 해야만 할 것 같애. 네가 다니는 직장에 말 좀 해 주라."

　상필은 자동차 정비 공장에 다니고 있었다.

　"힘들어. 아무나 할 수 있는 게 아니야."

　상필은 그가 힘든 일에 단련됐음을 은근히 과시하려 했다. 무엇 때문인지 다 같이 가난하게 남의 집에 살고 있는데도 중호를 힘든 일과는 거리가 먼 사람처럼 취급하고 있었다. 중호는 상필의 체격이 부러웠다. 중호는 머리만 커다랗고 아직 어린 티를 벗어나지 못한 자신의 체격을 알고 있었다.

　"너처럼이야 못 하겠지만……. 그래도 오야지에게 한 번 물어나 봐!"

처음 일하러 가던 날 중호는 각오를 단단히 가졌다. 그날 그는 커다란 철판을 붙들고 서 있는 일을 했다. 그러면 중호보다 나이가 많은, 아직 기술자가 되지 못한 청년이 망치로 쾅당쾅당 철판을 두들겼다. 드럼통을 잘라서 땅바닥에 놓고 무수히 망치질해서 시발택시 자동차의 뚜껑을 둥그스름하게 만드는 작업이었다. 그렇게 둥그스름해진 철판을 세워서 두들기므로 망치 자국을 없애는 작업이라고 했다. 그는 아무것도 생각하고 싶지 않았다. 넘어지지 않으려고 있는 힘을 다해 철판을 붙들고 있었다. 귀가 윙윙 울려서 귀마개를 했다. 며칠 뒤에는 택시의 뚜껑을 씌우는 작업이었는데 그는 하루 종일 모루라는 쇳덩이를 위에서 망치질하는 자리에다 받쳐댔다. '리벳'이라는 알미늄 못을 납작하게 만들어 철판을 고정하는 작업이었다. 간혹 모루를 떨어뜨린다든가 팔에 힘이 빠져 단단하게 받쳐주지 않으면 욕설과 함께 기술자가 내려와서 주먹질을 했다. 기술자는 호리호리한 몸매였고, 허리가 길고 연철처럼 유연했다. 스물을 조금 넘긴 듯 앳돼 보였다. 중호는 지옥이 따로 없다 싶었다. 아침마다 코피를 쏟았고 얼굴이 푸석푸석 부어 있었다. 그는 아침저녁 지옥을 드나드는 듯한 이 생활을 잊기 위해 멍청해지는 수밖에 없을 것 같았다. 남들은 탈 없이 잘 배겨내고 있었다. 중호는 아무 데도 관심을 가지지 않았고, 아무 데도 관심이 쏠리지 않았다. 쉬는 날 꽃밭에 쪼그리고 앉아 꽃잎을 들여다보며 꽃잎의 보드라운 질감에 심취하였고, 길을 가다가도 꽃이 만개해 있는 집 앞을 지나갈 땐 걸음을 멈추고 기웃거렸다. 아름다움에 대한 집착이 그를 지탱했다. 한 달 만에 중호는 그곳을 그만두었다.

목형공장은 중호의 집에서 4km쯤 떨어진, 막내 누이의 친구 집이었다. 목형 일은 별로 힘들지 않았다. 아교풀을 끓이고, 사포질해대는 일이었다. 간혹 주물공장이나 어느 회사에 도면을 가지러 심부름하곤 했다. 기술자들은 모두 세 사람이었는데 일본 사람들 밑에서 기술을 배운 사람들이었다. 가장 나이가 많은 신 씨는 아버지처럼 중호에게 자상하였는데 또 그만큼 완고하였다. 그들은 잘못 다루면 망가지기라도 하는 무슨 귀한 물건을 다루듯 연장을 다루었다. 그뿐 아니라 교인들이 성경책을 다루듯 연장들이 일상에서 차지하는 비중이 엄격했다. 수시로 연장 때문에 일을 할 수 있는 것이라고 암기시키려는 듯 강요했다. 그들은 사람이 일을 하는 것이 아니라고 했다. 연장이 일을 하는 것이라고 되풀이해서 말했다. 중호는 그게 싫었다. 사람이 연장을 가지고 일을 하는 것이라고, 마음속으로 계속 고집을 피우면서 일을 했다. 연장들은 윤이 반짝반짝 나게 닦여서 솜이나 우단 헝겊에 싸여 소중하게 보관되었다.

목형공장에서 조금 떨어진 주물공장으로 심부름을 가는 것은 언제나 신나는 일이었다. 아무에게도 간섭받지 않은 홀가분한 시간이기도 했지만 단조로운 일상과는 다르게 웃통을 벗어젖힌 사람들이 땀으로 번들거리는 모습이 보기 좋았다. 어른들이 땀을 뻘뻘 흘리는 모습은 좀체 볼 수 없는 풍경이지만 믿음직스러웠다. 몇몇 사람들은 불룩한 그곳을 내보이며 팬티만 입고 일을 하고 있었다. 불끈불끈 솟아오르는 근육들 뒤에 감추어진 힘이 아름답게 보였다.

여름부터 신 씨는 중호에게 대패 날이나 끌을 숫돌에 가는 법을 가르쳐주었다. 연장의 날을 숫돌에 밀착시켜서 공간이 생기지 않게끔 하고, 일정한 속도로 '밀었다 당겼다'를 반복해야만 했다. 한여름에 하얗게 건조해버린 뜰을 바라보듯이 끊임없이 되풀이되는 권태와 무료, 대패 날을 가는 것은 그것을 견디는 것이었다. 이글거리는 지열 속에 몇 송이의 흰색 채송화는 마치 사막에 핀 선인장꽃만큼이나 소중하고 안타까운 느낌이었다. 그 위로 더위에 허덕이는 주물공장 사람들의 땀에 범벅이 된 몸뚱이가 어른거렸다. 그렇게 사는 것이 아름다운 것인지 판단이 서지 않았다.

"야이, 간나이 새끼! 대패 날을 예다이 두고 어디 갔나이……."

기술자 신 씨의 고함과 함께 난데없이 나무토막이 날아와서 아교통을 들고 가는 중호의 팔을 때렸다. 러닝셔츠만 입은 중호의 옆구리로 펄펄 끓는 아교물통의 물이 튕겼다.

중호는 비명도 지르지 못했다. 상상에 빠져서 그는 무슨 일을 하는 줄도 모르고 있었다.

러닝을 들추자 익어버린 살점이 엉겨 있었다. 견딜 수 없는 권태로움이 마음의 뚜껑을 닫아버린 뒤의 말쑥함만 내세우고 있었다. 순간, 성경을 가슴에 끌어안고 다니던 옛날 옆집 아주머니의 모습이 떠올라 중호는 깜짝 놀랐다.

그의 마음속에도 그런 것이 도사리고 있었다.

그는 어떻게 처신해야 할지 몰랐다. 그렇게 겨울을 맞이했을 때, 뜻밖에 경원이 누이가 내려왔다. 중희는 해군부사관학교에 들어갔다고 했다. 중호는 갑자기 중희가 보고 싶어졌다.

경원이 누이는 서울에서 50여 리 떨어진 P읍에서 여전히 미군부대에 다니고 있었다. 남편과는 별거 중이었고, 어머니와 3살짜리 아들과 함께 단칸방에서 전세를 살고 있었다. 중호의 어머니는 머리가 하얗게 세어 있었다.

주인집은 화물차 한 대로 생활을 하고 있었다. 널따란 마당 뒤쪽에 오래된 한옥이 자리 잡고 있었다. 몇 주 후에 중호는 주인집 아주머니의 양해를 얻어 마당 한쪽 구석에서 토끼를 키우기 시작했다. 어미 토끼를 샀기 때문에 다음 달엔 한꺼번에 새끼를 낳았고, 금방 스물 몇 마리로 불어났다. 시 해설서와 꽃 재배법이란 책도 샀다. 경원이 누이에겐 더욱 죄스러움을 느꼈다. 그녀는 낮에 전화교환수로 근무했고, 밤엔 웨이트리스 일을 한다고 했다. 여전히 머리를 지끈 동여 묶고 하얀 블라우스를 입고 다녔는데 그런 경원이 누나를 볼 때마다 중호는 땅속으로 기어들고 싶을 만큼 송구스러웠다. 경원이 누나의 남편이 공직에 근무할 수 없는 이유를 중호는 그때에야 알았다. 배를 가지고 월북하려다가 붙들렸기 때문이란다. 우연히 흑백 사진 한 장을 보고 중호가 물었다. 흰색 해군장교 제복을 입고 갑판 위에서 찍은 사진이었다. 흰색 제복이 카메라의 노출을 어렵게 만들었기 때문인지 시골에서 갓 올라온 사람처럼 매형은 촌스러웠다.

중호는 눈만 뜨면 토끼의 그 빨갛고 앙증스런 눈동자가 어른거려 토끼장 앞으로 달려갔다. 빨간 눈을 가진 하얀 털의 놈이나 까만 눈을 가진 회색 털의 놈이나 모두 모두 초식동물의 그 순한 눈초리로 중호를 바라보았는데, 그러면 오금이 저리듯 그 순한 것들을 위해 모든 것을 송두리째 쏟아버리고 싶은 충동으로 집을 나서는 것이었다. 마치 힘없고 가난한 자식에 대해 어머니가 지니는 무한한 애정과 헌신이 이런 것인가 하는 생각도 들었다.

그도 어느새 땅은 속이지 않는다든가, 주인을 향해 꼬리치는 똥개의 볼품없는 모습에 대한 예찬론이라든가 하는 것에 조금씩 공감하고 있었다. 평범한 일상에 대한 고마움 같은 것이었다.

개울을 지나 더없이 넓은 벌판에서 그는 혼자 풀을 뜯었다. 포대자루를 둘러메고 토끼가 가장 좋아하는 클로버나 자운영, 질경이만을 찾아 벌판을 누비고 다녔다. 좋아하는 것을 위해 최선을 다한다는 것. 그게 얼마나 행복한 일인지 그는 아직 깨닫지 못하고 있었다. 별다른 생각이 없었다. 스물 몇 마리나 되는 토끼들의 그 눈동자를 떠올리면 온몸이 그대로 죄어드는 듯했을 뿐이다. 그래서 저만큼 클로버밭이 보이면 포대자루를 털썩 내려놓고 풀을 뜯었다. 풀을 다 뜯고 나면 다시 뒤뚱거리며 포대자루를 둘러메고 벌판을 휘둘러보았다. 간혹 꽃다지, 바람꽃, 바이올렛 같은 것들이 보리밭

이랑이나 산자락에서 그의 발걸음을 멈추게 했지만 별로 지체하진 않았다. 언젠가 막내 누이와 함께 보았던 "에덴의 동쪽"이라는 영화에서처럼 켈리포녀포피라는 노오란 꽃이 들판에 깔려 있다면 얼마나 좋을까! 하고도 생각해 보았다. 머리를 젖히고 까맣게 높은 하늘에서 울어대는 종달새를 지켜볼 때도 있었다. 오전보다는 오후에 더 많은 풀을 뜯었다.

"어이, 어이, 토끼 그것 한번 붙여보자!"

어른이 다 된 화물차 조수는 이렇게 중얼거리면서 중호에게 다가왔다. 주인이 없으면 혼자 차를 몰기도 했는데, 그러다가도 기름 냄새를 풀풀 날리며 중호에게 다가오곤 했다. 중호도 조금씩 운전에 관심이 생겼다. 운전해서 먹고살 수도 있을 것 같았다.

가을에 중호는 감리교회에서 운영하는 고등공민학교에 들어갔다. 미군부대 하우스보이가 2명이나 되었고 바텐더가 1명, 고아원 아이가 1명이고 인쇄소에서 일하는 아이와 그냥 집에서 노는 아이들이 서너 명 되었다. 나머지는 여학생들이었다. 여자아이들도 돈 많은 친척집에서 부업일을 하든가 아이들을 돌보아주든가 했다. 모두가 중호보다 나이가 많았고, 여자아이들도 두어 살씩은 많았다.

중호는 그 아이들과 어울리고 싶지 않았다. 그리고 너덧 달밖에 남지 않은 검정고시를 통해서 고등학교에 들어가야겠다고 다짐했다. 그러나 그가 처음 학교에 간 날 그의 소문은 아이들 사이에 쫙 퍼져 있음을 알았다. 중호는 그것이 그가 다닌 중학교 때문이라는 것과 그들에겐 중호가 정상적인 코스를 밟아온 선망의 대상이라는 것도 알아차렸다. 민망하고 부끄러웠다. 며칠이 지니자 여자아이들은 공부에 관해 이것저것 스스럼없이 물어왔고, 간혹 담배를 사서 호주머니에 넣고 다니는 어른에 가까운 남학생들도 중호가 자랑스러운 듯 어디든지 데리고 다니려 했다. 그러나 중호는 멀찍이 서서 그들의 어른스러운 행위에는 끼어들지 못하고 멈칫거리는 처지가 되었다. 그건 아주 자연스럽게, 당연하게 이루어진 것이어서 중호도 미처 깨닫지 못하고 있었다.

중호는 무엇보다 먼저 토끼를 처분해야 했다. 처음엔 그래도 돈을 만져보려고 시작했다. 그러다가 어느새 자신의 가장 소중한 소유물로 둔갑했다. 누구에게 그냥 선뜻 내어주기엔 늦은 봄부터 여름 내내 기울인 온갖 정성이 허망했고, 가격이라기보다는 차라리 거저먹겠다고 달려드는 장사치들에겐 억울해서 팔 수도 없었다. 중호는 아랫도리를 쓰지 못하는 토끼를 끄집어냈다. 재래종은 6개월 만에 교미할 수 있다고 했기 때문에 강제로 교미시켰다. 그러자 토끼는 아랫도리를 쓰지 못하고 질질 끌기 시작했다. 그놈을 볼 때마다 연민과 죄책감에 가슴을 졸이고는 했다. 중호는 홧김에 하필 그놈을 끌어냈다. 만약 옆에서 누군가가 말을 한마디만 건네도 그는 그쪽으로 뛰어가서 머리로 받아버리든가 발길질을 할 것 같았다.

중호는 책에 씌어 있는 대로 주사기로 토끼의 귓바퀴 혈관에다 공기를 집어넣었다. 공기가 염통까지 가면 토끼가 죽는다고 되어 있었다. 거듭거듭 시도해 보았지만 토끼는 죽지 않았다. 살아 있는 짐승을 죽인다는 무의식적 흥분 때문에 전신을 후들후들 떨고 있었다. 그는 책에 쓰인 대로 왼손으로 토끼의 귀를 잡고 오른손에 칼을 잡았다. 칼자루로 가볍게 내리치라고 되어 있었다. 물컹하고 둔탁한 음향이 전신에 번졌다. 너무 긴장한 탓이었다. 그는 토끼를 집어 던지고 밖으로 뛰어나갔다.

사춘기

교회의 마당은 학교 운동장만큼이나 넓었다. 넝쿨장미가 아치형으로 드리워진 입구에서 한참 걸어 들어가야 오래된 석조 건물이 버티고 있었는데 좀 더 깊숙이 들어가면 목조 건물이 자리하고 있었다. 목조 건물 앞은 널찍한 공터였는데 잡초가 우거지고 한쪽에는 깨진 자갈이 쌓여 있었다. 학교는 그 목조 건물을 사용하고 있었다. 목조 건물 앞에는 오래된 등나무가 무성했다. 등나무 아래에 앉아 있으면 읍내의 소음이 강물 소리처럼 은은하게 들려왔다.

중호는 수업이 끝나고 등나무 아래에 앉아 있곤 했다. 강물 소리처럼 은은한 읍내의 소음이 좋았다. 그러면 역시 어른 같은 학생들이 한 둘씩 끼어들었다.

중호는 대개 오후에 잠을 잤다. 단칸방에서 4식구가 살기 때문에 어쩔 수가 없었다. 야간에 학교 다녀오고부턴 밤을 새웠다. 방의 한쪽에 커튼을 해 달았다. 책상 위에만 흐린 삼십 촉 전구에 두꺼운 갓을 씌웠다. 그럴 때마다 중호는 혼자 오두마니 깨어 있는 듯한 착각에 사로잡혔다. 사위가 괴괴하여지고, 통금이 울리면 갑자기 혼자라는 느낌이 뼛속까지 스며들었다. 지붕 위에 스쳐가는 바람 소리에도 가슴이 두근거렸다. 뜰에 굴러다니는 가랑잎 소리에도 귀가 열렸다. 창호지에 붙어 우는 하루살이의 미약한 울음소리에도 신경이 쓰였다. 뚝 그쳤던 귀뚜라미들의 울음소리가 다시 땅을 울리듯 쫘아-하고 울려 퍼지는 소리에도 가슴이 두근거렸다. 어디에도 깨어 있는 사람의 인기척은 없었다. 막막했다. 황량한 황무지와 같은 밤이, 정적이 중호를 찍어 눌렀다. 그러나 그는 고등학교에 들어가야만 했다.

마치 불모의 대지를 혼자 걸어가는 듯 독한 심정으로 밤을 밝혔다. 이윽고 새벽 정적을 뚫고 드문드문 발자국 소리가 들려오면 그의 초조한 기다림은 말할 수 없는 환희로 바뀌었다. 새벽 차임벨 소리는 중호가 다시 소생하는 기쁨이었다. 어떨 땐 눈물이 욱 쏟아졌다.

책상머리에 나둥그러진 하루살이를 바라보았다. 긴 여행에서 돌아온 것처럼 피로가 왈칵 안겨 왔다. 중호는 하루살이와 나방을 쓸어내고 뜰로 나간다. 화물차 조수는 세수를 하든가 담배를 피우고 있었다. 가을의 썰렁한 기온이 피부에 차가웠다. 그러나 밤을 새우며 앞날을 위해 공부를 했다는 뿌듯한 자부심이 있었다. 화물차 조수는 언제나 다정하게 웃어주었다.

중호는 개울둑으로 논두렁으로, 이슬에 바짓가랑이가 후줄근하게 젖도록 쏟아졌다. 옷깃을 적시는 나락 잎과 바랭이, 수크령의 싱싱한 초록들이 여독처럼 노곤하게 안겨드는 피로감을 말끔하게 씻어주었다. 그러나 중호는 뭔가를 잃어버린 듯, 알맹이가 빠져버린 듯한 느낌을 떨쳐버릴 수가 없었다. 물감처럼 노오란, 열기가 한풀 꺾어버린 가을 햇살이 들판에 서서히 퍼지고 초목들 위에 김이 아롱질 때쯤이면 중호는 천천히 읍내로 걸음을 옮겼다. 그는 언제나 인쇄소 앞에서 걸음을 멈추었다. 갑자기 가슴이 두근거리고 초조하고 안타까워서 주위를 서성거렸다. 조금은 부끄럽게도 느껴졌다. 석원이 빈지를 떼어내고 부스스한 얼굴을 내밀었다.

석원은 중호보다 나이가 많았다. 햇볕에 그을린 듯 거무스름한 얼굴에 감정의 변화가 나타나지 않았다. 언제나 외따로 떨어져서 앉아 있었고, 침울하고 외로워 보였다. 외로움이 오랜 세월 피부 속에 딱딱하게 굳어버린 듯했다. 중호는 그 표정 때문에 석원에게 끌렸다. 토끼에 대해 중호가 품었던 애정과는 다른 것이 가슴을 두근거리게 했다.

석원은 전쟁 때 가족을 잃고 형과 함께 고아원에서 자랐다고 했다. 고아원을 도망친 이후 형을 잃어버렸다가 2년 전에야 찾았다고 했다. 그의 형은 인쇄소를 운영하고 있다고 했다.

석원은 공부에 대해서도 전혀 순발력이 없었다. 중호는 그것을 이해하고 있었다.

"야! 석원아……."

반가워서, 중호는 두근대는 가슴이 터질 것 같았다. 석원은, 얼굴에 뚜껑처럼 덮이었던 외로움의 껍질을 찢고 씨익 웃었다. 석원의 외로움이 웃음으로 바뀌는 순간이 중호에게 말할 수 없는 기쁨을 안겨다 주었다.

"응, 또 밤을 새웠나 보구나!"

석원이 다가와서 중호의 손을 잡았다. 아, 아, 중호는 그와의 우정을 위해서라면 무엇이든지 하고 싶었다. 어떨 땐 그에 대한 생각에 공부에 집중하지 못할 때도 있었다.

읍의 밤은 까만 어둠 그 자체였다. 가로등이 있는 것이 아니라 띄엄띄엄 세워진 보안등이 길을 밝히고 있었다. 극장이나 가게로부터 새어나오는 불빛이 하늘에서 내려오는 어둠을 간신히 밀어올리고 있는 듯, 그래서 어둠을 더한층 어둠답게 확인시켜 주었다.

네모반듯한 교실. 환하게 불을 밝힌 백열등. 교회의 마당은 깜깜했다. 학생들은 낮 동안의 일로 대개 지쳐 있었다. 마찬가지로 활기 없는 묵직한 권태가 몸에 배어 있었다. 교실엔 아직도 전쟁의 흔적이 뻥 뚫린 구멍처럼 남아 있었다. 온전한 가정을 가진 학생이 없었고, 가난과 소외당한 외로움이 땟국처럼 눌어붙어 있었다. 중호는 이런 것들이 꽥 소리 지르고 싶도록 싫었다.

석원은 여학생들 쪽으로 눈길을 주며 비탄에 빠져 괴로워했다. 그러면 중호도 괴로웠다. 어떨 땐 바보처럼 넋을 잃고 있었다. 그러면 중호는 화가 치밀었다. 매번 석원의 눈빛이 영숙이에게 머무르고 있기 때문이다. 중호는 결코 질투하는 것이 아니라고 자신을 되돌아 따져보았지만 석원이 영숙이 아닌 다른 여자아이를 좋아했으면 싶었다. 영숙은 키가 크고 날씬했다. 여학생들 중에서 제일 예뻤다. 하지만 착한 데라곤 한 군데도 없었다.

밤늦게 수업이 끝나면 중호는 석원이와 함께 영숙의 뒤를 따라다닐 때가 있었다. 그냥 따라다니는 것뿐이었다. 어쩌다 영숙이와 맞닥뜨리게 되더라도 석원이는 더듬대느라 얼굴부터 빨개졌다. 물론 말 한마디 건네지 못했다.

"왜 자꾸 따라다녀! 뭘 어쩌자구 따라다니기만 하냐구! 아휴, 신경질 나!"

그러면 중호와 석원은 잘못을 저지른 듯 우물쭈물했다. 어쩌다 중호가 화를 내고 대들 때가 있었다. 중호는 영숙을 좋아하지 않았기 때문에 꿀릴 것이 없다 싶었다. 그래도 석원이 영숙을 좋아했기 때문에 함부로 말을 뱉을 수는 없었다.

"야, 여자가 왜 그래? 석원인 너 땜에 밤에 잠도 설친다 말야!"

"별꼴이야. 별꼴이 팔각형이야!"

영숙이 매섭게 쏘아붙이고는 휙 돌아서서 빠르게 사라져 갔다.

"야이, 그런 얘기는 왜 하냐?"

그때야 석원이 투덜거렸다. 그러나 그건 부끄러워서 그냥 하는 말이었다. 실은 중호를 통해서 자신의 괴로움을 그만큼이라도 전달한 것을 다행이라고 여기고 있음을 중호는 알고 있었다. 그들은 다시 손을 붙들고 읍의 변두리를 천천히 걸었다. 손엔 땀이 촉촉하게 배어 나왔다. 석원은 농군처럼 커다란 손바닥에 중호의 엄지손가락을 쥐고 만지작거렸다.

"얘, 중호야. 넌 왜 걔네들과 어울려 다니니?"

세례명이 안나라는 이름의, 별로 예쁘게 생기지 않은 여자아이가 걱정스럽다는 듯 중호에게 충고했다. 안나는 중호보다 두 살이 많았는데 중호보단 훨씬 숙성했다.

"괜찮아, 괜찮아."

중호는 피식 웃으며 말했다. 잠시 후엔

"네가 뭔데? 말투가 마치 누나라도 되는 것 같으다아?" 했다.

말하자면 안나의 관심에 대해 이런 식으로 예의를 표하는 것이었다. 안나는 영숙이 얼마나 막돼먹었는지, 남자들에게 조금 호의를 보이고는 쌀쌀맞게 삐친다고 귀띔했다.

"영숙은 학교 학생이 아닌 다른 남자들하고도 어울린단 말이야."

"네가 어떻게 알아?"

"여자들은 서로를 알아!"

"석원이 때문이야. 난 관심 없어."

"너 고등학교에 안 갈 거니?"

"그만 해. 네가 뭔데 자꾸 그래?"

중호는 간혹 안나의 집에 놀러 갈 때가 있었다. 그녀의 소유물을 관찰하고 앨범을 뒤적거렸다. 안나의 집에는 중호가 모르는 물건들이 많았다. 성모상이나 고상 십자가도 처음 보았다. 예쁜 찻잔과 그릇들도 많았다. 그녀의 언니 역시 미군부대에 타이피스트로 다니고 있었는데 어쩌다 중호가 늦어서 그녀의 언니와 맞닥뜨릴 때가 있었다.

"중호 왔어? 우리 미래의 우장춘 박사!"

중호는 얼굴만 발갛게 붉히고 대답을 못 했다.

"열심히 공부해!"

"예–"

그녀의 언니 역시 경원이 누이처럼 검소하고 단정했다. 중호는 안나보다도 안나의 언니가 더 믿음이 가고 좋았다. 그들 자매의 아버지가 간혹 술을 마시고 행패를 부리기 때문에 두 자매가 방을 따로 얻어 산다고 했다.

"어머니는 안 계셔?"

"그건 알 필요 없어!"

그렇게 말할 때 안나는 매정스러웠다. 그래서 가정 문제에 대해선 물어볼 수가 없었다. 그들은 이불 밑에 발을 파묻고 공부 얘기를 했다. 영어 단어를 주고받으며 놀 때도 있었다. 안나는 음악에 대해 아는 것이 많았다. 그레고리오 성가라든가 가곡에 대해 얘기했다. 매번 대학을 나와서는 수녀가 되겠다고 말했다. 그때마다 중호는 심통을 부렸다.

"왜 수녀가 되겠다는 거야, 왜? 까만 제복과 신의 계율로 몸뚱이를 꽁꽁 구속하는 것이 뜻있게 보여? 그게 아름답고 숭고하게 보여? 그건 옛날 중세 시대에나 있었던 얘기잖아?"

중호는 그런 규제가 인간에 대한 모욕이라 생각 들 때가 있었다.

"난 말야. 인간이 지닌 모든 속성을 다 가져보고 싶다. 인간적인, 가장 인간적인 그런 사람이 되고 싶단 말야. 강도, 살인자, 도둑놈, 아편중독자, 거지, 문둥이⋯⋯. 그런 일을 하겠다는 것이 아니고 그런 사람들의 감정을 느껴보고 싶어. 만약 병이 완쾌된다는 보장만 있다면 암에 걸려 사경을 헤매보고도 싶어. 물론 슈바이처나 공자 석가처럼 되어서 그런 성인들의 감정도 체험해 보고 싶어!"

중호는 자신만만해서 열정적으로 말했다. 말을 하다 보면 평소에 생각지도 못했던 말이 튀어나와 제 말에 감동할 때도 있었다.

"벌 받을 소리 작작해라 얘!"

"벌 좋아하네. 누구에게 벌을 받아?"

중호는 결기에 차서 소리쳤다.

"나는 성경도 인간들이 저술한 거라 생각해! 신이 인카네이션(成肉身)을 하려 했다는 것, 예수님이 엘리 엘리 라마 사박다니 하고 비통해서 소리쳤다는 것 그것만큼은 인간적으로 존경할 가치가 있어!"

중호는 지난주 목사님의 설교에서 배운 것을 이런 식으로 써먹었다. 그러나 제 말에 은근히 겁도 났고, 안나가 자신의 말을 이해했을까 하고 자부심을 가지고 지켜보았다.

"넌 악마야!"

안나는 파랗게 질려 있었다.

"성경은 신의 계시를 받은 인간의 역사야!"

"맞아!"

중호 역시 자신의 생각지도 못했던 말에 겁이 났다.

"넌 천 개의 얼굴이라도 가져야겠다는 거니?"

안나는, 이렇게 말한 자신의 화술에 자부심을 느끼는 표정이었다.

"그래, 천 개가 아니라 만 개의 얼굴이라도 가지고 싶어. 인간의 가장 아름다운 것과 가장 추한 것과……. 신은 왜 인간을 만들어놓고 하지 말라는 것만 잔뜩 늘어놓았을까? 틀림없이 하지 말라는 것은 인간들이 만들었을 거야."

"……."

"인간의 자유를 구속하는 모든 형식과 규제는 어떤 인간들이 자신의 이익을 위해서 만든 거야. 그래서 그런 형식과 규제를 나는 의심에 찬 눈으로 지켜봐!"

그러면서 중호는 안나의 사진과 은제 십자가를 빼앗아버렸다. 뭔가 심통이 나서 심술을 부리고 싶었다. 안나는 꼬집고 때리고 눈을 흘겼다. 하루 종일 돌려받지 못해 안달을 부렸다. 다음날이었다.

"여기 키스 한번 해줘. 그러면 돌려줄게!"

공연한 심통이었다. 그렇게 짓궂어지지 않고는 근질근질해서 배길 수가 없었던 거다. 안나는 흠칫 몸을 도사리고는 중호를 처음 보는 듯 생경하게 노려보았다. 중호는 이불을 걷고 부끄럽고 어색하게 안나 쪽을 보았다. 순간 중호의 눈에 불이 번쩍했다. 무방비 상태로 고스란히 뺨을 갖다 내민 격이었다. 무안스럽고 화가 나고, 부끄럽고 창피해서 미칠 것 같았다.

"막 돼먹은 애들처럼 놀지 말고 품위 있게 행동해!"

"쌍, 주나 봐라!"

소리치고 중호는 안나의 방을 뛰쳐나왔다. 집으로 돌아오는 동안 평생 잊을 수 없는 수치심이 따끔따끔하게 뺨에 붙어 있는 느낌이었다. 그리고 울적했다. 석원은 중호의 얘기를 듣고 자꾸 키들키들 웃었고, 웃으면서도 영숙이와의 사이가 상기되어선지 점차 침울해졌다. 중호는 그 일이 그렇게 심각하게는 생각되지 않았다.

가을은 무척이나 빨리 지나갔다. 잎이 떨어진 등나무 아래에 앉아 있으면 밤의 썰렁한 냉기가 목덜미와 소매 밑으로 기어들었다. 그때마다 중호는 어디론가 외로이 방랑이라도 떠나고 싶었다. 둥그런 지구 위를 혼자 걸어가는 제 모습을 상상하곤 했다. 그런 충동은 수시로 바람처럼 불었고, 그런 충동을 지그시 억제하고 공부해야 한다는 것은 고행 같았다. 중호는 여전히 밤을 꼬박 새우고 밤늦게는 어른 같은 아이들의 뒤를 어슬렁어슬렁 따라다녔다. 감정의 변화가 너무 빠른 자신에게 화가 치밀 때도 있었다. 산다는 건 너무 묵직했고 계속 높은 산을 오르는 것만큼이나 힘들다고 생각했다.

겨울에는 검정고시를 치렀다.

"고등학교에 가면 만나기가 힘들겠구나!"

졸업이 가까워진 어느 날 텅 빈 교실에서 석원이 말했다. 그는 책상 위에 걸터앉아 있었다. 지친 듯 힘없는 목소리로 내년 봄에는 형이 있는 곳으로 내려가겠다고 했다.

중호는 눈물이 울컥 솟아오를 것 같아서 어금니를 꾹 깨물었다. 다행히 검정고시에 합격한 기쁨이 그를 지탱해주고 있었다. 그는 자격증을 가방에 넣고 다녔다. 고아원에서 학교에 다니는 수원이와 중호와 안나만 합격했다. 더구나 중호는 성적이 월등했다. 담당계원이 점수까지 보여주면서 칭찬했다.

"야! 꼬마야, 너 일루 좀 와."

그러던 어느 날, 미군부대에서 바텐더를 한다는 상호가 그를 불렀다. 손에서 고기 냄새와 야채 냄새가 풀풀 풍기는 그는 학생이라기보다는 어른이었다. 얼굴이 시커먼 털로 덮여 있었고, 이빨 사이로 침을 찍찍 내뱉는 습관이 있었다. 중호는 그가 이끄는 대로 교회 옆의 잡초가 수북한 공터로 따라갔다.

"쬐그만 놈의 새끼가!"

난데없이 주먹이 턱으로 날아왔다. 어찌나 놀랐던지 중호는 와들와들 떨면서 소리쳤다.

"야이, 돼지 같은 놈아! 말로 하지 못하고 왜 때리냐?"

갑자기 눈물이 욱 쏟아졌다. 다리가 후들후들 떨려서 금방 주저앉을 것 같았다. 머리카락이 하늘로 뻣뻣하게 곤두서는 것 같았다.

"말로 해?"

또 주먹이 날아왔다.

"그래, 말로 해-잇 돼지 같은 놈아!"

"그래, 말로 하마. 너 안날 어떻게 했어? 쬐그만 놈의 새끼가 벌써부터……."

중호는 그때야 이 어른 같은 학생이 안나를 짝사랑하고 있었다는 것을 생각해냈다. 그러나 안나는 이 어른 같은 학생을 상대도 하려 들지 않았다는 것도 알고 있었다. 세상은 정말 어처구니없는 일들로 가득 차 있다는 생각과 함께 아득한 절망감이 몰려왔다. 이 절망감은 혼자 밤을 새우는 외로움보다 더한 외로움을 안고 있었다. 죽음 같은 단절감이 엄습했다.

"안나는 너 같은 돼지는 상대도 안 하잖아!"

중호는 그의 아픈 약점을 물고 늘어졌다.

"이 새끼 주둥일 찢어놓을까 보다. 다시 말해 봐!"

"안나는 너 같은 돼지하고는 상대도 하지 않아!"

무서울 게 없다고 생각되었다. 다시 주먹이 날아왔고 구둣발이 허리를 찼다. 또 다리를 걷어찼다. 중호는 오뚜기처럼 벌떡벌떡 일어났다. 그러고는 소리쳤다.

"안나는 너 같은 돼지하고는 상대도 하지 않아!"

갑자기 자신의 목소리가 역전 대합실에서 울리는 스피커 소리처럼 이상스럽게 들렸다. 어둠 속으로 퍼져가는 그의 목소리는 이 주먹과는 아무런 연관도 없는 것이었고, 또 중호의 발악은 그의 매질을 멈추게 하지도 못했다. 순간, 절망처럼 아득한 느낌 속에서 자살을 해야겠다는 생각이 번쩍 스쳤다. 그리고 그는 안나를 조금도 사랑하지 않았다는 것도 깨달았다. 그는 어느 누구도 사랑하지 않았다. 안나도, 이제 할머니가 된 어머니도 경원이 누나도 석원이도……. 모두가 중호 자신의 몸뚱이만큼이나 불쌍하기 때문이라고 생각했다. 중호는 돼지 같은 바텐더까지도 불쌍했다.

그러나 중호는 어둠 속에서 돌멩이를 하나 주워들었다. 기회를 보아, 바텐더의 골통을 향해 내리찍었다. 이제 두려워해야 할 일이 이 세상엔 없다고 생각되었다. 그는 죽을 것이기 때문이다. 놀란 바텐더의 비명이 울렸다. 학생들이 몰려들었다.

중호가 안나의 집에서 안나와 함께 공부했다는 것을 계집아이들은 다 알고 있었다.

"바지 올렷!"

선생은 회초리를 들고 소리쳤다. 털투성이의 바텐더 머리에선 피가 흘러내리고 있었다.

"치사한 놈들 같으니라구."

선생은 좀 더 모욕적이고 자극적인 말만 골라 쓰려고 애쓰는 듯했다. 중호는 이 국사 선생을 좋아하지 않았다. 입이 더러웠기 때문이다. 말을 할 땐 언제나 침이 튀었고, 자신에 찬 목소리는 울리는 꽹과리처럼 실감이 없었다. 다른 선생들은 뭔가 웃음을 참지 못하겠다는 표정들을 하고 있었다. 중호는 그것도 못마땅했다.

"학교 밖에서는 어떻게 되는지 알아? 강간죄야, 강간죄!"

또 침이 튀었다. 중호는 입술을 깨물고 채찍을 맞았다. 밖에선 학생들이, 향나무 가지 위에 혹은 창틀 아래에 몰려서 호기심 가득한 표정으로 안을 들여다보고 있었다.

밖으로 나오자 중호는 검정고시 자격증을 박박 찢어서 복도에다 던졌다. 이젠 두려울 것이 없었다. 그는 자살할 것이기 때문이었다.

반항의 시기

그러나 중호는 자살하지 못했다. 곰곰이 생각하고 숙고하고 사숙한 끝에 도달한 결론은 '그래도 사는 것이 죽는 것보다 낫다'였다.

중호는 별로 알려지지 않은 서울의 어느 고등학교에 입학했다. 경원이 누이에게는 아무런 얘기도 할 수 없었다. 창피해서, 모자를 찌그러뜨리고 모표가 보이지 않도록 해서 머리에 얹었다. 그는 학교의 다른 아이들과 어울리고 싶지 않았다. 중호가 다른 아이들보다 한두 해 정도 뒤진다는 이유도 있었겠지만 아이들에게 도통 정이 가지 않았다. 뒤쪽의 큰아이들은 어서 빨리 어른이 되고 싶어서 어른의 흉내를 내려는 말썽꾸러기들처럼 보였고, 앞쪽의 아이들은 태어날 때부터 발육부진으로 빌빌거렸던 놈들처럼 보였다. 몇몇 괜찮아 보이는 아이들도 중호처럼 교장 선생님과 단독 인터뷰를 해서 이 학교에 들어온 것 같지는 않았다. 중호는 어느 누구에게도 검정고시 자격증을 찢어버렸다고 말할 수가 없어서 결국 이 학교의 교장 선생님에게 자신의 얘기를 털어놓았다. 아무튼 교장 선생님은 인간적으로 좀 통하는 사람이라고 생각되었다. 영어책을 읽고 해석해 보라고 했다. 교장 선생님은 아주 만족스러운 표정으로 열심히 하라고 칭찬하면서 입학을 허락하였다.

중호는 변화된 하루하루의 생활이 꿈인지 현실인지 분간하지 못하고 있었다. 화물차 조수는 이런 중호와 가까워지려고 그림자처럼 따라다녔고, 멀찍이 떨어져선 담배를 뻐금뻐금 피우고는 했다. 어둠 속에서 피우는 담배는 빨간 독버섯처럼 사악하면서도 강렬한 아름다움을 지니고 있었다. 중호는 불나방처럼 아름다움에 끌리는 자신이 두려웠다. 운전을 가르쳐주겠다면서 트럭 운전석으로 끌어 올릴 때마다 그는 갈등을 겪었다.

이때쯤 중호는 교회에도 나가지 않았다. 자살을 생각하게 되었을 때, 사실은 아무도 사랑하지 않는다는 아득한 절망감과 함께 자기 자신까지도 타인처럼 이질감을 느꼈던 것과는 다르게 갑작스럽게 인간적인 모든 것들에 대해 터무니없을 정도의 애착이 느껴졌다. 어릴 때 열병을 앓다가 이상스럽게 멀리 보이던 어머니의 얼굴을 바라보듯이 서러운 애착이었고, 괴괴한 적막 속에 밤을 새우다가 문득 골목에서 들리는 발자국 소리처럼 뜻밖의 애착이었다.

중호는 "전지전능하시고 자비로우신 하나님 아버지시여!" 하고

습관적으로 사용해 오던 기도의 서두가 조금씩 쑥스럽고 허황하게 느껴지기 시작했다. 어떤 교인들이 "아버지시여, 아버지시여. 저흰 죄인이옵니다. 죽어 마땅한 죄인들이옵니다. 지옥에 떨어져서

유황불에 여러 억겁을 허우적거려도 용서받지 못할 죄인들이옵니다. 부탁드리오니 주님의 너그러우신 자비로 저희들을 용서하시고 이 세상 악의 구렁텅이로부터 저희들을 주님의 눈동자처럼 보호하시와……." 하고 청산유수처럼 끔찍한 애기들을 마구 뱉어낼 때 중호는 소름이 끼쳤고, 참을 수 없는 모욕과 분노가 치밀었다. 중호는 습관적으로 되풀이해 왔던 기도의 서두를 "창조주이신 하나님 아버지시여!" 하는 식으로 바꾸어 보았다. 그래도 기도는 여전히 주춤주춤하다가 끊겼다. 결국은 주기도문과 사도행전밖에는 아무런 기도도 드릴 수가 없게 되었다. 중호는 목사님의 기도와 자신의 염원이 일치한다고 해서 아멘! 아멘! 하고 궁둥이를 들썩거리는 교인들에 대해서도 웃음이 나왔다. 웃음을 참느라고 땀을 찔찔 흘리며 교회에 앉아 있는 것도 고역이었다. 중호는 사람들이 너무 요란하게 종교를 믿는다고 생각했다. 그리고 그 이유도 어렴풋하게 알 것 같았다.

중호는 밥상머리에 앉아서 기도를 올리지 못하고 머뭇거리다가 그냥 밥을 먹을 때가 많아졌다. 그러면 이젠 할머니가 되어버린 그의 어머니가 소리쳤다.

"저놈이 마구한테 단단히 홀렸어, 저놈이!"

심할 땐 하루아침에 안면을 바꾸어버린 원수를 대하듯 했다. 그래서 서러워진 중호가 투덜거리며 울분을 토하기도 했는데

"엑끼 이놈! 이 흉악한 마구새끼 이놈! 이노오놈!" 하고 할머니가 되어버린 어머니가 전신을 부르르 떨었다. 중호는 어머니의 흐릿하

던 눈동자에 마치 천적을 대하듯 공포와 증오의 감정을 머금고 노려볼 땐 전신에 소름이 쫙 돋았다. 자신이 정말 마귀새끼가 되어버린 듯 착각이 일었고 중호 자신도 자기를 책임질 수 없다는 생각 때문에 미칠 듯 괴로웠다.

'왜 나는 다소곳하게 순종하지 못하고 엇나가기만 하는 것인가. 정말 내 속에는 나쁜 악마적 기질이 흐르고 있는 것은 아닐까?'

그러면서 중호는, 교회에 나가고 싶지 않다는 고집통 같은 생각에 사로잡혀 있었다. 나는 정말 고집통인가 하는 생각도 들었다. 언젠가는 다시 자살하고야 말겠다는 생각도 다졌다. 그는 쉰 살만 되면 권총 자살을 할 예정이었다. 그는 종교적 교리에 앞서 자연적인 모든 법칙이 신의 섭리라는 생각에 조금씩 경도되고 있었다. 그리고 신의 섭리로 태어났다가 신의 섭리 때문에 죽어간다는 것처럼 억울하고 서러운 일은 없을 것 같았다. 인간의 의지로 자연에 거역하는 것, 자연적 삶에 순응하지 않고 반항하는 것이 진정한 인간이라고 생각되었다. 자연에 순응하고 사는 건 어릿광대 이상은 아무것도 아니라고 생각했다. 인형극, 무언극. 중호는 모든 질서, 모든 형식, 모든 법칙, 모든 권력에 대해 혐오감을 느꼈다. 마치 생리적인 거부반응처럼 그에겐 습성화된 것으로 느껴졌다. 그래서 화물차 조수의 담뱃불을 볼 때마다 뭔가 사악한 아름다움 같은 것을 느꼈고, 구김살 없이 자라온 아이들보다는 야간 공민학교 아이들 속에 섞여 있는 것이 더 아늑하게 느껴졌다. 그는 까뮈의 『이방인』을 읽고 또 읽었다.

이해가 가지 않는데도 자꾸 읽었다. 어찌 보면 '호로 자식' 같은 주인공의 행위가 '반항'이라는 의미로 미화되고 있었다.

중호는 예전 같진 않지만 여전히 인쇄소의 석원이와 어울려 다녔다. 석원은 커다란 손바닥에 중호의 엄지를 가지고 놀았다. 석원이 형이 있는 곳으로 내려갈 날짜가 가까워져 올수록 중호는 초조하고 안타까웠다. 그에게 기억에 남을 뭔가를 해주고 싶은데 뭘 해주어야 할지 모르기 때문이었다.

"그러면 영숙이는 이제 영영 단념해버리는 거야?"

어느 날 중호는 이렇게 물었다. 뭔가 시원한 대답이 나올 것 같은 기대감이 있었기 때문이다. 영숙이 어느 가내공업에 취직해서 일하고 있다는 얘기를 들어서 알고 있었다.

"그래서 말이다……."

석원이 겸연쩍게 비시시 웃었다.

"어떡할 건데?"

"우리 결혼하기로 했어!"

"뭐?"

"……."

"너희들 몇 살인데 벌써 결혼이야? 뭘로 먹고살 거야?"

"영숙이가 먼저 제안했어. 한 달이 넘었어."

중호는 앞이 캄캄했다. 사랑이 그런 것인가.

"미쳤구나!"

"뭐 어때? 우린 서로 사랑하는데……."

중호는 아무런 말도 하지 않았다. 속았다는 느낌이 그를 사로잡았다. 석원에게 속았다는 느낌보다는 삶의 어처구니없음에 속았다는 느낌이었다. 허탈감이 몰려들었다. 사랑이라는 이름으로 하지 말아야 하는 일들을 덮어버렸다고 생각했다. 집으로 돌아오는 길이 아득히 멀게 느껴졌다.

"왜 그래? 기운이 하나도 없어 보이네."

대문 앞에서 담배를 뻐금뻐금 피우고 있던 화물차 조수가 물었다. 중호는 한참 대문 앞에 우두커니 서 있었다. 담배를 뻐금거릴 때마다 화물차 조수의 얼굴이 어둠 속에 어렴풋이 나타났다.

"나도 담배 한 개 줄래요?"

중호가 말했다.

화물차 조수는 기다리고 있었다는 듯이 반색하고 다가왔다. 중호는, 그가 중호로부터 바라는 것이 무엇인지 어렴풋하게 느끼고는 했다. 그러나 오늘은 아무래도 좋았다. 삶의 밑바닥에서 한없이 허우적거리고 싶었다. 모든 질서로부터, 모든 형식으로부터, 모든 정상적인 것들로부터 떨어져 나와 반항하고 싶었다. 타락할 수 있을 만큼 타락하고 학대할 수 있을 만큼 자신을 학대하고도 싶었다.

"씨-펄!"

"어? 욕도 할 줄 알아?"

조수는 키들거렸다. 골목을 빠져나오면서 조수는 진로 포도주를 두 병이나 샀다. 개울둑은 시원했고 조용했다. 멀리 읍내에선 부옇게 솟아오른 불빛이 어둠을 한사코 밀어 올리고 있었다. 자동차 소리와 다른 소음들이 아득한 곳에서 어렴풋하게 들려왔고, 그것은 중호의 몸에 일부분처럼 감미롭게 느껴졌다. 화물차 조수는 술을 따라 먼저 한 잔을 마시고 중호에게도 따라주었다. 그러고는 어둠 속에서 팔을 뻗쳤다. 이어서 중호의 허리와 엉덩이 쪽으로 팔이 미끄러져 내려왔고, 오른손으론 마시던 포도주를 중호의 입에 대 주었다.

중호는 묵직한 비애감에 몸을 맡겨버렸다. 깜깜한 어둠만큼이나 몸뚱이가 묵직하게 느껴졌고, 패륜의 짜릿함이 목구멍까지 차올라서 숨이 가빠왔다.

"여자들하고 한 번이라도 이래봤어?"

조수가 다시 포도주잔을 받아 들고 물었다.

"아뇨."

"어디 한번 보자."

그러면서 화물차 조수는 중호의 얼굴을 두 손으로 잡고 빤히 바라보다가 입을 맞추었다. 미끄덩하고 씹히는 날고기의 느낌처럼 혀가 입속으로 쑥 들어왔다. 가슴이 두근거렸다. 이어 손이 팬티 속으로 쑥 들어왔다. 움찔 놀라 손이 닿을 때마다 몸을 비틀면서도 중호는 뿌리치고 일어서지 못했다.

그날 밤 중호는 화물차 조수와 함께 화물차 안에서 잠을 잤다. 술 냄새가 풍길 것 같아서 이젠 할머니가 되어버린 어머니 옆에 갈 수가 없었다. 무엇보다 석원에 대한 배신감 때문에 마음을 정리하지 못하고 있었다.

"어머닌 중홀 좀 가만 놔두세요. 한두 살 먹은 어린애도 아니잖아요."

아침 밥상에 앉아서 경원이 누이는 이런 식으로 중호를 두둔했다. 중호는 다시 한번 가슴 뭉클해 오는 고마움을 느꼈다. 그러나 그 말에 꼬투리를 이어 한국인과 미국인들의 생활 습관을 사고방식을 비교했을 땐 중호의 가장 아픈 곳을 헤쳐 발기는 것처럼 부끄럽고 화가 치밀었다.

중호는 P읍에서 서울까지 기차로 통학했다. 역에서 학교까지는 전차로 통학했다. 출퇴근 시간의 전차 속은 콩나물처럼 빽빽한 사람들로 숨이 막혔다. 해서 오후에는 덕수궁이나 창경원, 도서관이나 화랑을 찾아다니며 시간을 보내다가 느지막해서야 기차를 탔다. 일요일이면 여전히 교회에 나가기가 싫어서 들판을 휘젓고 쏘다녔다.

"너 교회에 안 가려고 나가는 거지?"

어머니가 물었지만 그는 대답하지 않았다. 어머니에게 붙들리지 않으려고 달아날 때도 있었다.

석원이 떠나던 날 중호는 옛정에 대해 책임을 완수한다는 심정으로 역에 나갔다. 그러나 막상 보내고 났을 때 허전해서 견디기가 힘들었다. 그래도 화물차 조수를 만날까 봐 조심스럽게 몸을 숨기고 다녔다. 부끄러움과 죄의식이 머리 한쪽에 똬리를 틀고 있었다. 그리고 감정이 개입되지 않은, 카메라의 렌즈 같은 시선이 떠올라 자신의 이런 행동을 조용히 지켜보고 있었다. 자신의 행동을 마치 타인의 행동처럼 객체화시키는 시선이 얼음처럼 차가우면서도 무서웠다. 자신을 방기하는 듯 조금은 섭섭한 느낌과 지구 위의 모든 인간들이 동질의 유대관계를 맺고서 뒤죽박죽이 되는 그런 느낌이었다. 띠를 형성하는 듯한 느낌도 스며들었다. 그와 함께 터무니없는 감정의 변화가 계속되었다. 어떨 땐 아무나 붙들고 통곡하듯 실컷 울어보고 싶기도 했다. 무위로부터, 절망으로부터, 허위로부터, 턱없는 자선으로부터, 이유도 없는 시기와 질투로부터, 모든 권력과 부정과 형식으로부터 빠져나와 끈적거리는 인간들만의 애정으로 한없이 통곡하고도 싶었다. 누구에게나 자신의 고통과 고민을 나누어주고 싶었고, 마찬가지로 쾌락과 피와 살을 나누어주고 싶었다. 인간을 구속하는 모든 정의와 제도에 대해 분노를 느꼈다. 모든 기존의 인간에 대해 증오를 품을 때도 있었다. 모든 것을 갈기갈기 찢어버릴 듯 잔인해지고 싶을 때도 있었다. 즐겁게 웃다가도 갑작스럽게 이건 거짓이라는 각성이 올 때도 있었고, 갑작스럽게 무력감에 빠져들 때도 있었다. 이유도 없는 우울감에 젖어서 자살하고 싶은 충동도 느꼈다. 그런 어느 날, 어떤 생각이 숙명처럼 그의 머릿속으로 기어들었다. 공산주의에 대한 강렬한 호기심이었다.

가장 먼저 앙드레 지드의 '소련 견문록'이라는 책을 한번 읽어보아야겠다는 생각이었다. 한 번도 의심해보지 않은 반공교육이 거짓일 것 같았다. 악의 상징처럼, 거짓의 상징처럼 듣고 배워온 공산주의 국가가 그토록 많아야 할 이유가 없었다. 그러나 '소련 견문록'이라는 책은 구할 수가 없었다. 공산주의에 대한 어떤 책도 구할 수가 없었다.

궁금증은 알 수가 없었기 때문에 더 강렬해지기 마련이다. 그러나 그는 아직 고등학생이었다. 그런 문제에 천착해서 시간을 허비할 수가 없었다.

안나는 P읍의 여고에 다니고 있었다. 해서, 둘은 좀체 만날 기회가 없었다. 바텐더와의 그 일 때문에 둘은 서로가 서로에게 미안했다.

2학년이 되자 중호는 대학입시 준비를 해야겠다고 벼르면서도 악착스레 달려들지 못하고 있었다. 뭔가 믿는 구석이 있었다. 공부는 하지 않고 도서관에서 엉뚱한 책들을 읽고 그림 전시회를 찾아다녔는데도 성적이 상위권을 맴돌고 있었기 때문이었다.

웅기와 정도라는 학생이 편입해오고부터 그도 입시준비를 해야겠다고 생각했다. 그들은 대학에 가기 위해 편입해온 것처럼 열심히 공부했기 때문이다. 그러면서도 그는 음악과 미술과 문학에 관심을 버리지 못했다. 솔직히 생활에 여유만 있다면, 물감과 화구 살 돈만 있다면 미술대학에 가고 싶었다.

아침 출근길에 전차를 타려면 악바리가 되지 않을 수가 없다. 사람이 너무 많다고, 따로 떨어져 있어 보아도 사람은 줄어들지 않았다. 사람들은 계속 불어나기만 했다. 간신히 전차를 탄다고 하더라도 역시 기를 쓰고 버둥거려야만 했다. 그는 정말 끔찍스럽다고 생각했다. 그 많은 사람들이 직장에 출근하기 위해, 학교에 가기 위해, 돈과 명예를 얻기 위해 이렇게 버둥거려야만 된다고 생각하면 사는 게 고역이라는 생각이 들 때도 있었다. 슬픔이 느껴질 때도 있었다. 그래서 그 많은 사람들과 버둥거리면서 가운데 깊숙한 곳에서 옴짝달싹할 수 없게 되어버리면 체념에 가깝도록 아늑한 심정에 빠질 때가 있었다. 사람들의 체온이 느껴질 때도 있었다. 덜덜대는 전차바퀴의 진동이, 손잡이를 붙들지 않았는데도 사람들 속에 꼭 끼어 균형을 유지하고 있는 자신의 몸뚱이가 물결에 부대끼며 흘러가는 나무토막이나 부표 같은 것으로 상상하곤 했다. 어떨 땐 그 많은 사람들과 함께 기를 쓰고 버둥거리는 것이 짜증스러울 때도 있었다. 그러면 어른이 되어선 죽어도, 골백번 죽어도 서울에선 살지 않겠다고 다짐했다. 그는 시골에다 아담한 집을 짓고 살고 싶었다. 담에는 담쟁이덩굴을 올리고, 창을 커다랗게 만들어서 밤이면 달빛이 환하게 비치도록 하고 싶었다. 시골 사람들의 따스한 온정을 느끼며 그림을 그리고 싶었다.

중호는 승강구에서 버둥거리는 것보다 안으로 깊숙이 들어가서 부표나 나무토막처럼 흔들리면서 가는 것을 좋아했다. 정류장을 지날 때마다 승객들은 승강구 쪽으로 고무줄처럼 늘어났다간 줄어들었다. 가만히 서 있어도 저절로 깊숙이 끼어들고는 했다. 아침마다 되풀이하는 일이었다.

어느 봄날. 그 꼼짝할 수도 없는 전차 속에서 누군가가 중호의 사타귀를 불쑥 쥐었다. 깜짝 놀란 중호는 어느 쪽에서 어떻게 뻗은 손인지 알 수가 없었다. 두리번거릴 수도 없었다. 가방을 든 오른손은 뽑히지 않았다. 왼손만을 간신히 뽑아냈다. 손등을 꼬집어보고 할퀴어보았지만 소용이 없었다. 손바닥은 크고 지독히도 두꺼웠다. 그리고 너무 완강했다. 빼곡 들어찬 사람들 때문에 손을 얼른 뗄 수도 없었다. 그러는 사이에 그는 사정을 하고 말았다. 믿을 수가 없었다. 그럴 수도 있는 것인가? 수치스럽고 처참했다. 발기도 안 하고 사정을 하다니. 젖은 팬티의 촉감은 차가웠고, 더러움을 더 더럽게 강요하고 있었다. 전차에서 내렸을 땐 자신이 땅바닥에 내동댕이쳐진 개구리처럼 처참했다.

그날 그는 학교에 가지 않았다.

다음날부터 될 수 있으면 깊숙이 들어가지 않으려고 입구에서 버둥거렸다. 사람들이 안으로 들어가지 않는다고 투덜거렸지만 그는 될 수 있으면 입구 쪽에 붙어 있으려고 버둥거렸다.

다행히도 경원이 누이가 서울로 이사를 하자고 했다. 중호는 진작부터 이곳 생활을 청산하고 싶었다. 누이가 집을 보아두었다는 그쪽 변두리엔 어느새 뒷골 마을의 몇몇 친척들이 올라와 있음을 중호도 들어 알고 있었다. 경원이는 하나밖에 없는 그녀의 아들을 사립초등학교에 보내겠다고 말했다. 중호는 아무 말도 할 수가 없었다. 그녀의 남편과 헤어지고부터 그녀는 돈을 모으는 데만 매달렸다. 여전히 머리를 뒤로 질끈 동여 묶고 흰색 블라우스 즐겨 입었다. 중호는 자신도 모르게 그녀의 욕망에 부채질을 해 댔다. 화물차 조수로부터 달아나는 것이었다.

서울의 변두리

경원이 마련한 집은 삼양동 쪽이었다. 4차선 도로에서 삼백 미터쯤 떨어진 곳에 지은 연립주택이었다. 도로변에는 다방과 당구장과 건재상회들이 들어서고 있었다. 이런 건물들 뒤에는 아직 개발하지 않은 유휴지가 펼쳐져 있었다.

서울로 이사하고부터 중호는 대개 초저녁에 잠을 잤다. 연립주택이라 초저녁에는 아낙네들의 악다구니와 술 먹은 남정네들의 고함, 아이들의 떠드는 소리와 울음소리, 그릇 씻는 소리들이 어수선하게 들렸기 때문이다. 중호는 집을 사서 고칠 때 마당 쪽으로 창을 크게 만들어 달도록 부탁했다. 목수들은 집을 망친다고 거절했다. 중호는 감옥처럼 조그만 창을 통해 하늘을 본다면 사람의 성격도 그렇게 변한다고, 밤엔 달빛과 별빛을 보아야겠다고 머리가 커진 이후 처음으로 경원이 누이에게 떼를 썼다. 그녀는 막냇동생의 고집을 알고 있었다. 다닥다닥 지은 연립주택에서 유독 커다란 창을 해단 것도 보기에 좋지 않다고 했다. 중호는 땀을 뻘뻘 흘리며, 아등바등 매달리듯이 기를 쓰고 우겼다.

"추위 때문에 옛날엔 창을 작게 냈지만 요즘은 모두 크게 내잖아요."

"넌 그 고집 때문에 언젠가 한 번은 되게 혼날 거야!"

그건 허락한다는 뜻이었다. 중호는 한쪽 벽이 거의 창으로 이루어진 방에 앉아 밖을 바라보면서 누이의 이 말이 떠올라 혼자서 얼굴을 왈칵 붉혔고 겸연쩍어서 혼자서도 피식 웃으며 진땀을 흘렸다. 그러나 생각할수록 잘했다 싶었다. 집이 비스듬한 둔덕에 위치하기 때문에 앞이 툭 틔어서 번화한 서울 도시의 건물들이 창의 아래쪽에 오롯이 보였기 때문이었다. 중호는 창틀에다 하얀 페인트칠을 했다. 이 집에서 맘에 드는 것은 뜰에 심은 보라색 라일락과 댓 평 되는 마당이었다. 오래된 기와지붕은 한쪽으로 조금 기울어져 있었다. 중호는 이 창을 통해 바깥을 바라보면서 다시 밤을 새우며 공부하기 시작했다. 그는 영문학자가 되고 싶었고, 모든 사람들로부터 인정받는 문학가가 되고 싶었다. 어디서 읽었는지 '자네는 개념적인 것이나 추상적인 것에 모종의 거부감을 보이곤 했지. 감각적이고 시적인 특성이 강한 말이나 소리를 좋아했지' 하는 말이 들리는 듯싶었다.

4차선 도로를 한참이나 따라가다 보면 서울의 변두리인데도 비스듬하게 경사를 이루는 데서부터 제법 번화가를 이루고 있었다. 한쪽엔 시장이 형성되고 있었다. 그 뒤쪽의 텅 빈 유휴지는 쓸모없는 것처럼 버려져 있었다. 길가에 건재상회가 들어서고, 하루가 다르게 없던 집들이 들어서는 것을 보면 아무렇지도 않다는 듯 또 급하지도 않다는 듯 텅 비어 있는 유휴지의 풍경이 스멀스멀 기어 다니는 갑충류의 발같이 느껴졌다. 그것을 나쁘다고 생각해서는 안 된다고 자신을 타일러 보아도 어쩔 수 없었다. 고작해야 배추나 무 같은 것들을 밭의 한쪽 귀퉁이에 심어 놓고 어쩌다 상추나 쑥갓 같은 것들을 심어 놓았는데도 시침을 뚝 뗀 평온을 보는 듯 중호는 불편했다.

무엇보다도 어엿한 처녀가 되어 있는 순자에게 중호는 고마움과 안쓰러움을 느꼈다. 그녀는 버스차장을 하고 있었는데 어느새 악바리가 되어 있었다. 오히려 악바리가 되어버린 것이 더 고마운 일이라고 생각되었다. 순자의 아버지는 전쟁 때 죽은 것이 아니었다. 한창 극성을 떨던 밀수꾼 차에 치여 죽었다. 그날 중호와 순자는 그녀의 아버지와 함께 못골 뒤쪽의 국도를 따라 걷고 있었다. 이른 여름밤의 어둠이 먹물을 풀어놓듯 어둑어둑해 오고 있었는데 난데없이 전조등을 켜지 않은 자동차가 펑 하는 소리와 함께 순자 아버지를 어둠 속 논두렁에 던지고 달아났다. 중호와 순자는 한참 동안 놀라 주위를 뛰어다녔다. 순자 아버지는 논두렁 옆에 던져져서 박살이 나 있었다. 동네 사람들은 그 차가 틀림없이 밀수꾼들의 밀수 자동차라고 발을 굴렀다.

순자는 야간 중학교도 졸업하지 못하고 공장에 취직해야만 했다.

중호는 불행을 겪는 사람들은 서로가 이해하고 도와야 한다고 생각했다. 가난하고 힘들게 사는 사람들에 대한 관심과 동정이 자꾸 그를 흔들었다. 생각할수록 분노가 치솟았다. 열어놓은 창으로 바람이 술렁술렁 넘어왔다. 죽어 자빠진 하루살이들이 바람에 휩쓸려 다녔다. 그것들은 중력이 없는 것처럼 가볍게 부대끼고 흩날렸다. 중호는 밤을 새우는 자신의 노력이 무위로 끝나버리는 환영을 하루살이의 죽음 위에서 보았다. 입술을 깨물고 싶었다. 그는 젊고 아직 피가 뜨거웠다. 전쟁이라든가 사회적 요구에 의해 자신의 의사와는 상관없이 동원되어 죽임을 당할 수도 있었다. 죽은 자신의 몸뚱이가 어느 골짜기에 뒹굴고 있는 모습을 상상해보았다. 살이 썩어서 뼈만 남았다. 들개들이 몰려들었다. 얼른 눈을 떴다. 공부를 해야 했다.

그는 대학을 마치더라도 취직은 하고 싶지 않았다. 그러나 대학은 가야만 했다. 세상을 알기 위해서 많이 배워야 했다. 그는 하루살이들을 입으로 후후 불어버리고 책에 매달렸다.

괴괴한 밤의 정적 속으로 자꾸만 그의 귀가 열렸다. 수돗물 소리인가. 하수도 소리인가. 먼 어디에서 물 흘러가는 소리가 깊은 산 속에서 듣는 물소리처럼 들렸다. 갑자기 첩첩산중에, 골짜기의 물 흐르는 소리만 들리는 산속에 혼자 앉아 있는 착각에 머리끝이 쫘 일어났다. 주위를 휘둘러보면 그는 방 안에 혼자 덩그렇게 앉아 있었다. 갑자기 따스한 체온이 느껴지는 사람이 그리웠다. 안방에 들어가서 어머니 옆에 눕고 싶었다. 그러나 대학에 들어가야만 했다. 국립대학에 들어가야만 했다. 서울로 이사를 오고부터 그는 그렇게 결심했다. 중호는 이 결심이 웅기와 정도 때문이라고는 생각지 않았다. 그러나 그들이 편입해오고, 그들과 어울리고부터 중호는 대학입시를 서둘렀다. 정도는 혼자 있을 때면 다리를 달달달 떠는 버릇이 있었다. 무슨 일을 미루고 있는 듯 초조하고 불안한 눈길이었다. 공부하고 있을 때도 그런 모습이었다. 그는 거의 뛰어다니다시피 활달했다. 중호는 그의 그 불안과 초조가 맘에 들었다. 그 역시 정도만큼 불안하고 초조했기 때문이다. 감추고 숨기는 것이 아니라 몸이 먼저 알아서 나타내고 있는 것이 맘에 들었다. 정도가 공부를 잘하기 때문에 그의 습관을 좋아하는 것이 아닌가 하고 간혹 자문도 해보았다. 그러나 습관 중에 그런 습관은 얼마든지 좋다고 생각되었다. 그리고 그 습관은 거의 무의식적이었다. 간혹 손바닥을 들어 킁킁 냄새를 맡아보는 버릇도 무의식적이었다. 정도의 형은 P고등학교를 수석으로 졸업하고 지금 다니는 대학을 4년 전액 장학금을 받으며 공부하고 있었다. 졸업하고 일리노이 주립대학에 장학금을 받으며 유학하게 되어있다고도 했다.

"중호는 영문과 간다고?"

언젠가 지나가는 말처럼 정도의 형이 물었다.

"네"

중호는 선망의 대상으로 바라보는 형의 물음이라 예의 바르게 대답했다.

"야, 영어에 매달려 사 년을 허비한다는 건 좀 아깝지 않아?"

화학을 전공했기 때문인가. 중호는 정도 형의 그 말에 충격을 받았다. 정말 영문과가 영어를 잘하기 위해 가는 곳인가. 중호는 할 말이 없었다. 영어를 잘하기 위해 영문과에 가는 건 아니라고 말하고 싶은데 그렇게 말할 수가 없었다. 공부만 잘하는 기계 같은 사람이라고 단정했다.

반대로 웅기는 복잡한 내면을 감추고 시침을 뚝 뗀 것 같은 무덤덤한 표정이었다. 중호가 커다란 창을 통해 바라보는 텅 빈 유휴지에서 느끼는 것과 비슷한 무엇이었다. 애써 아무렇지도 않다는 듯, 급하지도 않다는 듯 시침을 뚝 떼고 있었지만 그의 무표정 뒤에는 감추고 싶은 열등감과 책임감 같은 것이 도사리고 있었기 때문이었다. 해서, 웅기의 덤덤한 표정 뒤에는 조금은 지친 듯한 느낌도, 방기해버린 느낌도 남아 있었다. 웅기는 장남이었다. 입이 무겁고 행동도 신중했다. 작고 얇은 그의 입술은 항상 안으로 꼭 말아 물고 있었다. 그 조그마한 입술을 볼 때마다 중호는 혼자만의 독한 단절감을 보았다.

3학년 봄방학 때 그들은 웅기의 시골집이 있는 충청도로 내려갔던 적이 있었다. 산에서 나무를 하던 바로 밑의 두 동생들은 웅기의 외치는 소리를 듣고 바로 뛰어 내려왔다. 바로 밑의 동생은 웅기만큼이나 키가 컸다. 모두 웅기의 손을 붙들고 좋아서 어쩔 줄 몰라 했다. 좋아서 경중경중 뛰어다니는 모습이 눈 내리는 골목에 뛰어다니는 강아지를 연상하고는 그만 죄스러워서 얼굴을 왈칵 붉혔다. 이웃

마을로 시집을 갔다는 웅기의 누이도 전갈을 받고 달려왔다. 그의 누이는 웅기를 끌어안고 격려의 말을 하면서도 울음을 터뜨렸다. 웅기의 어머니는 어쩐지 한숨을 쉬는 표정이었고, 웅기의 부친만이 시종 의젓한 태도로 대견스러움을 감추고 있었다. 방이 두 칸밖에 없었고, 초가는 몇 해째 이엉을 올리지 못한 듯했다. 벽지는 누르스름한 갈색으로 변해 있었고, 장롱과 앉은뱅이책상이 큰 방에 놓여 있었다. 식구들은 똑같이 묵계로 나누어가진 결의 같은 것을 머금고 있는 듯싶었는데, 그것은 누구라도 금방 느낄 수 있는 그런 것이었다. 그들은 다음날 웅기의 집을 떠났다. 겨우 고등학생들인데 무슨 칙사나 모시듯 온 식구들이 굽실거리는 덴 더 이상 참을 수가 없었다. 동구 밖으로 나와서야 웅기는 참았던 울음을 터뜨렸다. 두 동생은 웅기를 위해서 초등학교밖에 마치지 않았다고 했다. 그들은 웅기가 실컷 울도록 내버려 두었다.

 중호는 공부하다가도 웅기 식구들의 그 묵계로 나누어 가진 결의 같은 것이 책의 배후에서 자꾸 어른거렸다. 시를 공부하다 보면 5월의 신록이 눈으로 보는 듯 환히 떠올랐고, 아카시 향기가 왈칵 풍긴 듯 어리둥절한 착각에 빠질 때가 있었다. 사슴과 토끼의 눈망울이 산자락을 타고 어른거리는 듯해서 진저리를 칠 때도 있었다. 죽음이 뻥 뚫린 구멍처럼 횅하게 비어나간 동굴처럼 자신을 지켜보고 있었다. 그러나 공부는 그런 것이 아니었다. 모든 의미와 내용을 형식과 껍질 속에 집어넣어야만 했다. 그리고 암기해야 했다. 역사를 공부

할 땐 의협심에 불타올라 불쑥불쑥 펼쳐지는 상상력이 집중에 방해가 되었다. 영어 독해력 문제는 언제나 잔인했다. 경험해보지도 않은 동물적 충동과 원시적 본능이 그리움처럼 떠오를 때도 있었다. 웅기의 꽁 다문 입술과 바람개비처럼 활발하게 돌아가는 정도의 불안이 눈물겹게 떠올랐다. 그러나 공부는 그런 것이 아니었다. 끝없이 이어 나간 블록담벼락을 따라가듯 단조롭고 지루한 작업이었다. 정도는 간혹 각성제를 복용하고 충혈된 눈으로 비틀거렸다. 그러나 아무도 그를 탓하지 않았다.

그들의 담임은 그들이 국립대학에 가는 것이 무리라고 했다. 그러나 그들 셋은 모두 말을 듣지 않았다.

독일어 선생은 괴짜였다. 선생은 인간의 욕망은 성적 욕망으로 이루어진다고 하면서 걸핏하면 '프로이트'를 들먹였고, 리비도에 관한 얘기를 늘어놓았다. 그는 인간이 가진 동물적 본능을 인정하라고 강조했다. 그때마다 중호는 대학에 가면 그 책부터 읽어보아야겠다고 벼르고 있었다. 그는 인간이 태어날 때의 상태에서 인위적인 변형이나 문명의 이기를 신체에 가하지 말아야 한다고 학생들에게 당부했다. 심장이식을 반대했고 포경수술까지 반대하고 있었다. 국어 선생은 "안광이 지배를 철해야 하는 거야. 신문이나 책을 읽을 때 메시지에 현혹당하지 말고 그 메시지의 배후에 뭔가 있는지 꿰뚫어 볼 줄을 알아야 올바른 시민으로 성장하는 거야" 수업시간에 입이 닳도록 되풀이해서 말했다. 영어 선생은 외국어 하나쯤은 알고 있어야

언론의 장난에 놀아나지 않는다고 말했다.

언젠가 마지막 독일어 시간이 시작되기 전에 미술 시간이었다. 미술시간이라고 하였지만 공부시간이 아니었다. 그림을 좋아하는 몇몇 아이들과 함께 중호는 밖에서 그림을 그리다 말고 교실에 들어갔다. 그림에 관심이 없는 학생들은 교실에서 희희덕대고 있었는데 미술 선생은 이들에 대해 그냥 방임하다시피 했다. 교실의 뒤쪽에 학생들이 빙 둘러서서 키들거리고 있었다. 중호는 직감적으로 재밌는 무엇을 느끼고 그쪽으로 다가갔다. 장본인은 여드름투성이의 상철이였다. 그는 여섯 명의 학생들에게 팔다리가 붙들려 마룻바닥에 찰싹 뉘어져 있었고 두 명은 그 위에 올라타고 있었다. 누구와 싸울 때, 상대방의 주먹에 어떤 폼을 취하고 어떻게 싸웠다든가, 어느 계집아이는 그에게 어떻게 대응해 왔다든가. 섹스를 어떻게 해서 놀라게 해주었다든가 또 영화배우들의 이름과 팝송 노래 가사를 한국어로 수첩에 적어 더듬대고 외우던 학생이었다. 결국 매일 따 먹는 계집아이들 얘기로 인해 곤욕을 치르고 있었다. 앙탈을 부리던 그가 혁대가 끌러지자 체념해버린 듯 얼굴이 벌겋게 상기 되어서 겸연쩍은 웃음을 비실비실 흘리고 있었다. 혁대를 푼 학생이 장난을 쳤다. 학생들의 환성이 터졌다. 수업 중에 누군가가 아직도 애숭이야! 했다. 뒤쪽에서 킥킥 웃음이 터졌다.

독일어 선생은 뭔가 낌새를 느꼈던지 수업을 시작하고 얼마 되지 않아서 책을 덮고 예의 그 성적욕망과 인간관계에 대해 얘기를 늘어놓았다. 그는 인생은 심각하지만 장난처럼 살아야 한다고, 수음과 학생들의 정신건강에 대해 얘기를 늘어놓았다. 그러나 생물 선생은 포경수술을 권장했고, 탈선해서 임신하는 것보다는 다른 방법을 택하라고 얘기했다. 학생들을 생물 선생을 동성애자라고 수군거렸다.

마지막 한 달을 남겨두고 중호는 벽에다 서른한 장의 날짜를 붙여두었다. 한 장씩 뜯어낼 때마다 초조감으로 자신을 채찍질해 갔다. 지쳐버릴 것 같아서였다. 그런 어느 날 꼭두새벽에 웅기가 중호를 찾아왔다. 웅기는 갑작스럽게 울음을 터트렸고 두려워서 견딜 수가 없다고 했다. 중호는 한참 그를 노려보았다.

"너…뭐야? 그 각성제 먹었지?"

중호는 그의 어깨를 붙들고 흔들었다. 웅기는 기도 펴지 못하고 멸시받는 삼류 대학생이 될까 봐 무섭다고 했다. 부모의 기대를 무너뜨릴까 봐 견딜 수가 없다고 했다. 중호는 그만 그를 와락 끌어안았다. 둘은 희붐하게 밝아오는 새벽의 골목에 서 있었다. 옆의 담벼락에는 수배 학생들과 범죄자들의 커다란 사진들이 귀신처럼 그들을 지켜보고 있었다. 그들은 그 벽보를 외면했다.

"너무 걱정하지 말자."

"……."

"안 되면 재수하면 되잖아!"

"내가 어떻게 재수를 하나?"

"잘될 거야."

"너 우리 집 형편 알잖아."

"나도 마찬가지야."

둘은 울음을 삼키고 서로를 바라보았다.

시험을 치르고 나자 중호는 새삼스럽게 자신이 애정을 받고 자랐지만 주위 사람들에 대한 책임이나 사회적 책임을 강조해주는 사람이 없었다는 것을 깨달았다. 자유롭게 방치된 상태로 버릇없이 자랐다 싶었다. 여태까지 자신이 아등바등했던 것은 자신의 존재감을 찾으려는 행동이었다고 생각되었다. 다시 무리 지어 다니는 들개들의 꿈을 꾸고 소스라치게 놀라 잠을 깰 때가 있었다. 식은땀이 흘렀다. 이후 종종 들개들의 꿈을 꾸었는데 모두가 악몽이었다. 벌건 눈만 확대되어 얼굴로 왈칵 덮칠 때도 있었고, 달빛이 그림처럼 환하게 깔린 어느 산골짜기에서 들개들에 둘러싸여 웅크리고 있는 자신의 꿈을 꿀 때도 있었다. 모두가 소름 끼치는 꿈이었다. 어떨 땐 몇 시간씩 물어뜯고 싸우는 꿈을 꾸었고, 자신이 들개가 되어 산봉우리에 혼자 앉아 달을 보고 처절하게 울어대는 꿈을 꿨다.

그들 셋은 모두 국립대학에 떨어지고 말았다.

중호는 경원이에게 한 해만 재수를 해보겠다고 했다. 그러나 정도와 함께 정도의 형이 다녔던 대학에 응시하고 말았다. 등록기일이 지나자 갑작스럽게 모든 것으로부터 소외되어버린 듯 겁이 났다. 더구나 담벼락을 따라가듯 지루한 지난 일들이 꿈처럼 아득하게 생각되었다.

"저 그냥 다른 학교에 다닐게요."

중호는 죄지은 사람처럼 난로 옆에 앉아서 경원에게 말했다. 경원은 어이없다는 표정으로 중호를 바라보았다.

"한 해 더 공부한댔잖아?"

"아뇨. 자신이 없어요."

"이애!"

경원이는 눈을 휘둥그렇게 뜨고 소리쳤다.

"등록기한도 지났다면서?"

"지나도 된답니다."

중호는 난로의 열기 때문에 얼굴이 화끈거렸고 자신이 무슨 말을 하고 있는지도 몰랐다. 긴장감으로 손발은 뻣뻣하게 굳어 있었다.

"입학금만 어떻게 좀 해주세요. 그다음에는 제가 벌어서 할게요. 재수보다는 그편이 제 처지에 맞는 것 같아서……."

경원이는 큰 걱정을 다시 안겨 받은 듯 마지못해 말하는 듯했다.

"안 간다기에 준비했던 돈을 도로 돌려주었잖아! 애가 왜 그 모양이냐? 남자 자식이!"

중호는 자신이 정말 줏대 없는 인간처럼 생각되었다.

"너처럼 별나고 제멋대로 생겨먹었다면야, 애! 동생들 뒷바라지해 준 그 많은 사람들이 정말 어떻게 해 냈는지 모르겠다, 정말!"

중호는 얼굴만 발갛게 붉히고 앉아 있었다.

어쨌든 중호는 정도와 함께 정도 형이 다니는 대학에 등록하고 말았다.

일주일 후에 중호는 아이들을 모아서 과외공부를 시작했다. 중호는 안나가 어느 초급대학에 들어갔다는 것을 우연히 들어 알고는 있었지만 만나러 가질 않았다. 그는 아무도 만나고 싶지 않았다. 다른 동창들도 길에서 만날까 봐 두려웠다. 그러나 그 따분했던 교과서를 떠나 읽고 싶었던 책을 마음대로 읽을 수 있다는 게 좋았다. 그건 해방이었다. 엉뚱하고, 새로운 세계에 뛰어든 듯 메모해 두었던 책을 사서 밤을 새워 읽었다. 마치 항구를 떠나 커다란 바다로 항해하듯 반갑고 후련했다.

중호는 아이들로부터 과외비를 받을 때마다 헌책방을 뒤졌다. 그러다가 프로이트를 만났다. 너무 충격적이어서, 어떤 계시처럼 느껴졌다. 꿈의 해석을 읽었을 땐 두려움과 경탄으로 정신을 차릴 수가 없었다. 중호는 『정신분석학 입문』과 『정신 병리학』도 사 읽었다. 묵직하고 어둠에 싸였던 시간들이 한 꺼풀, 한 꺼풀 벗겨지는 느낌이었고, 그때마다 경이와 감탄으로 세상이 환해지는 느낌이었다. 새로운 눈으로 보는 투명한 세상이었다. 한 인간의 유년시절이 얼마나 중요한가를 알았을 때 가르치는 아이들이 조심스러워졌다. 그는 자신의 유년기를 떠올렸다.

세상은 예전으로 돌아가지 않았다. 더는 예전과 같은 방식으로 바라볼 수 없었기 때문이었다.

어느 날부터 그는 머리맡에다 노트를 준비해 두었다가 꿈의 인상들을 기록하기 시작했다. 무의식 속의 욕망들이 꿈속에서는 어떤 형태로 나타나는지 기록했다. 아니지. 꿈을 통해 무의식 속의 욕망들을 찾아내는 것이었다. 무의식적인 행동, 무의식적인 습관까지도 놓치지 않고 관찰했다. 그리고 자신의 콤플렉스를 분석해 보려고 버둥거렸다. 커다란 가마솥 안에서 몇 사람이 목욕하고 있는데, 갑자기 목욕하고 있는 사람들이 가족으로 변했고 살이 익어서 삶은 고기처럼 변해버린 꿈을 꾸고는 무서워서 잠을 깼다. 옛날 같으면 개꿈이라고 치부해버렸을지도 모른다. 그러나 이젠 그냥 넘어가지 않았다. 어떨 땐 꿈을 꾸고 있으면서도 다른 한쪽에선 그 꿈의 배후에 감추어져 있는 무의식의 정체를 찾아내려고 또 분석해대는 자신을 깨닫고는 했다. 꿈을 꾸면서도 꿈을 검열하고 있었다. 그 무의식에 의하면 중호는 무슨 짓이든 할 수 있는 인간이었다. 그도 살인자가 될 수 있었고, 그도 강간범이 될 수 있었다. 이기심이란 것이 짐승보다 더 무서운, 지능을 겸비한 짐승이 될 수도 있었다. 할머니가 되어버린 어머니가 어서 죽어주었으면 하는 바람이 꿈속에서 나타났을 땐 가슴까지 두근거렸다. 아, 나는 정말 못된 놈인가? 옛날에도 변덕스러운 이런 감정들을 어렴풋하게 느끼고는 했으나 결코 인정하고 싶지 않았던 것이었다. 갑자기 중호는 자신이 무서워졌다. 자신도 모르게 그런 무의식적인 충동에 휘말려 들어서 무서운 일을 저지를 것만 같아 더한층 정신을 바짝 차렸다. '앙드레 지드'의 책들을 찾아 읽었다. 그에겐 문학책이 스승이었다. 그는 돌발적인 살인, 강간 같은 것들이 충동에 의해 누구에게나 가능하다고 단정했다. 그냥 읽었을 때와는 또 다른 느낌이었다. 자제력이나 이성이 없으면 사람이 동물보다 더 무서울 수도 있었다. 자제력과 이성은 어떻게 단련하고 키워야 하는가. 그렇다고 그런 사람들을 무턱대고 욕할 수도 없었다. 중호는 인간이라고 이름 붙여진 모든 사람들의 행위를 성장 과정과 무의식을 통해 이해하려고 했다.

어느새 그의 머릿속에는 말간 렌즈와 같은 시선이 다시 도사리고 앉았다. 옛날에 잠깐씩 떠올랐던 것과는 달리 이번에는 머리 꼭대기에서 떠나지를 않았다. 그 시선에 의하면 중호의 몸뚱이는 부우연 안개 속에 싸여 곡두처럼 움직이고 있었다. 중호는 불안했다. 길을 가더라도 머리 꼭대기의 말간 시선이 뿌연 안개를 이동시키는 듯했고, 그래서 안개를 강의실에도 앉혀 보았고 버스 속에서 맞은편 여자를 뚫어지게 바라보게 하여서 그 여자를 당황하게도 해 보았다. 도대체 이 안개와 같은 정체를 알지 않고는 배길 수가 없었다.

아름다운 여인을 볼 땐 얼굴이나 엉덩이나 허리의 곡선이 아니라 종아리 쪽으로 시선이 끌리고 있다는 데 대한 인식이 앞섰고, 그건 몇 년을 거슬러 올라 옆집 소녀에 대한 그의 감각을 고스란히 상기시켰다. 조금 잔인하고 기름 냄새를 풍기며 추근대는 사람에 대해선 트럭 조수의 기억이 떠올랐다. 중호는 정말 인간이 잃어버린 시간이 아니라 잃어버린 과거의 감각을 다시 체험할 수 있을까 하는 생각으로 이어졌다.

중호는 그가 맡아 가르치던 아이들을 집으로 돌려보냈다. 일단 알아버린 것을 실행하지 않으면 자신을 속이면서 사는 것이었다. 자신을 속이면서 살아가는 것이 계속되면 그건 사는 것도 아니라는 생각 때문이었다.

"짜식! 머리는 좋은데 노력을 안 해요, 노력을!"

혹은 좀 가난한 집 아이들에겐

"글쎄 집에서 조금만 뒷받침해주면……."

그런 얘기를 학부모들에게 말할 때 그는 자신의 직감과 판단으로 얘기했다고 생각했다. 그러나 그 말이 타성에 젖어들었을 때 자신의 비열함에 놀라 자신에 대해 왈칵 혐오감이 일었다. 중호는 자기 자신에게 만이라도 빈틈없이 철저해져야겠다고 다짐했다. 자신에겐 조그마한 실수도 용납하고 싶지 않았다. 어쩌다 학교에서 정도를 만났지만 길게 이야기를 나누지는 않았다.

그는 웅기에 대해서 어떤 태도를 보여야 할지 언제나 망설였다. 웅기는 국립대학에 합격했다고 그의 부모들을 속였다. 해서 그의 부모들은 그동안 비축해 두었던 돈에다 뭔가를 조금씩 팔아서 그에게 학자금을 보내왔는데 그는 밤새 그 돈을 놓고 울었다고 했다. 그러나 진작 결심한 대로 국립대 교복을 맞추어 입었고, 국립대학생 빼지를 사서 달고 가방까지 들고 다니며 가짜 국립대학생 노릇을 하고 다녔다. 가정교사 집에서도 감쪽같이 속고 있었다. 말이 없고 묵직한 그의 행동이 믿음을 주었을 것이다. 다음 해에도 그는 또 재수생이 되었다. 그리고 조금씩 세련되고 자연스러워졌다. 갑자기 출세한 사람들처럼 호탕한 웃음을 거리낌 없이 터뜨리며, 자신이 국립대 학생임을 더욱더 과시하려고 했다. 야비한 수작들도 조금씩 늘었고, 모든 일을 얼렁뚱땅하는 식으로 넘기려 들었다. 중호의 눈엔 완전히 사기꾼으로 탈바꿈해 있었다. 낮엔 극장이나 도서관으로 돌아다니며 어쩌다 중호를 만나면 자신이 왜 이렇게 해야 하는가를 변명했다. 대한민국에서 낙오되지 않으려면 어쩔 수 없다는 지론을 펼쳤다. 중호는 그에게 분개했다. 그러나 그의 성장과정을 알고 있기에 역시 불쌍한 놈이라 생각했다. 아, 정말 모든 것을 알고 모든 것을 이해한다면 나의 입장은 어느 쪽에 어떻게 세워야 하는가! 하고 중호는 번민했다. 미칠 것 같았다. 바랄 수 있는 유일한 것은 웅기 역시 자신의 콤플렉스를 알고 분석해서 그 때문에 점점 엉뚱하게 변해 가는 자신을 지켜보아야 한다는 생각이었다. 지켜보는 것과 지켜보지 않는 것은 결과가 같다고 해도 인간과 동물의 차이만큼 다르다고 생각했다. 중호는, 모든 사람들이 고등교육을 받고 자신을 철저하게 분석해서 명철하게 살아갈 수는 없는 일이라고 생각되었으나 적어도 그런 사회제도는 필요하다고 생각했다. 그러면 웅기처럼 그렇게 되어가진 않으리라 생각되었다. 그는 공산국가에 대해 알고 싶었지만 그러나 그런 쪽에 대해 안다는 것이 무서웠다.

　어느 봄날, 웅기의 큰동생이 중호의 집으로 찾아왔다. 봄볕에 까맣게 그은 얼굴은 꺼칠꺼칠했고, 하늘색 나일론 점퍼가 봄볕에 한없이 초라하게 보였다. 시골에서 볼 때보다 더욱 초라하게 보였는데 여전히 기대를 버리지 못한 눈길로 웅기를 찾아달라고 했다.

"식구들 모두가 걱정이에유. 엄니는 잠도 못 자유."

편지 주소가 적힌 가정교사 집에도 나타나지 않는다고 했다. 중호는 자신이 웅기의 동생처럼 자랄 수도 있었다는 생각에 눈물이 나올 것 같았다. 경원이 누나가 뒷바라지해주지 않았다면, 그가 충청도 산골에서 태어났다면 어떻게 변했을지 잠깐 떠올려보았다.

"나도 몇 달 동안 못 만났어."

중호는 책을 팔아 웅기의 동생이 다시 시골로 내려가게끔 여비를 마련해 주었는데, 자신의 이런 행위는 웅기의 비열한 행위로부터 도피하려는 수작이라고 머릿속의 말간 시선이 힐책을 가해 왔다. 그렇다고 중호가 책임질 문제도 아니었다. 사실을 사실대로 알리는 것은 웅기가 결정할 문제라고 중얼거리는 또 다른 자신이 있었다.

중호는 아직도 자신이 사춘기적 감정의 혼란에서 완전히 벗어나지 못했다고 단정했다. 아직도 감정을 절제할 줄 몰랐다. 그는 자신의 감성이 길들여진 것인가, 아니면 선천적으로 물려받은 것인가 하는 의문에 사로잡혔다. 여전히 자신을 해부대 위에 올려놓은 물건처럼 노려보았다. 거름 대신에 분뇨를 뿌려놓은 논밭 옆으로 지나갈 때 풍기는 냄새는 악취인가 인습적 버릇인가를 따져보았다. 잘 썩은 퇴비는 농부들에게는 어떤 냄새로 풍길까 하고 생각했다. 잘 삭은 된장이나 고추장처럼 감칠맛 나는 냄새를 풍길까. 우리의 인습에 젖지 않은 외국인들은 어떻게 느낄까. 감각도 인습에 녹아드는 것일까. 그렇다면 감각도 순수하지 않을 수 있다. 그는 모든 행위의 배경을 뚫어보려고 애썼고, 그것이 버릇되자 행위를 뚫고 동기와 아집만이 덩그렇게 주목받았다. 그건 시커먼 동굴과 같이 반향만 울려대는 심연 같았다. 더럭 겁이 날 때도 있었다. 두려움과 불안 때문에, 차라리 가장 우둔하고 평범한 감각만 가지고 있었으면 싶었다. 감각도 단련시킬 수가 있구나. 단련시키는 것이 순수하지 않다면? 갑자기 평범한 생활이 귀하게 생각되었다. 까탈스럽고 별난 감각이 좋은 건 아니다. 저녁에 텔레비전 앞에 앉아 경원이 누이와 어머니와 상식적인 얘기를 주고받을 때 이상스럽게 맘이 놓였다.

중호는 집에서 얼마 떨어져 있지 않은 곳에 살고 있는 순자를 종종 찾아갔다. 순자는 병희와 동거생활을 시작한 지 얼마 되지 않아서 아이를 낳았다. 외로움 때문일 것이다. 병희는 벽돌공 기술자로서 착실하게 돈을 벌고 있었고, 순자는 얘기 어머니의 역할에 만족하면서 언제나 행복한 표정이었다. 병희는 운 좋은 기술자였다. 데모도 생활 삼 년 만에 기술자가 되었다고 했다. 중호는 갑자기 그들의 생활이 보고 싶어지곤 했다. 평범한 감수성으로 적당히 탈선할 수도 있고, 적당하게 도덕적으로 도사릴 수도 있고, 적당히 이기적으로 살아가는 그들의 일상사가 그냥 부러울 때도 있었다. 중호는 자식들에게 글을 가르치지 않았다는 어느 선비의 얘기를 들었을 때의 그 선비의 마음을 이제야 조금 이해할 수도 있을 것 같았다.

순자의 집으로 들어서다 말고, 햇살을 받아 어른거리는 플라스틱 대야에 가득 채워진 물에다 손을 씻었다.

"아이, 그건 기저귀 헹군 물이야아―. 아이, 아이, 안 돼!"

낭랑하게 울리는 순자의 음성엔 즐거움과 함께 교태 같은 것이 어려 있었다. 중호는 주춤했지만, 물은 깨끗했다. 그런데도 더럽다고 생각하는 건 오랜 관습 때문이다. 중호는 까짓것, 인습이나 관습 같은 것은 인정해줄 필요가 없다는 생각과 함께 불쑥 치솟는 충동으로 푸우, 푸우거리며 얼굴까지 씻어버렸다.

"어머머머!"

순자의 교성엔 즐거움과 감동이 통통거렸다. 고마움과 놀람과 어리광과 감격이 범벅된 채! 중호는 자신의 무심한 행동이 그녀에게 이토록 기쁨을 줄 수 있다는 것이 놀라웠고, 한편 우스웠다. 그녀는 그만큼 외로웠던 것인가. 그게 그렇게 감동스러운 것인가. 그녀의 심리상태는 아전인수 격이지만 그래도 중호는 즐거웠다. 한쪽에선 이런 자신에 대해 눈물이 나도록 서러웠고 또 고마웠다.

"핏줄은 못 속여! 할아버진데 뭐!"

순자는 중호를 빤히 바라보곤 소리쳤다. 중호는 그녀의 즐거움과 행복이 참 허망했다. 즐거움과 행복이 이런 것인가. 순자는 아버지 쪽에 혈연이 없었다. 또 병희는 전쟁에서 어머니와 두 형제만이 살아남았다고 했다.

"하기야 세 번 네 번 헹군 물이니까 맹물이나 마찬가지야!"

순자는 조금은 미안한 듯 이렇게 소리쳤다.

중호는 그녀의 만족스런 웃음 뒤에 도사린 컴컴한 흡인력! 아집, 외로움 같은 것을 눈으로 보는 듯 환히 보았다. 울음이 터질 것 같았다. 그러면서도 그건 아득한 공포감을 중호에게 안겨주었다. 바탕이 없는 심연으로 아득하게 굴러떨어지는 착각이었다. 쓸쓸했다. 그러나 어쩔 것인가, 중호는 겸연쩍게 씨익 웃어 보였을 뿐이다. 이런 만족감을 타인에게 선사할 수 있다면 자신의 기분쯤이야 염두에 둘 필요도 없다는 생각이 들었다. 아집은 블랙홀 같은 것이라고. 중호는 그 까만 흡인력에 대해 체념해버린 듯 묵직한 비애감으로 웅크렸다.

"들어와! 맛있는 것 있어."

돌이 채 못 된 꼬마 놈은 뒤뚱거리고 있었다.

"애 봐, 음, 애 봐! 양말이나 장갑 같은 걸 보면 막 울어"

"왜?"

"몰라. 이봐, 이봐!"

그러면서 순자는 옆에 놓인 양말의 입을 쩍 벌려 보였다. 동시에 꼬마 놈은 기겁해서 앙-하고 울음을 터뜨렸다. 놀란 중호가 소리쳤다.

"왜 그래, 왜 그렇게 놀라게 만들어!"

그러나 순자는 그것이 귀여워서 못 배기겠다는 듯 키들키들 웃으면서 계속 그 짓을 되풀이했다. 그건 순자의 즐거움이 아니라 사악한 놀이 같았다.

"그만 해, 그만 해!"

너무 목소리가 컸던가? 목소리에 어떤 감정이 느껴졌던가?

순자가 멈칫해서 중호를 바라보았다.

그날부터 중호는 며칠을 버둥거려서 포크너의 『음향과 분노』를 읽었다. 끔찍스러웠다. 마치 백치의 의식이라는 것이 텅 빈 공간에 무질서하게 메아리치는 것처럼 알아들을 수도 없었다. 혼란스러웠다. 중호는 자신의 모든 것으로부터 떠나고 싶었다. 모든 감각과 감정으로부터 떠나고 싶었다. 기분과 욕망 같은 것은 인정하고 싶지 않았다. 자신의 몸뚱이 같은 것은 아무래도 상관없다고 생각했다. 서러워서 눈물이 자꾸만 솟아올랐다. 억울했다. 마치 자신의 몸뚱이가 아무런 이유도 없이 생소한 곳에 덩그렇게 놓여 있는 듯 거북스러웠고, 거추장스러웠다. 길을 가더라도, 시커먼 감성의 덩어리가 무엇이든 끌어들여서 그 속에 채우려는 욕망이 이동하는 것 같았다. 욕망에 제동을 걸자 중호는 조금씩 식물인간처럼 변해갔다. 단단한 껍질 속에 웅크린 까만 감성의 덩어리였다. 능동적으로 행동하는 것이 아니라 외계에 수동적으로 반응하는 감각이었다. 중호는, 그가 기록하는 일기장의 문장도 수동형으로 변해가고 있음을 깨달았다.

그는 존재하지 않았다. 아메바의 헛발운동처럼 먹이를 향해 움직이고, 추우면 따뜻한 곳을 향해 움직일 뿐이었다. 더우면 시원한 곳을 향해 움직이고 쓰면 뱉고 달면 삼키고. 아! 이게 뭔가? 식물의 뿌리가 해굽성, 물굽성, 땅굽성 하는 식으로 그의 행위는 느낌을 향해 물결운동을 일으키고 있는 것이다!

 소유욕이란 무엇인가? 아메바의 헛발운동이다. 사랑이란 무엇인가? 아메바의 헛발운동이다. 혁명은 무엇인가? 아메바의 헛발운동이다. 역사란 무엇인가? 아메바의 헛발운동에 대한 기록이다. 인간은 한 번 느껴본 느낌에 대해 지향하든가 거부한다. 의식은 무엇인가? 모든 느낌의 집합체이다.

 중호는 자신이 긴 꿈을 꾸는 것이라고 생각했다. 느낌은 꿈속에서 더욱 생생하게 느낄 수도 있었다. 꿈에서의 만족과 현실에서의 만족과의 차이와 기준은 어디에 두어야 할까? 현실에서보다 꿈속에서 더욱 생생한 느낌을 느끼고 그 느낌을 오래 간직했다면 그의 의식은 어떤 상태일까? 임종을 맞이한 사람이 그의 삶을 일회적으로 돌아볼 때 꿈과 현실의 한계는 어디에서 찾아야 할까? 현실은 잊어버리고 꿈의 생생한 기억을 간직하고 있다면 어떻게 되는 것인가? 그는 지쳐버렸다. 옛날에 자살하려다가 못한 것은 후회할 일인가? 그래도 살아갈 만한 가치는 있는 것인가?

 일단 알아버린 것을 더 이상 속일 수는 없다는 것은 아직 어른으로 성숙하지 않은 중호의 양심이었다. 양심을 속이고 있을 때 꺼림칙한 기만 덩어리를 안고 걸어 다니는 것처럼 자신의 존재가 불편하고 거북했다. 그는 인습이나 관습에 젖은 느낌이 없는지, 순수한 느낌이 어떤 것인지 관찰해야 했다. 될 수 있으면 끊임없이 변모해가는 것이 바람직하였다. 싫고 좋은 것을 가리지 말아야 한다. 맛을 들이지 말아야 한다. 소유욕이라는 것은 느낌을 지속시키려는 속임수이다. 선입관이라는 것은 어떤 느낌의 틀 속에 갇혀버리는 것이다. 여행을 떠나자. 물건에 현혹되어서 느낌을 묶어두지 말자. 물건에 속지 말아야 한다. 적어도 지구 위에서 느낄 수 있는 것은 모두 다 느껴야 한다. 여행을 떠나자. 전축이나 자동차의 안락한 의자나 텔레비전 앞에 나의 느낌들을 묶어둘 수는 없는 일이다. 남에게 절대 설교하지 말아라. 자기주장을 일단 강요해버리면 생각과 사고가 어느새 고착되어 버린다.

그러나 중호는 이런 느낌과 깨달음을 실행으로 옮길 만큼 한가하지 않았다. 돈이 없었다. 그는 자신의 몸뚱이를 갈기갈기 찢어버리고 싶었다. 속 시원하게 연습장이나 신문지처럼 갈기갈기 찢어버리고 싶었다. 어느새 그의 피부는 시든 무처럼 윤기를 잃었고 앙상한 팔다리에는 지렁이처럼 핏줄만 튀어 올랐다. 그는 요가를 시작했다.

모든 것을 다 이해한다는 것은 자신의 견해가 비집고 들어갈 틈을 허용하지 않는다는 것이었다. 그는 여전히 수동형에 머물고 있었다. 그는 인생에 대해 체념해버린 사람처럼 생글생글 웃는 웃음을 입술에 매달고 관조하려고 했다. 그것이 비굴하게 보여서 턱없이 봉변당할 때도 있었다. 그렇다고 어떤 환상도 있을 수 없다고 생각했다. 오로지 감각의 날카로움만이 요구될 뿐이었다. 중호는 그것을 인식이라고 생각했다. 그는 세상의 모든 것을 용서하고 싶었다. 싸움에 끼어들어도, 싸움의 동기를 이해하고 보면 어느 누구도 탓할 수가 없었다. 단지 자기 성찰이 없는 그들의 무지가 원망스러웠다. 그리고, 느낌을 향해 허우적대는 행위는 극기를 인정해야 했다. 그는 요가를 통한 극기에 점점 빨려들고 있었다.

기말시험이 끝나는 날 중호는 학교에다 휴학계를 제출했다. 홀가분했다. 버스에 올랐을 땐 비가 쏟아졌다. 바싹 조여 놓았던 신경을 하나하나 멋대로 풀어 헤치고 버스의 덜덜거림에 몸을 맡긴다는 것이 한없이 안온한 기분이었다. 거기에도 감각의 쾌락은 있었다.

버스에 오르내리는 사람들은 몸에서 김을 피워 올렸다. 비에 젖은 몸이 살내음을 풍겼다. 순간, 어머니의 등에 업혀 있던 어렸을 적의 지우산 내음이 왈칵 풍겼다. 장마가 져서, 온 들판이 붉은 황토물로 출렁거리던 시기였던가. 비를 흠뻑 맞고 따뜻한 아랫목에 누워 있을 때처럼 안온하여 꼼짝도 하기 싫었다. 중호는 눈을 감았다. 비가 줄줄 새는 헛간처럼 구질구질한 느낌도 스쳤다. 마치 모든 느낌들이 무엇인가를 향해 바들바들 떨고 있는 것처럼 떠올랐다간 사라지고 다시 떠올랐다. 중호는 이런 상태로 한없이 달렸으면……, 하는 생각이 머릿속을 스쳐가고 있었다. 순간적이었다. 그 생각이 섬광처럼 뭔가와 맞닥뜨렸다. 야릇한 순간이었다. 그는 깜짝 놀라 눈을 떴다. 가슴이 두근거렸고, 신비로운 놀람과 희열 같은 것으로 정신을 차릴 수가 없었다. 생각이 뭔가와 맞닥뜨리는 순간 모든 느낌들이, 자신의 모든 감각과 추억과 생각들이 꽃숭어리처럼 흐드러져서 파들파들 떨어대는 것 같았다. 그와 함께 이런 순간이 예전에도 있었던 어느 순간과 일치한다는 깨달음이었다. 중호는 이럴 수가 없다고 다시 생각을 되씹었다. 일상이 되풀이되는 모습에, 빨간 모자를 쓰고 있는 운전수에게, 애기를 업은 아낙에게 같은 종족으로서의 막연한 고마움을 느꼈던 것은 사실이었다. 그 뒤에 앉은 학생들. 또 몇몇 사람들. 안방에 누운 듯 나른한 권태감과 물을 차고 달리는 자동차 바퀴의 단조로운 음향과 버스 안쪽의 분위기가 몸의 일부분처럼 감미롭게 느껴지던 것도 생생했다. 눈을 감고 한없이 달렸으면 하는 생각과 함께 지구 밖에 텅 빈 공간이, 그가 알고 있는 모든 지식이 펼치는 현상이 죽음처럼 나른한 몸뚱이 위에 둥둥 떠다니고 있었다. 문득문득 정글 속을 달리다가 맞닥뜨리는 맹수들처럼 형체도 이름 지울 수도 없는 느낌들이 와글거렸던 것도 사실이었다. 그건 무수한 느낌들로 사장된 무의식 속으로 달리는 것이었을까. 깜빡 졸았던 것일까.

나른한 권태와 호흡의 속도와 가슴의 동계까지도 옛날의 어느 순간과 일치한다는 느낌이, 각성으로 끝이 났던 것이다. 착란인가. 그는 그렇게 단정했다. 자극에 대한 무의식적 반응은 모든 생물의 마음이라고 재확인했다.

이후로 중호는 밤하늘을 오랫동안 바라보든가, 어둠 속을 무작정 걸어 다닐 때 이런 착란을 경험했다. 그건 몸이 흐물흐물 지쳤을 때만 가능했다. 그리고 느낌을 형성하고 있는 기억에 형식이 없다면 모든 지나간 시간과 감각은 다시 체험할 수 있을 것으로 생각하였다. 그건 소나 돼지나 다른 동물들에게도, 아니 동물의 본능으로도 가능할 것이라 단정했다. 동물들은 언제나 영원을 살고 있는 것이라고 단정했다. 중호는 소나 말이나 양이 되어버린다면 영원과 순간을 동시에 사는 것이라 단정했다. 그러나 인간은 영원히 잃어버린 느낌만을 그리워하고 사는 것이다. 그렇다고 중호는 소나 말이 되고 싶지는 않았다. 그는 '프루스트'의 『잃어버린 시간을 찾아서』가 어떤 내용인지 궁금했다. 그가 구한 책은 『스완의 집 쪽으로』라는 단편뿐이었다.

　며칠 뒤에 중호는 뒷골 마을을 찾아갔다. 두 달 전에 신체검사 통지가 나와 있었다. 동구 앞으로 해서 옛집을 찾아갔을 때 별로 변한 것이 없었다. 그러나 개울이라든가 마당과 텃밭, 야트막한 야산들이 형편없이 빈약하고 초라한데 놀라고 말았다. 그가 기억하는 고향은 이런 것이 아니었다. 세상을 가득 채울 만큼 풍부하고 생생하고 찬란한 느낌들로 가득하지 않았던가. 그는 기억이 느낌으로 왜곡되고 있었다고 생각했다. 아니 느낌만 남아 있고 느낌을 구분하는 말과 시간과 형태는 희미해져 버렸다. 볼품없는 풍경을 바라보면서 중호는 마치 시간이 모든 것을 휩쓸고 가버린 듯 황량한 느낌을 안겨 받았다.

　다행스럽게도 갑종합격을 받았다. 벌거벗은 장정들이 마치 상품처럼 줄져 있는 속에서 중호도 등에 잉크색 도장을 꾹 눌러 받았다. 섬뜩한 두려움을 느꼈다. 몸에 아무런 이상이 없다는 건강체의 보증인 갑종합격이 안겨주는 안도감과는 달리 자신은 아직 완전히 성숙해 있지 않다는 느낌이 들었고, 완전히 성숙하지도 않았는데 강제로 몸뚱이를 뺏기는 기분이었다. 그리고 벌거벗어서 별로 차이점을 찾아볼 수 없는 장정들이 거대한 조직체에 획일적으로 사육된 듯한 느낌이 들었다. 한 개인이 아무리 발버둥을 치며 성실하게 자기 확인을 되풀이해도 아! 그것은 거대한 조직체에 의해서, 보이지 않는 어떤 힘으로 사육되고 있는 것 이상도 이하도 아니었다. 등급을 매기는 도살장처럼. 이렇게 생각하자 중호는 새삼스럽게 코끝이 찡했다. 문득 이것을 모티브로 해서 단편 소설을 하나 써야겠다는 생각이 스쳤다.

요가의 연구

잘 사육된 몸뚱이. 생글생글 웃는 관용과 쾌락. 체념. 극기. 다양하게 단련된 감수성. 그러나 이젠 농경시대에 논밭 옆에 수북이 쌓인 돌멩이처럼 아무런 의미가 없다고 생각되었다. 동네에 패싸움이라도 생긴다면, 도로가 생긴다면 돌의 의미는 똑같아진다.

중호는 삼각팬티만 입고 자신의 모습을 거울에 비추어 본다. 젊다. IQ 000. 키 1미터 00센티. 체중 55kg. 시력 2.0. 2.0. 다른 것은 더 필요 없었다. 국가는 그에게 갑종합격이라는 딱지를 붙여주었다. 노르끄레한 피부를 바라보았다. 조금씩 불거진 근육은 힘을 머금고 있었다. 납작한 가슴과 건강을 상징하듯 알을 머금은 복부근육. 불룩하게 솟은 남근. 그 아래 펜싱선수들처럼 내리뻗은 허벅지와 잘록하게 들어간 무릎. 양쪽으로 조금 삐져나온 장딴지. 그는 결가부좌를 하고 앉아서 완전호흡법으로 밤새 굳어버린 몸뚱이의 기능을 하나씩 풀어나가고 있었다. 의식이 문제였다. 의식을 횡격막의 오르내림에 두고 아랫배를 잔뜩 불리었다. 위장과 신장과 내장들이 꿈틀꿈틀 움직이는 듯했다. 다음엔 늑골을 잔뜩 끌어올리고 숨을 들여 마셨다. 호연지기. 중호는 이 운동을 할 때마다 등산할 때가 떠올랐다. 횡격막 위의 간과 염통도 부풀어 오르는듯했다. 천천히 어깨를 끌어당겨서 더 이상 공기를 흡입할 수 없을 만큼 숨을 들여 마셨다. 참을 수가 없었다. 다리가 아파서도 더 이상 참을 수가 없었다. 그러나 이를 악물고 참았다. 잠시 후, 입으로 토막토막 숨을 뱉어내면서 성문을 진동시켰다. 마치 덜덜덜덜 떨어대는 경운기의 흔들거림처럼 머릿속의 울혈과 쓸데없는 잡념들이 제거되는 듯싶었다. 그렇게 몇 번의 완전호흡이 끝나고 다음 동작은 물구나무서기였다. 20분 이상은 필요 없다고 했다. 인도의 마하트마 간디가 즐겨하던 요가. 네루 수상은 집무시간에도 수시로 옥상에 올라가서 이 운동을 즐겼다는 것이 아닌가? 변비와 심장에는 해롭지만 간뇌와 미주신경을 자극해서 뇌하수체를 촉진한단다. 원래 사람도 다른 짐승처럼 네 발이었다. 직립함으로써의 부작용을 해소해야 했다. 그는 꿇어앉아서, 잠을 깨고 난 호랑이의 포효 자세를 취했다. 발톱을 있는 대로 뻗어내는 것처럼 손가락과 발가락을 있는 대로 벌리고 눈을 부릅뜨고 입을 벌리고 혀를 길게 뽑아냈다. 인간이 문화생활을 유지함으로써 생기는 문화병에 대비해서, 중호는 신체의 부분들을 하나씩, 하나씩 의식해가면서 요가를 했다. 정말 인도의 요기들은 무덤 속에서 하루를 버틸 수 있을까? 허파의 호흡을 최대한 줄이고 세포의 호흡으로 24시간 생명을 연장할 수 있을까? 아니면 동면하는 짐승처럼 되는 것인가? 머리 꼭대기와 손바닥의 신경은 항문의 괄약근과 연결되어 있다고 했다. 변비는 아침에 찬물을 한 잔 마시든가 아니면 머리 꼭대기를 두들기며 양쪽 손바닥을 교대로 주무르면 효과가 있다고 했다. 아킬레스건은 작은골과 연결되어 있으므로 발목의 굴신작용은 숙취에 좋은 효과가 있다고 했다. 중호는 요가를 연구하면 침술에 무척 좋은 효과를 볼 것이라 생각했다. 아니, 침술을 익히면 인도의 요기들처럼 몸의 기능을 어느 정도 의식적으로 조절할 수 있으리라 단정했다.

무엇보다 요가에서 가장 재미있는 것은 마지막에 하는 '사바 아사나'였다. 이 운동은 그렇게 생소하지 않았다. 바닥에 반듯하게 누워서 의식을 발가락 끝에 오랫동안 집중하고 있으면 발가락만 뎅그렇게 주목받았다. 다음엔 무릎에, 사타구니와 성기에. 복부와 배꼽에, 차례로 심장에 가까운 부분으로 의식을 옮겨가노라면 몸의 다른 부분은 마치 절단되어 떨어져 나가고 나중엔 심장만 뎅그렇게 주목받았다. 그는 오랫동안, 이 심장만을 응시하고 있었다. 그러다간 마지막으로 양쪽 미간에다 의식을 옮겨 놓았는데 그땐 이미 몸뚱이는 어디 있는지 알아차리지 못하는 상태였다. 손과 발을 찾아보아도 찾을 수가 없었다. 미간으로부터 그의 의식은 둥둥 떠올라 허공으로, 산과 바다 위로 날아다녔다. 누가 옆에 와서 그의 이름을 불러도 몸뚱이가 없어서 일어날 수가 없었다.

어느 날 순자가 그의 이름을 방문 밖에서 부르다가 대답이 없자 방문을 드르륵 열었다.

"에그머니!"

방문은 금방 닫혔다. 공중에 떠 있는 중호의 의식이 키들키들 웃었다. 그러나 몸뚱이의 어느 부분과도 그의 의식은 연결되어 있지 않았다. 그는 일어나서 요가를 하고 있었다고 변명해야겠는데 팔도 다리도 삼각팬티 아래의 불룩한 성기도 그와는 아무런 연관도 갖지 못하고 있었다. 부끄럽기도 하고 노출증에 걸린 것처럼 묘한 느낌이 그를 흔들어 놓았다.

그 무렵 순자는 낮 동안에는 이모의 집에서 살다시피 했다. 이젠 할머니가 되어버린 중호의 어머니, 외할머니를 도와드리기도 하고, 또 자신의 행복한 모습을 과시하고 싶은 충동 때문이었으리라. 그녀는 병희와 다투었을 때도 병희의 일거일동을 자랑하듯 세세하게 이모와 할머니에게 알려주었다.

"이모! 중호 삼촌 뭐가 이상하잖아?"

"왜?"

"빤스만 입고 누워서 말이야……. 불러도 못 알아들어!"

"잠이 들었나 보지."

"아냐. 한참 있다가 왜? 하고 나는 잊어버리고 있는데 물어봐!"

"별걸 가지고 다 야단이다."

"이모는, 그게 아니야. 생뚱스럽잖아!"

"그만해! 이상하긴 뭐가 이상해!""

"아이, 이모는 내 말을 못 믿어!"

그런 뒤에 그녀는 또 병희 자랑을 했다. 누워서 아이를 발바닥 위에 올려놓고 흔든다고, 구경시켜준다고 머리만 잡고 번쩍 들어 올린다고, 순자가 기겁하고 말리지만 지 새끼 지가 좋아하는데 뭐가 어떠냐고 하면서 아이를 끌어안고 뒹군다고. 정말이지 자기만 아이를 가진 것처럼 요란을 떤다고 깔깔거리고 있었다.

"이모. 우리 쌍문동 쪽에 조그마한 집 하나 샀어. 집을 고쳐서 팔면 재미가 솔솔하대여."

순자는 팔리지 않으면 그 집에 들어가 살 작정이라고도 말했다.

안방에서 이런 이야기가 들리면 중호는 키들키들 웃음이 나왔다. 요즘 중호의 호기심을 끄는 건 인체의 기능과 능력이었다. 요가를 시작하고부터 중호는 인간의 능력과 기능은 어느 정도인가? 뭔가 잘만 조절된다면, 문명의 이기를 배척해버리고 원시상태로 둘 수 있다면 구약성서에서와 같이 인간이 몇백 년은 거뜬히 살 수 있을 것인가 하는 생각에 몰두했다. 동물처럼 날카로운 후각과 박쥐와 같은 청각과 희랍신화의 거인들처럼 막강한 힘을 지닐 수 있을 것 같은 생각이 문득문득 그를 지배했다. 하다못해 장수마을의 주민들처럼 백 년은 거뜬히 살 수 있을 것 같았다. 중호는 행복과 불행 같은 데엔 관심이 없어졌다. 인간의 기능과 능력. 그의 머릿속에는 이런 것들이 되풀이되고 있었다. 그 지방의 향토색과 지형과 기온과 풍습이 인간의 기질을 어떻게 형성하는가, 기질은 능력에 어떤 영향을 미치는가 하는 데에 그의 관심이 쏠리고 있었다. 어깨로 피가 몰리면 잠이 잘 오지 않고 기침이 나온다는 것을 중호는 요가를 통해 터득했다. 귀신 이야기와 도깨비 이야기, 전설과 민담을 들으며 두 귀를 쫑긋 세우고 있던 어릴 때의 모습이 어떤 형태로 굳어졌을까 하고 궁금했다. 그렇게 굳어진 체형은 어떤 형태를 유지하고 있을까. 문화적 현상을 과학과 해부학으로 접근하고 싶었다. 학교보다 예배당에서 아이들과 어울려 놀던 일이 궁금했다. 못골 뒤쪽의 칼로 자른 듯한 산맥과 차곤이와 주철이의 존재가 유년시절의 자신과 무관하지 않다는 생각도 들었다. 중호는 우리나라의 북쪽 산들이 험준한 악산인데 비해 남쪽으로 내려갈수록 완만해지는 것을 확인했다. 그것이 그곳에 사는 사람들의 의식과 생활에 어떤 영향을 미칠까도 생각해보았다. 대륙과 섬사람들의 기질과 성격의 차이점도 알고 싶었다. 그 사람들의 체형, 습관, 버릇, 풍습, 주식들이 궁금했다. 그리고 이런 것들이 태아의 세포분열에 어떤 영향을 미칠까도 생각해보았다. 태아기의 성호르몬에 태아가 영향을 받는다는 것도 알고 있었다. 그와 함께 몸의 기능이 어떻게 이루어지는가를 생각했다. 만약 유년기부터 사람들을 이런 식으로 성장시키면 어떻게 될까 하고도 생각했다. 충격적인 얘기를 들었을 때의 모습, 실의나 비탄에 빠졌을 때의 모습, 최대의 쾌락과 최대의 고통이 만드는 형태에 관심이 쏠렸다. 반대로 몸의 형태에 따라 기분과 사고방식이 어떻게 변하는지도 알고 싶었다. 천재들의 기벽. 천재들의 공통점. 몸의 구조. 범죄형 인간들의 공통점은? 그는 사람을 바라볼 때 옷을 벗기고 발가벗은 몸 뚱이를 떠올려보고는 했다. 헤세의 소설에서 골드문트라는 주인공이 쾌락에 도달한 여인의 표정과 분만할 때 고통에 일그러진 표정이 흡사하다고 스승에게 말하는 장면이 있었다.

"자네가 방금 한 말이 무슨 뜻인지 알고 있나?" 스승이 묻는다.

"젊은이, 자네는 예술에 대해 놀라우리만치 훌륭하게 말할 줄 알고 있네. 그리고 쾌감과 고통에 대해 그렇게 많은 이야기를 할 줄 알다니……."

스승이 감탄을 한다. 중호는 그런 경험이 없기에 표정과 체형이 더 궁금했다.

그는 잠이 잘 오지 않을 때, 불안과 공포를 느낄 때, 까닭 없이 신경이 곤두설 때, 권태와 무료를 느낄 때 까닭 없이 눈물이 괴어오를 때 요가를 했다. 마치 요가를 통한 극기만이 그가 할 수 있는 유일한 행동처럼. 세상의 일들이 무미건조해졌다. 젊고 싱싱하고 상상력으로 뭉쳐져 있는 자신의 몸뚱이도 시간과 함께 소멸해 갈 것이다. 어깨에 꾹 눌러지던 갑종합격이라는 인식표가 집달관에게 압류된 물건처럼 이질감을 풍기던 느낌도 떠올랐다.

"나는 뭔가? 굶어가면서, 밤을 새워가면서 이렇게 나를 만들었는데 국가는 국가라는 이름으로 하루아침에 나를 맘대로 박탈해가도 되는 것인가?"

이런 중호에게 한여름의 한낮은 잔인한 형벌 같았다. 과외수업을 그만둔 이후로 그는 시내 쪽으로는 외출하지 않았다. 시내 쪽의 어느 누구와도 만나고 싶지 않았다. 부사관학교를 수석으로 졸업한 중희는 미국으로 유학하러 갔다. 갔다 와선 곧 월남전에 합류했다. 경원이는 반평생을 미군부대 교환수로 종사하고 있었기 때문인지, 교환수 여자들과의 잡담을 그냥 옮기는 것인지 걸핏하면 말끝마다 엽전들 근성이 튀어나왔다. 한국 남정네들의 술버릇이라든가, 손 하나 까딱하지 않고 부인을 시종처럼 부려 먹는 버릇들을 하나하나 들추면서 흉을 보았다. 재떨이를 가져와라, 물 가져와라, 술 사 와라……. 중호는 식문화의 비교가 가장 모욕적으로 들렸다. 왜 그런지 자신도 몰랐다. 초식동물처럼 우거지와 시래기와 풀만 먹어서 창자가 길어졌을 것이라고 말하는 누이가 미웠다. 중호는 창자가 길어져서 왜 나쁘냐고 따지고 싶었지만 감히, 누이에게 대든다는 것은 상상도 할 수 없는 일이었다. 옛날에 가졌던 누이에 대한 존경심이 허물어지고 있었다.

어머니 생신이라고 오랜만에 가족들이 모인 자리에서 일이 벌어지고 말았다. 저녁 늦게 술을 조금씩 마신 그들은 기분이 들떠서 분위기를 엉망으로 만들어버렸다.

"이 서방. 자네는 말하는 버릇이 왜 그 모양인가?"

경원이 누이가 막내 누이의 남편 '이 서방'의 좀 경망스런 행동에 제동을 건 것이 발단이었다.

"흥, 흥. 제 말버릇이 어때서요."

막내 누이의 남편은 말하기 전에 홍, 홍 하고 콧소리를 내는 버릇이 있었다. 경원이는 그 버릇이 못마땅했다. 사람은 좋지만 예의범절과는 거리가 멀게 살아온 것을 모르는 것을 아닐 터인데 트집처럼 들렸다.

"좀 점잖게 다소곳하면 안 되나?"

"홍, 홍. 제가 원래 그렇게 살았는데 우짭니꺼?"

"그러면 그런 버릇도 고쳐야지."

"홍, 홍. 그게 하루아침에 고쳐집니까?"

"자네 그냥 좀 가만히 있게나. 자, 술이나 마셔."

큰 매형이 점잖게 말했다.

"홍, 홍. 술맛이 영……."

"왜? 술맛이 어떤가?"

"키울 능력도 없이 애들은 왜 그렇게 많이 낳았나?"

결국은 막내 누이의 가장 아픈 곳을 건들고 말았다.

"홍, 홍. 생긴 걸 우짭니꺼?"

"생긴다고 다 낳나? 지금도 다섯이잖아?"

"어이. 작은 처남도 술 한 잔 받아."

"아들 바라고 딸만 다섯 낳았잖아!"

중호는 그들과 어울려 술을 마시기엔 아직은 맘이 편치 못했다.

그날 한밤중이었다. 막내 매형이 P시로 내려가겠다고 소란을 피웠다. 새벽이라고, 모두가 말렸지만 소용이 없었다. 여관방이라도 찾아가겠다고 집을 나서는 걸 붙들고 새벽까지 기다리게 했다. 중호가 역까지 바래다주고 돌아왔다.

"이렇게밖에 살 수 없는 것인가?"

자리에 누웠지만 잠이 오지 않았다. 손수건으로 눈물을 찍어내던 막냇누이의 얼굴이 자꾸 떠올랐다. 벌떡 일어나서 책을 펼쳤다. 글자가 눈에 들어오지 않았다. 누구의 잘잘못을 따지기가 싫었다. 옆집 아낙들이 마루에 벌렁 누워서 하염없이 불러대는 유행가 소리도 짜증스러웠다. 마치 바짓가랑이를 붙들고 할 일을 하지 못하게 주저앉히는 것처럼 화가 치밀었다. 가슴에 구멍이라도 숭숭 뚫어놓는 것처럼 허무의 감정이 몰려들었다. 한낮의 고요를 뚫고 울리는 트럼펫 소리처럼 간들간들 이어지는 라디오 소리도 견디기 힘들었다. 나른한 권태와 무료 속에서 억지로, 강제로 퇴락의 감정을 떠안기고 있었다. 그는 책을 읽다 말고 산책을 하였다.

둔덕의 교회를 지나갈 때 우루루 몰려가던 학생들이 방향을 잡지 못하고 우왕좌왕하다가 교회 뒤쪽 골목으로 사라지던 모습이 떠올랐다. 그는 그 골목을 피해서 묘목장 뒤쪽 산자락을 타고 올라갔다.

. 여름날의 무성한 나뭇잎들 사이로 난 길은 한적하고 조용했다. 그렇게 한나절을 돌아다니다가 돌아왔다. 피곤하고 힘들었다. 눈을 좀 붙이려고 자리에 누웠다. 가슴이 두근거렸다. 일어나서 요가를 시작했다. 똥파리 한 마리가 요란한 소리로 날아다녔다. 날카로워진 신경이 그놈 때문에 더 날카로워졌다. 책과 옷을 휘두르며 놈

을 쫓다 보면 어디에 숨었는지 없어졌다. 다시 자리에 누워 잠을 좀 자려고 했다. 또 똥파리가 날아다니기 시작했다. 방 안을 휘젓고 날아다니는 놈의 날갯소리가 비행기 소리보다 요란했다. 창문을 열어 놓았다. 마치 지능을 가진 놈처럼 나타나지 않았다. 그다음부터 중호는 무엇을 했는지도 몰랐다. 아침이 되어서야 그는 창에 붙어 죽은 까만 똥파리를 보았다. 나른한 허탈감에 빠져 축 처져 있던 몸뚱이가 갑자기 긴장했다. 벌겋게 솟아오르는 아침 햇살을 배경으로, 영롱한 색채들을 배경으로 죽은 줄로만 알고 있었던 파리의 배때기에서 터져 나온 쌀겨 같은 구더기들이 창을 기어 다니고 있었다. 어찌나 놀랐던지 그는 전신을 부들부들 떨고 있었다. 심장이 터질 듯 두근거렸고, 호흡도 거칠어졌다. 그것은 너무나 강렬하게 너무나 생생하게 충격을 주었다. 수시로 몸이 후들후들 떨렸고, 가슴 깊숙한 곳에서는 뭔가를 외치는 소리가, 함성 같은 것이 자꾸 터져 나오려고 했다. 요가도 아무런 소용이 없었다. 심장의 동계가 제멋대로 뛰었다. 호흡이, 내 쉬는 숨이 도로 빨려 들어가고 멋대로 진행되었다. 이러다가 죽는 것은 아닌가 하고 두려웠다. 몸뚱이가 혼자 깜짝깜짝 놀랐다. 그래도 할 수 있는 것은 요가밖에 없었다. 완전호흡으로 심신의 안정을 꾀한 후에 이불을 깔고 누웠다. 눈을 감았다. 갑자기 무수한 구더기들이 눈꺼풀의 빨간 망막 위에 붙어서 꿈틀거리기 시작했다. 중호는 소스라치게 놀라 뻘떡 몸을 일으켰다. 쿵쿵 울리는 심장 소리가 머리까지 전달되었고, 숨이 가빴다. 무서웠다. 그래도 침착하게 맥박을 재 보았다. 일 분에 130번이나 뛰었다. 핏줄이 터질까 봐, 뇌졸중이라도 일으킬까 봐 두려웠다. 다시 요가를 시작했다. 물구나무서기나 다른 위험한 것은 그만두고, 정화호흡과 시체포즈를 취했다. 될 수 있는 대로 호흡은 천천히, 규칙적으로 조절했다. 그 사이에 맥박이 다시 60으로 줄어들었다. 다시 이불을 깔고 누웠다. 빨간 망막 위로, 마치 방금 솟아오른 아침 해 같은 망막 위로 구더기들이 무지갯빛으로 기어 다녔다. 그는 참으려고 노력했다. 진땀이 흘렀고, 몸뚱이가 물에 빠진 듯 땀으로 흥건했다. 러닝셔츠를 벗어서 쥐어짰다. 팬티도 짰다. 물이 주루룩 흘렀다.

그는 며칠 동안, 이 짓을 되풀이하다가 병원을 찾았다. 자학에 가까운 독기였다. 몸의 기능을 인정해주고 싶지 않은 정신의 가학 행위였다. 그는 그 며칠 아무것도 먹지 못했다. 조금만 먹어도, 빵 한 조각이나 사과 한 조각만 먹어도 뱃속에서 이질감에 부대끼다간 토해버리곤 했다. 그러니 대변도 소변도 볼 수 없었다. 눈을 감고 있으면 귀가 눈으로 변한 듯 주위의 모든 소리가 귀로 보는 듯 환히 떠올라 보였다. 그는 경원이 누이에게 침착해지려고 애쓰면서 조심스럽게 말했다.

"누님, 나 병원에 좀 데리고 가 주세요."

경원이가 불안한 듯 그를 노려보았다. 중호는 아무에게도 들키지 않으려고 혼자 버둥거리고 있던 것이 너무 힘들었다.

"왜? 어때서? 넌 언제나 그렇게 뚱딴지처럼 놀래키는 행동만 하냐?"

중호는 그때야 눈물이 핑 괴어들었다. 그러자 갑자기 서러워져서, 참을 수 없는 울음이 터져 나왔다. 그러고는 둑이 터지듯 물이 쏟아지듯 마구 지껄이기 시작했다. "맞아요, 맞아요. 누님 말이 맞아요. 엽전들! 우리나라 엽전들. 게으르고 느러터지고, 우물 안 개구리처럼 배타적이고, 아, 나 좀 살려주세요. 이제 분석은 그만하겠습니다. 요가도 연구할 필요가 없어요. 정말입니다. 모두가 거짓뿐입니다. 나 좀 살려주세요. 나 이제 죽을 것 같아요, 모두 개새끼들입니다. 모두, 모두, 인간의 능력은, 의식은 몸뚱이에 달렸어요. 건강한 육체에 건강한 정신이란 말. 아, 불쌍해서, 불쌍해서… 나 좀….''

계속되는 중호의 넋두리에 경원이 겁을 먹고 와락 달려들어 그를 흔들었다.

"애가 왜 이러니. 애가! 엄마, 엄마, 애가!"

머리 한쪽에선 투명하면서 말간 렌즈의 시선이 떠올라 자신의 이러는 모습을 냉정하게 지켜보고 있었다.

중호는 병원에서 주사를 맞았다. 주사 한 대로 모든 것이 중력에 이끌리듯 차분하게 내려앉았다.

아름다운 것들

늙은 의사는 중호에게 일주일쯤 입원할 것을 권유했다. 중호의 머리를 만져보았고, 학교생활에 대해서도 물어보았다.

"지독한 반골이구면. 머리에 상처 입은 곳도 없네."

의사는 중호에 대해 이미 많은 것을 알고 있었다.

"선생님~, 골상도 보세요?"

경원이 놀랍다는 듯 그러나 장난스럽게 웃으면서 농담했는데도 의사는 그냥 빙그레 웃었다. 그들은 전쟁 때부터 알고 있었던 사이인가. 왜소한 체구의 의사는 소아마비를 앓은 듯 절름발이었다.

"최근에 무슨 충격을 받은 일은 없고?"

경원은 대답하지 않았다.

"문학을 한다고?"

"……."

"공연히 어렵게 살 필요는 없는 거야. 그냥 평범하게 사는 거야. 사는 게 문제지, 사는 게. 장가를 들어 아들딸 낳고 사는 거야. 저녁마다 술을 조금씩 마셔! 커피와 담배는 끊고. 당분간 신문도 책도 보지 않는 게 좋아. 자칫 큰일 날 뻔했어!"

그러면서 주사를 놓았다. 무슨 주사였을까. 중호는 몰려오는 슬픔을 지그시 깨물었다. 약 기운이 서서히 번지면서 세상은 갑자기 가을 햇살이 깔리듯 비애감으로 출렁거리기 시작했다. 경원이는 중호가 막내둥이라 책임감이 없다고, 말썽꾸러기여서 그렇다고 말했다. 중호는 약물에 의한 안도감을 느끼면서 의사를 바라보았다. 안경 너머 의사의 눈은 연민을 머금고 중호를 바라보는 듯했다. 중호는 관념 속에서 희끗거리는 의사를 끌어안고 울음을 터뜨렸다.

중호는 매일 저녁, 어둠이 산그늘처럼 서서히 몰려들 때쯤 해서 병원을 찾아갔다. 그때마다 세상은 조용하고 평화로운 모습으로 탈바꿈했다. 거기엔 인간들끼리 약속해둔 질서가 있었고, 엄격성과 규범과 형식이 도사리고 있었다. 내용만큼이나 그 내용을 감싸는 형식도 소중하다는 생각을 처음으로 했다. 삶의 형식이 없다면 내용이 아무리 다양하고 좋아도 뒤죽박죽이 된다는 생각도 들었다. 그것이 어느 개인의 사욕에 의해서, 집단의 목적에 의해서 부당하게 탈바꿈했다 하더라도 출발은 외로운 인간들끼리의 순수한 아름다움에서 연유되었다. '역사는 이 순수한 아름다움을 향한 의지의 흐름이다, 인간의 마음이다, 비록 아메바의 헛발운동에 불과하다고 할지라도 그것은 얼마나 아름다운 것인가?'

중호는 최면을 걸듯 이런 식으로 자신을 타일렀다. 그는 이 아름다움을 향한 의지가 있기에 인간은 절대 자멸하지 않을 것이라고 타일렀다. 기분이 좋아졌다. 해서, 모든 것은 새로운 중력을 가지고 중호의 눈에 비쳐 보이기 시작했다.

그러나 놀이터에서 쫓겨난 아이처럼 서운한 느낌을 떨쳐버릴 수가 없었다. 모든 것을 갑자기 빼앗겨버린 듯 허탈감도 견디기 힘들었다. 술이나 마시면서……. 아무것도 하지 말아야 한다. 집 앞에서 이런 생각에 빠져 서성거리고는 했다.

이웃에 살고 있다는 것을 알고는 있었으나 한 번도 말을 나눈 적이 없는 서태호가 어느 날 통성명을 해왔다. 유들유들해서, 마치 우량아 선발대회에서 특상이라도 차지할 것 같은 체격으로 어른이 된 모습이었다. 그는 파자마와 러닝셔츠만 입고 있었다. 눈썹이 짙었고 코는 두툼해서 육감적이었다. 어른들의 처세를 연습 중인 듯 악수를 하고 공손하게 상대편을 모시는 행동이나 왼손을 호주머니에 넣고 오른손을 흔들고는 했다. 중호는 웅기 생각을 했다. 타인의 시선을 의식해서 하는 행동이었다. 중호의 눈에는 그들의 행동이 어른의 흉내를 내는 유아기 아이들 같았다. 태호가 옷을 갈아입고 나왔고, 중호는 그를 따라 정류장 부근의 감자국 집에 갔다. 태호는 재작년에 어느 대학을 중퇴했다고 했다. 여름날 저녁의 후덥지근한 바람이 어스름을 몰고 다녔다.

검은 광목천에 하얀색 페인트로 감자국, 왕대포, 국밥…… 이라고 써 붙인 감자국 집에는 군대용 식탁처럼 의자와 탁자를 붙여 놓은 것이 세 개 나란히 놓여 있었다. 한쪽은 공항의 스낵코너처럼 높다랗게 해 놓았다. 그 앞에는 역시 높다란 의자가 두 개 놓여 있었다. 식탁엔 남색 비닐이 덮어씌워져 있었고, 군데군데 뜨거운 그릇들이 놓였었던 자리가 달의 분화구처럼 동그랗게 생겨 있었으나 아직은 깨끗한 편이었다. 머리 위엔 60촉짜리 노란 전구 몇 개가 가을 햇살처럼 힘없이 불빛을 쏟아내고 있었다.

"그러니까 영장이 언제 나올지도 모르겠네요."

"그렇지요. 아마 내년쯤에 나오지……."

중호는 씁쓸하게 웃었다. 태호와 어울린다는 것이 마치 타락의 세계로 굴러가는 듯 그를 서글프게 만들었다. 태호는 거울 앞으로 어슬렁거리며 걸어갔다. 튼튼한 근육이 의복 밑에서 움직일 때마다 꿈틀거렸다. 거울 속에서 태호는 넌지시 무게를 잡았다. 한쪽 무릎을 조금 꺾어 세우고 어깨를 끌어올려 안으로 조금 굽히고는 인상을 북 그었다. 눈썹이 송충이처럼 곤추섰고 두툼한 입술이 잔인스럽게 일그러졌다. 눈을 가늘게 뜨고 거울 속으로 중호를 노려보았다. 그런 인상을 만들기를 연습하는 듯싶었다. 중호는 기분이 나빴고 은근히 겁도 났다. 겁먹을 필요가 없다고 자신을 타일렀다. 태호는 금세 만들었던 험악한 인상을 하나씩 뜯어 정상적인 표정을 만들고는 다시 중호 앞에 와 앉았다. 깡패처럼, 속물적 처세술을 연습하듯 인상을 북 긋는 것도 그냥 버릇이었다.

"안 형, 안 형! 우리 굵고 짧게 한바탕 살아보지 않을래요?"

중호에겐 그 말이 이상스럽게 들렸다.

*

태호는 이곳 변두리에서 모르는 사람이 없는 듯 만나는 사람마다 중호에게 소개했다. 인맥을 과시하려는 느낌도 들었지만 허풍도 느껴지는 행동이었다. 노름하다가 상대방의 이를 부러뜨리고 도망해 왔다는 곰보. 제비처럼 옷을 날씬하게 뽑아 입은 놈팡이. 당구장 주인. 의과 대학생 두 명, 입술에 주름이 많아 웃을 때마다 이상한 느낌을 주는 정용이. 정용이는 중호보다 대여섯쯤 많아 보였는데 통성명이 끝나자 학생증과 제대증까지 탁자 위에 올려놓았다. 그는 내년 졸업과 함께 교원자격증을 딴다고 자랑했다. 태호는 정용의 고향이 백령도라고 자기 일처럼 자랑했다. 중호는 정용이 가지고 있는 잭 캐루악의 『노상에서』라는 책에 더 관심이 쏠렸다. 그러나 당분간 책은 보지 않을 작정이었다.

"안 형! 대구리 배 하나에 얼마인 줄 알아요? 부자예요, 부자, 이 친구. 대구리 배가 3척이나 있어요. 그러니까 여기 서울에 집도 사 놓고 공부하고 있지요."

중호는 그들 속에 빨려들지 말아야지, 말아야지 하면서도 다음 날은 또 온종일 태호와 함께 다방에 앉아 있었다. 변두리 다방은 별로 할 일 없는 사람들이 의자에 눌어붙은 듯 앉아서 서로의 눈치나 살

피곤했다. 태호는 전화부록책을 뒤적거리다 말고,

"안 형, 우리 이치 찾아갑시다, 가서 통사정 한번 해 봅시다. 뭐든지 하겠다고, 이 젊음과 패기로 뭐든지 해 보겠다고 통사정하고, 일자리 하나 만들어 달라고 합시다."하고 수첩에다 전화번호를 옮겨 적으면서 말했다.

태호의 수첩에는 재벌과 유명 인사들과 돈 많은 과부들의 이름과 전화번호가 빽빽하게 메워져 있었다. 저녁에는 또 술을 마셨다. 태호에게 이끌려 난생처음으로 힐튼 바라는 술집에 들어갔다. 어두컴컴한 조명 속에 음악 소리는 찢어지게 출렁거리고 있었다. 마치 긴 동굴 같았는데 군데군데 빨간 조명이 비치고 있었다. 갑자기 중호는 끈적끈적한 자력 같은 느낌이, 자신이 쇠붙이가 아닌데도 부드럽고 끈적거리는 수분기가 전신을 감싸고 빨아들이는 듯 중압감을 느꼈다. 도망가고 싶은 충동이었다. 그러나 벌써 몸을 거의 다 노출한 여인들이 빨간 불빛으로 해서 피부를 벌겋게 만들고 몰려왔다. "안녕하세요." "안녕하세요." 그러면서 의자에 털썩털썩 주저앉았다. 잠시 후엔 까만 바지와 까만 스웨터를 입은 사람이 다가왔다. 다른 여자들처럼 가슴이 솟아 있지도 않았다. 눈이 크게 보이도록 화장하고 있지도 않았다. 조명 탓이었다.

"자기, 하루 종일 어딨었어?" 그러면서 태호를 어깨로 툭 쳤다. 힐튼 바의 주인이라고 했다.

"안중홉니다."라고 중호가 일어나서 꾸벅 인사를 했을 때

"소만자예요, 잘 부탁합니다." 했다.

그녀는 기도를 드리듯 가슴에 두 손을 모으고 있다가는 자리를 떴다.

"저 친구가 나하고 연애하자는 친구야." 태호가 말했다.

"안 형이 오니까 부끄러운가 본데? 나이는 서른두 살."

옆의 여자가 태호의 허벅지를 꼬집었다.

술이 몇 순배씩 돌자 중호는 조명빛깔의 벌건 구멍 속으로 자꾸 빠져드는 착각을 일으켰다. 정신을 차리려고 자꾸 눈을 부릅떴다. 지난 일들이 거대한 우주와 같이 그의 머릿속으로 소용돌이치면서 들어와 앉았다. 어릴 때 예배당에서 듣던 천당과 지옥의 얘기와 소설 속의 기이한 얘기들이 뒤죽박죽되었다. 머릿속의 세계는, 동공의 바깥에 비치는 풍경과는 아무런 연관도 맺지 못하고 있었다. 중호는 눈을 크게 뜨려고 정신을 모았다. 이 풍경이 그의 기억 속에서 새로운 세계로, 그리움과 쾌락을 만들지 않도록 그를 지켜야 했다. 모르고 있었을 때처럼 방관해 둘 수는 없다는 생각이 들었다.

"안 선생님, 왜 그러세요?"

"안 형! 왜 그래?"

그러나 중호는 도망을 쳐버렸다. 아무렇게나 살 수는 없었다. 너무 갑작스런 충격이라 겁도 났다. 살아가는 건 나름대로 질서를 이루는 것이다. 되는대로 이루어지는 질서가 아니라 선택해야 하는 것이다. 머릿속 어딘가에서 그런 소리가 계속 들렸다.

그러나 그는 아직 환자였다. 그는 자신을 환자라고 생각하지는 않았으나 당분간은 근신하는 것이 좋으리라 생각했다. 당분간 일상의 이런 것들로부터 떠나 있고 싶었다. 옆집 아낙들의 유행가 소리로부터. 부엌에서 끊임없이 이어지는 단조로운 소리들-그릇 씻는 소리, 물 쏟아버리는 소리, 밥 짓는 소리, 한낮의 무료를 뚫고 끈질기게 이어지는 라디오 소리. 수돗물에 대한 어머니의 맹목적인 집착으로부터. 모든 일상으로부터 그는 당분간 떨어져 있고 싶었다.

다음날은 아침 일찍 집을 나와서 산속 깊숙한 곳으로 들어와 버렸다. 이슬이 채 마르지 않은 수목들 사이로 막 솟아오른 햇살이 비집고 들어왔다. 풀잎 끝에 맺힌 이슬방울들이 햇살을 받아 반짝이고 있었다. 수풀 사이로 비쳐 나온 햇살은 자잘한 돌멩이들까지도 발갛게 물들여 놓았다. 조금 더 걸어 올라갔을 때는 비를 맞은 듯 흠뻑 젖어 있는 오리나무를 보았다. 비도 오지 않는데 왜 이렇게 젖었나? 나뭇잎 끝에서 물방울이 떨어지고 있었다. 중호는 숨이 턱 막혔다. 뛰어가서 오리나무 앞에 우뚝 멈추었다. 다행히도 산속에는 아무도 없었다. 나무의 가장귀를 만지작대다가 잎을 유심히 살펴보았다. 그러다간 등을 오리나무 쪽으로 해서 오리나무 아래에 섰다. 물방울이 머리 위로 목덜미로 뚝 떨어졌다. 차가운 생명을 머금듯 싱싱했고, 떨어질 때마다 그는 몸서리를 쳤다. 그는 오리나무 밑을 빠져나와 좀 더 깊숙이 산속으로 들어갔다. 소리가 없는 고요는 편안했다. 그는 어느새 반대편의 도로 쪽으로 나와 있었다.

산책을 나온 사람이 중호를 힐끔힐끔 쳐다보았다. 중호는 자신의 모습을 내려다보았다. 신발과 바짓가랑이가 흠뻑 젖어 있었다. 그 사람은 급한 볼일이라도 생겼다는 듯 마을 쪽으로 바삐 내려가고 있었다. 중호는 갑자기 가슴이 두근거리기 시작했다. 그 사람의 눈에 비친 자신의 모습은 간첩 식별법에 딱 들어맞았다. 그의 외모는 수상한 사람, 주의해야 할 사람들 중에 첫째 사항이었다. 신발에 흙이 잔뜩 묻어 있다. 옷이 젖어 있다. 피곤해 보인다. 아침 일찍 산속을 배회하고 있다. 담뱃값이나 목욕탕 값을 모르고 있으면 더 위험했다. 중호는 뛰어서 처음 산을 오르던 지점으로 돌아왔다. 그래도 맘이 놓이질 않았다. 만약 간첩으로 오인되어 붙들려갔을 때, 수사관들의 강압적인 말 한마디에 자신의 생각들이 어떻게 튀어나올지도 모른다는 불안감이었다. 만약 그들이 고문을 가한다면, 고통을 이기지 못해 무슨 소리를 지껄일지 모른다는 불안감이었다. 아직도 그는 공산주의에 대한 기대감과 동경 같은 것을 버리지 못하고 있었다. 그들은 자신을 미끼로 그들의 정치적 목적을 위해 어떤 선전을 펼칠지도 모르는 일이었다. "다 알고 있어. 바른대로 말해. 너 빨갱이지?"-"아닙니다, 아네요."-"아니긴 뭐가 아니야, 인마!" 그러면서 아가리를 갈기고, 복부를 쥐어박고, 웅크리고 앉은 그의 등짝을 구둣발로 짓밟는다. 비명과 함께 평소의 생각들이, 잠깐씩 의문을 품었던 생각들이 팝콘 통에서 팝콘이 튕겨 나오듯 튀어나온다. "아이들은 국가에서 키운다면 더 좋은 세상으로 다가갈 수 있을 것이다." "인간에 의한 인간의 착취가 어떤 것인지 말해봐!" "마르크스의 말대로 노동자의 해방은 노동자들 자신의 손으로 이루어야 한다." 머릿속 생각들이 밖으로 튀어나오고 머릿속은 하얗게 비어버린다.

　해는 높다랗게 떠올라 있었다. 소나무 아래 바위에 몸을 기대었다. 이끼가 촉촉하게 젖은 바윗돌에 얼굴을 가만히 대 보았다. 바위에 붙은 이끼들이 어떤 꽃들보다도 그의 맘을 끌었다. 그러나 아무래도 불안했다. 산 너머 마을에선 수상한 사람이 있다고 신고하였는지 누가 아는가.

　다음날부터 중호는 정용처럼 학생증을 지니고 다녔다. 그러나 아침 일찍 산속으로 들어가진 않았다. 버스를 타고 무작정 돌아다니든가 아니면 교외 쪽으로 빠져나갔다. 어느 시외버스 정류장에서 차장이 버스의 유리창을 닦고 있는 것을 보았다. 마치 제 얼굴에다 곱게 화장하듯이 호호 입김을 쏘이며 정성을 들이는 걸 보자 자신의 직업에 대한 차장의 애착이 갑작스럽게 눈물이 흐를 것 같은 고마움으로 번졌다. 그러나 중호에겐 그와 같은 대상이 없었다. 어느 골목에선 불만이라곤 조금도 없어 보이는 여인의 순박한 미소를 보았다. 갑자기 중호는 부끄럼이 왈칵 몰려들었다. 예전 책에서 느꼈던 것을 이제 가슴으로 느끼는 것이라고 변명해 보아도 역시 따끔따끔한 수치심은 가슴 한쪽에 남아 있었다. 노동자들의 불끈거리는 근육은 시야 가득 근육만을 확대해 보았다. 농경·수렵시대처럼 삶의 가장 아름다운 모습으로 주목받았다. 길을 걷다가 무료해지면 고흐의 어떤 그림처럼 아스팔트 포도로부터 플라타너스를 뎅강 떼어내고 그 옆에다 먼 산 위의 구름 한 점을 끼워 넣고 오랫동안 지켜보았다. 그는 걸어 다니면서 생활을 한 폭의 그림처럼 만들고는 지켜보았다. 가난으로 인해 찌들대로 찌든 노인들을 볼 때 그들의 주름진 얼굴만 커다랗게 확대해 보았다. 주름투성이의 얼굴이 망원렌즈에 포착된 듯 커다랗게 확대되었고, 그러면 어느 사진 콘테스트에서 대상을 받은 인물사진처럼 깊은 주름 속에 연륜과 삶의 의미가 깨알처럼 박혀 있었다. 보석과 요란한 액세서리로 요란 번쩍하게 치장하고 나선 중년 부인들을 볼 때 전쟁과 가난 속에서 한 번도 맘 놓고 살아보지 못한 사람들의 과시욕을 엿보았다. 안색이 좋지 않은 초등학생들을 볼 때 그들 부모의 생애를 떠올려보았다. 의미가 있는 것은 아름답지 않았다.

*

중호는 값이 나갈만한 책들을 헌책방에다 내다 팔았다. 그러고는 생판 모르는, 이름도 들어보지 못한 곳으로 훌쩍 떠났다. 알지도 못하는 낯선 곳에서, 햇볕이 하얗게 깔린 시골길을 걸어가고 있으면 생소한 풍경들 너머 끝없이 펼쳐진 들판과 바다와 대륙이 머릿속으로 떠올랐다. 둥그런 지구와 태양계의 다른 행성과 우주가 들어와 있었다. 그 우주 속에 그는 하나의 먼지였다. 들에 핀 들꽃이었다. 물가에 흩어진 돌멩이였다. 그는 길가에 핀 하얀 꽃 한 송이를 자신을 바라보듯 오랫동안 지켜보았다. 바람에 날려 왔는가. 빗물에 떠내려왔는가. 씨앗은 자연의 섭리에 따라 싹을 틔웠다. 그 역시 그 씨앗처럼 그렇게 태어났다. 그가 비칠거리며, 비스듬하게 걸어가고 있는 것은 둥그런 지구 위의 어느 길을 비칠거리며 비스듬하게 걸어가는 것이었다. 지구 위의 어느 들길을 목적도 없이 걸어가는 것이었다. 돌부리에 걸려 넘어지는 것은 지구 위에 넘어지는 것이었다. 그가 뒤따라오는 다른 사람들을 위해 돌을 치우면 지구 위의 돌을 치우는 것이었다. 그러면서도 하얀 옥양목을 햇볕에다 내다 널은 듯한 시골길을 걸을 땐 표현할 수 없는 어떤 설움 같은 것이 가슴속에서 꼬물꼬물 피어올랐다. 어느 날은 벌겋게 사태로 무너져 내린 황토 앞에서 걸음을 멈추었다. 못골 뒤쪽의 황토 구릉 같았다. 가장 익숙하고 가장 많이 보아온 흙 색깔 앞에서 그는 움직일 수가 없었다. 마치 자신의 어떤 속성을 보는 듯한 느낌이었다. 강화도 전등사를 갔다 오던 날이었다. 논두렁길을 따라 조심스럽게 걸어오는 아낙을 보았다. 머리는 정갈하게 빗었고, 흰색 치마와 저고리를 단정하게 입고 있었다. 중호는 가슴이 철렁 내려앉았다. 옷은 장롱 속에 간직되었던 듯 주름이 눈에 띄게 남아 있었다. 그의 눈에는 둥그런 지구 위를 경건하고 조심스럽게 걸어오는 여인으로 주목받았다. 되는대로 옷을 걸치고 아무렇게나 쏘다니는 사람들과는 달랐다. 중호 자신과도 달랐다. 세상과 연결된 여인의 삶이 저렇게 아름다울 수가 없었다. 그날 그는 종일 흐뭇한 기분에 사로잡혀 있었다. 사람 사는 세상을 저 여인처럼 조심스럽게, 경건하게 바라보자. 불만은 불만대로 두고 세상은 살아볼 만하다고 생각했다. 저녁에 집으로 찾아들었을 땐 마치 탕아가 길고 지루한 방황 끝에 고향 마을을 찾아오듯 아늑하고 감미로운 행복감이 안겨 왔다.

둥그런 지구 위의 어느 길을 가더라도 저렇게 걸어가자! 머릿속에서는 그런 문장이 끊임없이 되풀이되고 있었다.

그날 밤에 중호는 병희를 찾아갔다. 병희는 아이를 무릎 위에 올려놓고 TV를 보고 있었다. 순자는 술을 내왔다. 그들은 조용한 행복감에 자신만만한 눈길로 중호를 바라보았다. 중호도 그들에 동화된 듯 행복감이 밀려왔다.

"삼촌은 그런 일 한 번도 안 해 보았잖아요. 힘들어서 못 해요."

병희는 노동일이 아무나 할 수 있는 것이 아니라는 듯 단칼에 거절하였다.

"부딪쳐보고 싶어요. 안 해 본 것과 안 하는 것은 다르지요."

"처음 등짐을 지면 껍질이 벗겨지고 손에서는 피가 나요."

"장갑을 끼고 하지 않아요?"

"장갑을 껴도 그래요. 나중에는 지문이 다 닳아 없어져요."

살아간다는 건 자랑스러운 일이었다. 순자와 병희는 자랑스러운 삶을 살고 있다.

"무슨 기술이라도 배워야겠다는 생각이 들어서……."

"기술은 무슨. 공부 계속할 거 아냐?"

순자가 물었다.

"이모는?"

"얘기하지 마. 군대 갈 때까지만 할 거야."

다음날 중호는 병희를 따라갔다. 똑같은 모양의 집들이 똑같은 크기로 자리 잡은 주택단지에서 벽돌을 져 날랐다. 다른 뒷일꾼들은 알을 밴 거미가 움직이듯이 시멘트 벽돌을 짊어지고 천천히, 정말 천천히 걸어 다녔다. 사람은 보이지 않고 벽돌만 보였다. 중호는 부끄럽고 민망했다. 그가 짊어질 수 있는 양은 그들의 반도 되지 못했다. 그래도 그들이 한 번 다녀올 동안에 그는 두 번 다녀올 요량으로 부지런히 움직였다. 면장갑은 금세 구멍이 났다. 다음날도 그 옆에 똑같은 모양의 집에서 같은 일을 하였다. 여자 뒷일꾼들도 두 명이나 있었다. 시멘트 가루를 허옇게 뒤집어쓰고, 얼굴과 토시가 땀으로 젖은 그들과 일을 하고 그들과 널브러져 있는 것이 뭔가 새로운 흥분 같은 것을 일깨워주었다. 병희는 처음에는 '사모리 장수'부터 시작해야 한다면서 여자들과 함께 모래 두 손수레에 시멘트 세 포를 배합해서 벽돌 쌓는 기술자들 통에 붓고 물을 길어다 주라고 했다. 부지런히 져 날라도 돌아서면 바닥이 났다. 그는 정신없이 뛰어다녔다. 그의 걸음은 너무 가볍고 빨랐다.

"안 씨 총각! 천천히 해요, 천천히! 날 일에 땀 흘리면 삼 년 빌어먹는다고 하잖아요."

땀에 범벅된 중호를 보고 여자 뒷일꾼들이 말했다.

"남들만큼 일도 못 하면서……, 남들 쉴 때 다 쉬면 어떡합니까."

"저런! 날 일에 그러면 금방 몸 상해요."

"아직 세상 물정을 모르네."

중호는 부끄러웠다. 남자 뒷일꾼들이 돌아서서 웃고 있었다. 그들은 서로 힘자랑이나 하듯 힘에 부치게 벽돌을 져다 날랐다. 교묘하게 벽돌을 괴고, 얹고, 은근히 힘자랑하는 편이었다.

어느 날 나이가 좀 많은 김 씨라는 남자가 중호에게 말했다.

"안 씨, 못치기 해봤어요?"

"못치기요?

"허어- 남자하고 여자하고 만나 하는 못치기도 몰라?"

중호는 그들이 자신을 같은 노동자로 취급하지 않는다는 것을 깨달았다. 그들은 변두리에다 자기들대로의 방을 가지고 있는 사람도 있었지만 개중에는 철새들처럼 봄에 서울로 와서 일을 하고 겨울에 다시 시골로 내려가는 사람도 있었고, 공무원 시험을 보려고 틈틈이 책을 보는 사람도 있었다. 일주일쯤 지나자 중호도 막일꾼의 모습을 닮아가고 있었다. 검게 그은 피부와 마디가 굵어진 손가락과 거칠한 손바닥이며…….엉뚱한 모습으로 변해가는 자신을 중호는 아무런 감동 없이 지켜보았다.

"힘들지요? 며칠 쉴래요?"

병희는 처외삼촌을 뒷일꾼으로 쓰는 것이 불편한 모양이었다. 중호 역시 조금은 민망했다.

"……."

"삼촌은 목수일 하는 게 나을 거예요."

다음날부터 그는 목수 데모도를 시작했다. 남해에서 올라온 목수 데모도 동욱은 18살이었다. 그런데도 중호보다 덩치가 컸다. 힘도 셌다. 목수들은 망치 하나만 가지고도 일을 한다고 했다. 동욱은 못질해대는 솜씨가 놀라웠다. 무슨 기계처럼 두 번 세 번 만에 못질을 끝냈다. 도목수가 동욱의 못질을 칭찬하기 때문에 그가 못질하는 모습을 유심히 지켜보았다. 무슨 자동기계 같았다. 처음 두들기는 망치질은 못이 들어갈 자리를 잡는 것이었고, 그다음은 한 번 두 번 만에 못질을 끝냈다. 망치질이 서툰 중호는 대패질을 했다. 후로링이라고 마루에 까는 나무였다. 벽돌 데모도보다 일은 쉬웠다. 동욱은 도목수보다 더 많은 일을 했다. 늙은 도목수가 시켜서 하는 일이지만 창틀을 만들어서 벽돌공들이 벽돌을 쌓다가 창틀을 얹은 때쯤 동욱은 창틀을 세워주었다. 중호는 후로링을 깔 때, 창틀을 세울 때, 지붕 덴조를 할 때 동욱의 뒷일꾼 노릇을 했다. 동욱은 야방 일도 겸하고 있었다. 저녁에 술을 마신다든가 회식이 있을 때 중호는 집에 들어가지 않고 동욱과 함께 야방을 보았다.

들국화 이야기

　일이 없는 날이라 중호는 오랜만에 혼자 산속을 거닐고 있었다. 바람이 조금만 불어도 낙엽이 우수수 떨어졌다. 그러고는 골짜기 쪽으로 굴러갔다. 간혹 토끼똥이나 산짐승의 발자국도 보였다. 누렇게 시들어가는 풀잎과 나뭇잎들. 가을과 함께 소멸해가는 것들이 보였다. 그는 홀로 피어 있는 구절초 앞에 쪼그리고 앉아 있었는데, 솨--소리를 내며 소멸해 가는 것들을 보는 듯했다. 계절과 함께 바람처럼 몰려가는 것은 시간이었다. 아득한 성상의 체험이었다. 수천 년, 수만 년의 세월 속으로, 우주 공간으로 소멸해서 영원으로 변해가는 순간 같았다. 그 속에서 오롯하게 살아남은 풀포기 하나. 중호는 구절초에 대해 동질감을 느끼고 애틋한 연민을 느꼈다. 소멸해 가는 것들을 거슬러 잠깐 살아남은 이 순간이 끊어질 수 없는 유대관계를 맺고 있는 것처럼 중호의 눈에 비쳐 보였다. 마치 흐르는 강물 속에 우뚝 서 있는 듯, 쏜살같이 흘러가는 시간 속에 우뚝 서 있는 듯 어찔어찔한 느낌이었다. 뭔가 정확하게 알 수 없는 충동이 꿈들거렸다. 존재 자체가 눈물이 나도록 고마운 것 같고, 어떤 힘이 아랫도리로 뿌듯하게 몰려가는 느낌과 함께 뿌리라도 내릴 것 같았다. 자신이 커다란 나무처럼 땅속으로 뿌리를 깊게 내리는 느낌이었다.

갑자기 누군가를 사랑하고 싶었다. 아니다. 세상을 끌어안고 싶은 충동이었다. 외롭게 살아남는 모든 것 속에서, 유대관계를 맺고 있는 모든 것 속에서 서로를 사랑해야 하는 의무와 책임 같은 것이 그에게도 있었다. 갑자기 아랫도리로 힘이 몰렸다. 거대한 뿌리가 뻗었다. 중호는 이거다! 정말 이거다! 하고 혼자 생각했다. 정말이다. 나는 살아가는데 결코 기교는 부리지 않겠다.

그러나 산에서 내려오자 산에서 느꼈던 그 격한 감동이 시들해지고 말았다. 세상을 떠받치고 싶던 그 유대감과 책임감이 엄청난 괴리감으로 느껴졌다. 그래도 뭔가를 해야겠다고 생각했다. 달라져야만 했다.

중호는 장사를 해야겠다는 생각이 먼저 떠올랐다. 세상과 거래를 하면서 살아갈 수 있는 방법을 찾아야겠다 싶었다. 기교를 부리지 않고, 정정당당하게 세상과 거래를 하고 싶었다. 아무것도 없는 맨땅에다 씨를 뿌리고 땀 흘려 일하고 그걸 생필품과 바꿔오는 삶을 생각했다. 농부들의 삶이 가장 정직하다 싶었다. 그러나 그는 땅 한 평 가지고 있지 않았다. 자본주의 사회에서 거간꾼이 아닌 진정한 생산이 어떤 것인가를 따져보았다. 월부책 장사나 보험회사 외판원은 싫었다. 약삭빠르게 남보다 먼저 매점매석해서 돈을 버는 것도 싫었다. 고기를 잡는 어부도 괜찮을 것 같았다. 외항선을 탈까. 외항선을 타고 다니면서 견문을 넓히는 것도 나중에 글 쓰는 데 도움이 될 것 같았다. 그러나 군입대를 앞둔 그에게 그런 자리는 쉽지 않을 것이다. 생활에 필요한 것, 잘 팔리는 물건으로 장사를 시작해야겠다고 생각을 굳혔다. 이윤이 많다고 하더라도 잘 팔리지 않는 물건이라면 초조하고 무료해서 견딜 수가 없을 것 같았다.

중호는 집을 나서려다가 주춤했다. 태호가 공동 우물가에서 서성거리고 있었기 때문이다. 누구를 기다리는 듯했다. 여전히 양키 물건을 서울로 반입해서 한밑천 잡아보자고 끈덕지게 중호를 설득하려고 했다.

"안 형! 거래처는 다 터놓았어. 앰불런스도 구할 수 있다니까!"

중호는 될 수 있으면 태호와 맞닥뜨리지 않으려고 피해 다녔다. 그의 형은 체신부에 근무한다고 했다. 그의 집 아래채에 사는 모 부대의 중위가 의무 실장이라 했다. 마치 그런 사람들을 많이 알고 있는 것이 처세의 능력인 것처럼 자랑하고 다녔다. 자랑은 과장되고 사실이 아닐 수도 있었다.

우물 옆에 있는 집의 창문이 열렸다. 일수놀이를 한다는 과부가 나타났다. 그녀는 벌써 모든 것을 열어젖뜨리고 태호를 향해 활짝 웃고 있는 느낌을 풍겼다.

중호는 태호에게 들키지 않고 그곳을 벗어났다. 노곤한 권태가 전신에서 묵직하게 느껴졌다. 마치 중력이 끌어당기는 듯 몸뚱이가 무거웠다. 관념이지. 그는 그런 느낌을 일축했다.

　아직도 한낮은 한여름이나 마찬가지였다. 거리엔 사람들이 별로 없었다. 한낮의 땡볕이 먼지를 풀썩풀썩 피워 올렸다. "청년이여! 모험을 만들고 모험을 극복하라!" 누군가가 저만큼 앞에서 소리쳤다. 순간적으로 까만 시야에 벌레처럼 꼬물거리는 현기증이 일었다. 잠시 걸음을 멈추고 눈을 감았다. 눈을 떴을 때 멀리 산봉우리와 산등성이가 햇살을 받아 하얗게, 눈부시게 빛나고 있었다. 마치 첫발을 조심스럽게 내딛는 그런 기분이었다.

　정류장 부근으로 나오자 행인들이 좀 많아졌다. 자동차들이 경적을 요란스럽게 울려대는 사이로 행인들은 주위를 두리번거리며 바삐 오가고 있었다. 중호는 머리만 댕그랗게 남아 있고 몸뚱이는 물먹은 솜처럼 묵직하게 처져 내리는 느낌이었다. 열병을 앓아누웠을 때처럼 아득한 것들이 손을 흔들고 있는 느낌이었다. 시쟁이를 기다리며 가을 들판을 바라보는 듯 외로웠다. 거의 회색빛이 되어버린 옥양목 치마를 입은 할머니가 대야에다 사과를 가득 담고 정류장 한쪽 구석에 앉아 있었다. 중호는 코끝이 찡해 오는 아픔을 느끼고 노파 앞으로 걸어갔다. 아직도 하얀 광목 치마가 친근감 때문이 아니라 얼굴과 손등에 검버섯이 얼룩얼룩하게 번져있기 때문이었을까. 노파의 눈동자는 흐릿했고 눈가엔 눈물에 젖어 있었다. 그러나 그 할머니를 향해 중호는 아무것도 할 수 없었다. 세상을 떠받치고 싶던, 산속에서 느꼈던 유대감은 그의 능력 밖의 일이었다. 인물 사진을 찍듯 할머니의 눈동자만을 커다랗게 확대하진 않았다. 이건 나다, 나의 일부분이고 나의 감수성이다. 중호는 생각했다. 내가 살아오면서 나에게 영향을 미친 풍경이다. 샤머니즘과 혼합된 성경 이야기. 전장에 나가는 사람들의 함성처럼 서러운 군가 소리. 서커스의 트럼펫 소리. 여름날 골목에서 듣는 유행가 소리. 텅 빈 학교 운동장. 옥양목을 펼친 것 같은 신작로. 벌건 황토. 끈기, 체념, 독기. 그러나 중호는 그 할머니에 대해 아픔만 느꼈을 뿐이다. 사회주의국가에서 이런 할머니는 어떻게 구제되고 있을까. 중호는 깜짝 놀라 옆을 보았다. 킥, 하고 웃음을 터뜨린 두 처녀는 얼굴을 붉힌 채 눈을 아래로 내리깔고 있었다. 틀림없이 중호를 보고 웃다가 들키자 눈을 내리감은 듯했다. 이상하면 살펴보고 수상하면 신고해야 할 의무가 있었다. 퍼뜩 떠오른 문장이었다. 중호는 공연히 불안했다. 진땀이 흘렀다. 누군가가 그에게로 와선 신분증을 보자고 할 것 같았다. 이러다간 미치는 거다. 사람만 보면 비실비실 달아나게 될 것이다. 중호는 옆의 가게로 들어가서 막걸리 반 되를 시켰다. 술기운이 알맞게 몸을 훈훈하게 만들었다.

다음날, 학교를 그만두고 월남에서 돌아온 동생과 함께 천호동 시장에서 장사하고 있는 친구를 찾아갔다.

다시 원점으로

　어느새 겨울이었다. 그러나 중호는 대단한 자신감으로 뭉쳐 있었다. 그는 천호동에서, 도부꾼들 속에 끼어 배추 장사를 시작했다. 양아치들과 어울려 배추 하차작업에도 끼어들었다. 고향을 버리고 무작정 서울로 올라온 사람들과 태생을 알 수 없는 사람들과 어울려 술도 마시고 노래도 불렀다.
　맹목적인 의리를 내세우는 양아치들이 처음엔 무서웠다. 그들은 댓 명 정도가 어울려서 청과물 상·하차를 해주고 돈을 받아 나누어 가졌다. 중호도 청과 상회에서 일을 하다 보니 어쩌다 손이 모자랄 때 자연히 일을 도울 때가 있었다. 그들의 의리는 모든 것을 초월해 있었다. 처음엔 그런 것들이 무섭게 느껴졌다. 자기 쪽 사람들이라는 것, 서로가 서로를 위해 살아남아야 한다는 것, 그런 서로를 위해 목숨도 바칠 수 있다는 것처럼 그들의 의리는 무서웠다. 합리적인 사고와 이성은 필요가 없었다. 그들이 무슨 짓을 하면서 살아가느냐는 문제가 되지 않았다. 중호는 장 주네의 『도둑일기』를 다시 읽어

보았다. 그에게 삶을 가르쳐주는 것은 소설밖에 없었다. 소설 속의 막연한 아름다움이 서걱서걱하고 불편한 아름다움으로 변했다. 그들은 도둑질해서 서로를 사랑했다. 사랑하기 위해서 버림받고 가치 없는 삶을 사는 건지 버림받고 가치 없는 삶을 살기 때문에 서로를 사랑하는 건지 안타까웠다. 사회에 적응하지 못한 젊은 사람들이 청과상회 주위에서 어정거리고 있었다.

배추 장수를 시작하려고 했을 때, 중호는 청과물 시장을 한 바퀴 돌아보고 또 돌아보고 했다. 직감이란 몰입의 정도에 따라 영감까지 불러온다고 믿었다. 이른 새벽에 시장을 돌아다니다 보니 뭔가 계획이 세워졌다. 원가에 10~20퍼센트만 이윤을 붙였다. 물건을 싸게 샀다고 이윤을 많이 붙이지 않았다. 물건을 싸게 산 날은 하루에도 두 번씩 세 번씩 손수레를 끌고 나가야 했다. 요령도 생겼다. 장사란 한 번의 이익으로 이루어지는 것이 아니었다. 서로가 믿음을 주고 신뢰를 얻어야 했다. 또 이삼일 뒤의 날씨도 예측할 수 있어야 했다. 그는 승승장구했고 한 달이 채 되지 않았는데도 동네마다 아는 사람들이 생겼다. 돈도 제법 모였다. 자신감이 생겼다. 그러나 김장배추를 대형 화물차로 몽땅 사두었다가 도둑을 맞은 것이 그의 실수였다. 연사흘 동안 비가 내렸고, 배춧값이 오르자 그는 자신의 판단에 도취해서 보관에는 신경을 쓰지 않았다. 그냥 청과상회 앞마당에 비닐을 덮어씌워 놓고 친구와 함께 장사에 열을 올렸다. 그날 왕십리 시장까지 왔다가 밤늦게 상회로 돌아왔을 때 쌓여 있던 배추는 몽땅 사라지고 없었다.

양아치들 짓이라고 했다. 그러나 누구 하나 정확하게 알려주지 않았다. 어차피 그는 장사에 매달릴 생각이 없었다. 양아치들과 어울려 배추 하차작업을 하다가 집으로 돌아왔다. 영장은 나와 있지 않았다. 세욱이가 국군장병들에게 위문편지를 쓰고 있었다. 중호는 군인이 되어 위문편지를 받으면 어떤 느낌일까 하는 생각을 잠깐 해 보았다.

다시 태호에게 끌려 감자국 집을 몇 번 드나들었고, 힐튼 바를 찾아간 적도 있었다. 정용이 졸업을 하면 선생이 될 것이라고 자랑했다. 대학원에 갈지도 모른다고 했다. 태호는 여전히 중호를 향해 열을 올렸다.

"안 형은, 그렇게 고지식하고 착해선 대한민국에선 못 살아, 못 살아! 도대체 노가다가 뭐고 배추 장수가 뭐요? 대학은 왜 다녔소? 나 참, 아닌 말로 이 땅에서 백 년을 살 거요, 이백 년을 살 거요?"

태호가 옆에서 무릎을 치며 열을 올리면 중호는 민망해서 그냥 웃었다.

*

소한, 대한을 막 넘기고 입춘이 코앞인데도 땅바닥은 하얗게 우툴두툴하게 얼어붙어 있었다. 버스 정류장 부근의 몇몇 가게로부터 흘러나온 형광등 불빛이 하얀 분말처럼 언 땅 위에 깔려 있었다. 감자국 집 탁자 위의 파란색 남색 비닐 보자기는 옛날보다 더 더러워져 있었고 뜨거운 그릇이 놓였던 자리는 더 오그라져 있었다.

"정말 그러면 안 형, 앞으로 만나지도 않을 거야!"

태호는 조금 위협조로 지껄이고는 높다란 의자 위에서 풀쩍 뛰어내렸다.

"구닥다리로 그렇게 살지 말고 좀 재밌게 삽시다."

중호는 또 그냥 멋쩍게 웃었다. 재밌게 사는 것이 어떤 것인지 묻고 싶었지만 그랬다간 또 얘기가 길어질 것 같아서 참았다. 태호는 버릇처럼 거울 앞으로 걸어가서 인상을 북 그었다. 그때, 거울 속으로 목각 탈을 가졌던 그 사람이 불쑥 나타났다. 중호는 호기심을 지그시 누르고 남자를 지켜보았다. 쌍꺼풀진 눈 때문인가, 갸름한 턱 때문인가. 서양 사람의 느낌이 조금 섞여 있는 얼굴이었다. 어디에 부딪혔는지 이마 한쪽에 딱지가 생겨 있었다. 키가 헌칠했고, 어깨가 껑충하게 올라가 있었다. 긴장감으로 몸이 그렇게 형성된 듯싶었는데, 남자는 이런 겨울밤의 분위기와는 아랑곳없다는 듯 느긋하게 유유히 미닫이를 열고 들어섰다.

사실 중호는, 집으로 돌아오고부터 두어 번 이 청년과 마주쳤었다. 청년이라기보다는 중호보다 나이가 제법 많아 보였다. 그리고 만날 때마다 마치 산책을 나온 사람처럼 주위의 풍경에 무관심한 방관자로 스쳐 가듯이 야릇한 여유를 풍기고 있었기 때문이었다. 만날 때마다 발이 굵은 검정 스웨터와 연두색 코르덴바지를 입고 있었다. 그러니 마치 일을 하다가 잠깐 바람이라도 쐬러 나온 사람처럼 보였다. 중호가 처음 그 남자를 보았을 때 하회탈과 비슷하게 생긴 탈을 가지고 있었기 때문에 더 관심이 갔는지도 모른다. 그날 남자는 말끔하게 정장을 한두 명의 남자와 마주 앉아 있었다. 옆에는 두 개의 쇼핑백이 나란히 놓여 있었는데 발쪽이 벌어진 틈새로 하회탈처럼 생긴 목각 탈이 보였다. 망원렌즈가 부착된 커다란 카메라와 카메라에 딸린 부품이 든 듯 큰 가방도 옆에 놓여 있었다.

그날 그들은 그 자리에 없는 친구의 안부를 주고받는 듯 몇몇 사람들의 이름과 근황을 들먹이다간 모두 일어서서 밖으로 나갔던 것이다.

중호는 남자에게 말을 걸어보고 싶었지만 선뜻 말을 걸어보기엔 망설임이 앞섰다. 혼자 앉아 있는 모습이 어쩐지 쓸쓸해 보였다.

간혹 자동차들의 요란한 엔진 소리가 변두리의 밤을 뒤흔들어 놓았다. 그런 뒤엔 한 무리의 행인들이 종종걸음으로 감자국 집 앞을 지나갔다. 밖의 형광등 불빛을 보다가 감자국 집 안으로 시선을 돌리면 이상스런 열기로 메워진 듯, 백열등 불빛이 피부에 달려들곤 했다.

"갑시다, 가서 만자한테 술이나 얻어먹게……."

태호가 중호를 끌어당겼다. 중년의 남자가 중호를 힐끔 쳐다보았는데, 중호는 이유도 없이 왈칵 얼굴을 붉혔다.

밤이 늦었기 때문인지, 힐튼 바에선 밴드 음악이 은은하게 울리고 있었다. 중호는 달아나고 싶었다. 어두컴컴한 조명 속에서 소만자는 서양의 귀부인처럼 양팔을 두 남자에게 우아하게 맡긴 채 머리를 조금 치켜들고 중얼거리고 있었다.

"처음 시작할 때가 중요해요."

태호와 중호는 그들 뒤에 바짝 붙어 섰다. 소만자의 팔을 붙들고 있는 사람은 의외로 정용이였다.

"그냥 연기를 빨아들이면 안 돼요. 연기와 바람을 일 대 일의 비율로 빨아들여야 해요. 아이구, 미스터 서, 웬일이에요? 어머, 안 형도 오셨네. 내 정신 좀 봐. 잠깐만 앉아 계세요."

그러면서 소만자는 카운터 쪽으로 걸어갔다. 감추고 있었던 치부를 들킨 듯 조금 당황하는 눈치였다.

"저 친구 아무래도 이상해."

정용이 말했다.

"뭐가?"

하는 태호의 말에 정용이 낮게 속삭였다.

"쇼를 하는 것 같애!"

태호가 겸연쩍은 듯 웃었다.

태호가 소만자로부터 보이지 않는 혜택을 받고 있음을 중호도 어렴풋이 느끼고는 있었다. 그러나 그게 뭔지는 정확하게 알 수가 없었다. 갑자기 탈을 가졌던 남자가 중호의 머릿속에 떠올랐다. 지금 같으면 말을 붙여볼 수도 있었을 것 같았다.

"앉아라, 왜 서서 그러냐?"

정용이 말했다.

"괜찮다니까 그러네. 국산 양주는 얼마든지 괜찮다니까 그러네."

태호가 말했다.

"시는 잘 돼 가냐?"

정용이 물었다. 중호는 술집에서 그런 질문을 하는 정용에게 화가 났다.

"그냥 가야겠어."

중호는, 끈적거리고 나긋나긋한 분위기를 벗어나고 싶었다. 입구 쪽으로 걸음을 옮겼다. 정용이 따라 나오는 것이 보였다. 입구 쪽에선 소만자가 두 손을 가슴에 모으고 시종 우아하게 웃으려고 애를 쓰면서 다른 사람들에게 아양을 떨고 있었다. 일 층과 이 층 사이의 화장실을 지날 때, 언젠가 태호를 통해 인사를 나누었던 남자가 걸어 나오고 있었다. 중호의 앞을 지나갈 때 풀 냄새가, 어쩌면 곰팡내 같은 것이 왈칵 풍겼다.

"야!"

중호가 감자국 집 앞에 멈추었을 때 정용이 허겁지겁 뛰어왔다.

"왜요?"

그러나 정용은 할 말이 없는 듯 중호를 감자국 집 안으로 밀어 넣었다. 탈을 가졌던 남자는 그때까지 혼자 막걸릿잔을 앞에 놓고 멍하게 앉아 있었다. 중호는 그 남자 앞으로 걸어갔다. 의외로 뒤따라온 정용이 그 남자를 향해 말을 걸었다.

"안녕하세요, 이 형. 요즘은 좀 어때요?"

"아, 예--. 안녕하세요. 그냥 그래요."

이 형이라고 불린 남자가 건성으로 대답했다. 뭔가 방해를 받았다는 듯 그리고는 귀찮은 듯 주춤거리고 있었다.

"제 동생입니다, 중호, 인사해라."

'내가 왜 너 동생이냐?' 중호는 그렇게 말하고 싶었다. 그는 이런 식의 소개가 맘에 들지 않았다. 이 형이라고 불린 남자는 정용이의 출현이 귀찮은 듯 여전히 멈칫거렸다.

"저- 안중홉니다."

중호는 꾸벅, 허릴 숙였다.

"예, 난 이다암이요."

남자가 웃으며 손을 내밀었다.

"예~?"

"오얏 이자, 말씀 담자."

중호는 내민 손을 붙들고 다시 한번 머리를 숙였다.

"아! 예."

잘생긴 서양 사람처럼 쌍꺼풀진 눈이 확대되었다. 눈동자가 연한 갈색이었다. 그렇게 금방 활짝 웃었다가 아무 일도 없었다는 듯 평소의 모습대로 돌아온다는 것이 신기했다. 중호는 잠시 어리둥절해 있었다. 남자는 그냥 자리에서 일어나 밖으로 나가버렸다. 중호는 왈칵 덮쳐오는 모욕감에 반사적으로 정용을 바라보았다.

"기분이 좋지 않은가 봐. 그냥 일루 와!"

중호는 자신도 모르게 밖으로 뛰어나가서 소리쳤다.

"여보세요!"

몇 발짝 앞에서 휘적휘적 걸어가고 있던 이담이란 남자가 중호를 향해 돌아섰다.

"뭐예요? 지금,……."

마치 면전에 주먹을 냅다 휘두르듯이 소리치고 그의 앞으로 다가갔다. 인사를 나누자마자 그런 식으로 나가버리는 사람이 어디 있냐고 따지고 싶었던 것일까. 그러나 그의 앞에 다가가자 왈칵 치밀었던 결기가 식어버렸다. 자신이 너무 무례하다고 생각되었다. 건재상회와 식료품 뒤쪽의 어둠 속 유휴지로부터 바람이 불었다. 싸늘했지만 봄의 훈기가 언뜻 느껴지면서 얼굴과 목덜미에 와닿는 느낌이 한결 시원하다는 것을 의식하면서 그의 앞에 섰을 땐 할 말이 없었다. 너무 당돌하다 싶었다. "죄송합니다."

잠시 후에 중호는 말짱해져서 정중하게 사과했다. 이담은 그때까지 물끄러미 중호를 바라보고만 있었다.

"죄송합니다. 술에 좀 취했나 봅니다."

이담은 괜찮다는 듯 중호의 손을 한 번 잡았다 놓으며 말했다.

"내일 감자국 집으로 와서 물어봐요,"

그러면서 그는 식료품 가게 옆의 작은 도랑을 따라 어둠 속으로 멀어져갔다. 멀찍이 물러앉은 산의 능선 위에 그의 상체가 몇 번 추썩거렸다. 어둠 속에 불 컨 짐승의 눈동자처럼 띄엄띄엄 떨어져 있는 주택들의 창문 위로 그의 모습이 몇 번 어른거렸다. 그러다가 어둠 속으로 사라졌을 때 중호는 갑자기 갈 데가 없는 사람처럼 우두커니 서 있었다. 유휴지 가의 미루나무가 산보다 더 높이 희뿌연 하늘을 배경으로 시커멓게 솟아 있었다. 바람이 왈칵 불었다. 봄의 훈기가, 그리움 같은 봄의 비애가 바람 속에 묻어 있었다. 어디선가 개울물 속으로 풍덩 무너져 내리는 흙더미가 떠올랐고 어둠이 내려앉은 강의 하구와 비닐처럼 번쩍이는 수면이 떠올랐다. 갑자기 어딘가로 떠나고 싶었다.

감자국 집으로 돌아가기가 싫었다. 띄엄띄엄 세워진 보안등 밑으로 천천히 걸었다. 불빛이 비치는 벽보판에는 수배 인물들의 사진이 희끄무레하게 모습을 드러내고 있었다. 중호는 그런 사진들이 보기 싫어서 보안등 밖 어둠 속으로 천천히 걸었다.

이담의 탈

추적추적 봄비가 내리고 있었다. 눈길이 머무는 곳마다 봄기운이 스르르 엉기는 듯싶었다. 비를 맞아 산뜻해진 지붕이나 번들거리는 장독대 항아리들도 보기가 좋았다. 담 밖으로 비죽 튀어나온 라일락 가장귀가 물을 머금고 터질 듯 팽팽했다. 그러나 봄은 아직도 먼 곳에서 아련했다. 중호는 감자국 집 할머니가 가르쳐준 대로 감자국 집 뒤쪽으로 돌아갔다. 길이 있는 것이 아니었다. 옹기점을 가로질러 들어가게 되어 있었다. 루핑을 덮은 지붕 위로 도로변의 높다란 이웃 건물들이 보였다. 지붕 위엔 육 인치 블록이 몇 장 얹혀 있었고, 땅바닥과 거의 맞닿은 높이에 비닐창이 뚫려 있었다. 부엌은 움푹 꺼져서 마치 땅속 움막 같았다. 도시 변두리에서 가난에 찌든 사람들을 수월찮게 보아왔음에도 중호는 예상치 못했던 상황이라 잠시 머뭇거리다가 부엌 쪽으로 다가갔다.

"계세요." 하고 조심스럽게 입을 열었다.

마치 기다리고 있었다는 듯 이담의 목소리가 들렸다.

"어~, 왔구먼. 들어와요, 들어와요."

방문이 활짝 열렸다. 부엌보다 훨씬 높은 방에 이담이 서 있었다. 그의 키는 야트막한 천장을 뚫을 듯 껑충해서 얼른 상황판단이 안 되었다. 어리둥절한 와중에도 웃음이 나왔다.

"우습지요?"

이담도 민망한 듯 웃음을 터뜨렸다. 방은 밖에서 보기보다 넓었다. 왼쪽 구석에 여자의 옷가지도 걸려 있었다. 입구 쪽 옆엔 쌀통과 이불도 놓여 있었다. 중호는 또다시 멈칫거렸다.

"어~~, 결혼하셨어요?"

무례하다고 생각되었지만 벌써 뱉어버린 말은 어쩔 수가 없었다.

"여긴 같이 탈을 만드는 친구 집이에요."

그러면서 이담은 방바닥에 흩어져 있던 그림과 스케치북을 주섬주섬 챙겨서 한쪽으로 밀쳐놓았다. 그림들은 모두 우스꽝스런 표정으로 중호를 올려다보고 있었다.

"이 친구, 예고 동창이에요. 군부가 들어서고 정권이 바뀌면서 하루아침에 알거지가 되어버렸어요. 양친까지 한 달 사이에 돌아가시고."

"……."

"오늘 시내에 볼일 보러 나가고 마누라는 친정집에 가고. 내가 오늘 중호 씰 기다리면서 작품을 구상하고 있었어요."

주위의 높다란 건물들이 소음을 막아주기 때문인지 움막은 그런 대로 아늑하고 조용한 편이었다.

"노동일 다녀요?"

이담이 물었다. 중호는 그렇다고 대답했다. 학교는 휴학 중이고, 징집영장이 나오기를 기다리고 있다고 말했다. 그런 뒤에 방 안을 천천히 살펴보았다. 밖에서 볼 땐 땅바닥과 거의 맞닿아 있던 비닐 창이 그래도 중호의 앉은키보다 높게 위치해 있었다.

"탈의 표정들이 재밌네요. 이렇게 일일이 스케치해야 하는 겁니까?"

궁금증 때문에 탈과 관계된 이야기를 꺼낸다는 것이 바보 같은 물음이 되었다고 생각했다.

"이건 연희용으로 만든 게 아니고 전시용으로 만든 거라……."

"탈에도 전시용이 따로 있습니까?"

이담이 순간적으로 난감한 표정이 되었다. 또 바보 같은 물음을 물었다고 생각되었다.

"그렇게 물으니 어떻게 설명해야 할지……."

그리고 작심한 듯 탈에 대해 얘기를 시작했다. 친척 중에 인간문화재 한 분이 계시는데, 그분 때문에 탈을 만들게 되었다고. 처음엔 굿이나 가면극을 위해 만들어졌지만 서민들의 애환과 분노를 나타내면서 저항 의식이 싹트게 되었다고. 그래서 탈춤도 익히게 되었다고. 얼굴표정으로 감정을 나타내기 때문에 변화무상하고 재미있다고 했다.

"이쪽으로 이사를 오니까 아는 사람이 아무도 없어요. 심심하기도 하고……."

중호는 조용히 기다렸다. 루핑 지붕 위에 떨어지는 빗소리만 들렸다. 그새 방 안의 어둠에 눈이 적응된 탓인가. 구석진 곳에 걸린 캘린더가 보였다. 벌건 주황색 커튼을 배경으로, 오른쪽 귀퉁이에 자리 잡은 벽난로와 그 옆에 세워진 스키 장비들을 배경으로 왼손에 맥주컵을 들고 다가오고 있는 사람이 있었다. 틀림없이 이담이었다. 앞에서 등을 보이며 어깨까지 다 드러나는 옷을 입고 비스듬히 기대어 있는 여인을 향해 걸어오고 있었다. 머리는 지금보다 조금 짧은 장발이지만 회색 양복이 헌칠한 키에 빈틈없이 잘 어울렸다.

"저기, 저건……."

이담이 중호의 시선을 따라 캘린더를 올려다보았고 빙긋 웃으며 말했다.

"재작년까지만 해도 티비 방송국에서 소품을 담당하고 있었어요. 그때 찍혔어요."

자세히 보니 어느 맥주회사에서 선전용으로 만든 캘린더였다.

"왜 그만두셨어요?"

"그만둔 게 아니고 쫓겨났지요. 호호."

자세히 보니 캘린더는 작년 11월 12월 치였다.

"사십이 넘으면 얼굴에 책임을 지라는 말도 있지요? 탈이 그래요."

"탈의 표정 말입니까?"

"글쎄요. 얼마나 시대적 상황과 공감을 하느냐가 문제겠지요. 그냥 괴팍스럽고 기괴한 표정만으로는 한계가 있겠지요? 한 시대는 대개 공통점이 있기 마련이니까. 그 시대 특유의 집단의식 같은 거……."

그러면서 이담은 여름에 탈만 가지고 개인전을 한 번 가질 예정이라고 말했다.

그들은 어둠이 방 안에 어둑어둑 밀려올 때까지 이야기를 나누었다. 이담이 중호보다 열한 살이 많았다. 나이까지 알고 나자 실수할까 봐 조심스러워지는 것도 없어졌고, 경계심도 없어졌다. 밖으로 나왔을 땐 오래 사귀었던 사람처럼 이담이 가깝게 느껴졌다. 밖엔 는개가 흩날리고 있었다.

"저한테 말을 놓으세요."

"그럴까?"

이담이 흔쾌히 받아들였다.

이담과 함께 나란히 걸으면서 중호는 아이들처럼 환호하고 싶은 충동을 간신히 참고 있었다. 식료품 가게 뒤쪽의 유휴지를 따라, 도랑을 끼고 백 미터쯤 가서 길가에 그의 작업장이 있었다. 도랑 위엔 송판으로 더께더께 덧붙인 널빤지가 놓여 있었다. 도랑을 건너자 술과 밥을 파는 가게가 붙어 있었고, 그 가게와 맞닿아 간판도 없는 가게의 문을 이담이 열었다.

"여기야. 들어와요!"

열댓 평 남짓한 가게의 중앙엔 아주 정교하게 짜 맞춘 듯 조립식 탁자가 놓여 있었고, 열댓 살 남짓해 보이는 소년이 무언가 만들고 있다가 얼른 일어나 인사를 했다.

"어, 보운이 왔구나! 언제 왔어?"

"조금 전에요."

"일 다녀? 힘들지 않아?"

"힘들어요. 안에 영화 형님 계시던데요."

"벌써 왔어? 나는 저쪽 집에서 기다리고 있었는데……."

그러면서 이담은 작업장 뒤쪽 문을 열고 나갔다.

중호는 주위를 둘러보았다. 작업장은 허리쯤의 높이에 빙 둘러 선반이 설치되어 있었다. 선반 위엔 실톱, 끌, 망치, 줄, 컴퍼스, 조각도들이 그것도 크기에 따라 다양하게 어지럽게 흩어져 있었고, 그 위에는 먼지 같은 것이 하얗게 쌓여 있었다. 하얗게 쌓인 먼지뿐 아니라 빨간색 노란색 먼지도 뭉텅이로 쌓여 있었다. 나중엔 안 일이지만 그건 먼지가 아니라 나뭇가루였다. 부수어진 바가지들. 커다랗게 구멍 뚫린 나무들. 기다란 막대기들. 구석 쪽엔 가마니와 라면박스, 하루 종일 내린 비로 인해 작업장엔 누기와 매캐한 나무 냄새가 풍기고 있었지만 일을 한 흔적은 보이지 않았다.

"김 씨 만났어?"

이담의 목소리였다. 작업장 한쪽 벽이 누런 마분지로 봉해져 있었고, 이담의 목소리는 마분지 벽을 통해 옆에서 얘기하듯 들렸다.

"내가 설명하니까 잘 못 알아들어!"

팽팽한 탄력이 느껴지는 맑은 음성이었다.

"당연하지~~"

"큰 선심이나 쓰듯 돈 걱정은 하지 말라더니 왜 그렇게 까다로워졌냐고 물어보려다 참았어."

"잘했어. 장사라는 게 그렇잖아."

"그냥 우리가 만드는 대로 하라더니……."

"그건 자기 생각이지 바이어들 생각은 또 아니지-"

"장사하다 보니 요령이 생긴 거지. 당연한 거지."

"외국 관광객들이 관심을 보인대요. 조만간 한 번 만나재."

"나중에 만나지. 잘 됐어?"

"응. 그런데 바가지탈을 좀 더 만들어 달래요."

"알았어. 물품 구하러 가기 전에 만나고 갈게."

그들의 이야기는 끊겼고 부스럭거리는 소리만 들렸다.

중호는 다시 작업장을 둘러보았다. 조립식 탁자 뒤쪽에 빠우와 그라인더가 양쪽에 물린 모터가 있었고, 가마니 속엔 눈과 입이 뚫린 사람 얼굴 모양의 나무들이, 라면박스 속엔 고만고만한 바가지들이 차곡차곡 들어 있었다. 중호는 소년의 뒤로 다가갔다.

"무슨 나무냐? 무척 예쁘네-"

분홍색과 짙은 자주색과 검은색까지 가미된 알록달록한 나무였다.

"대추나무예요. 예쁘죠? 나중에 여기에 들기름을 먹이면 더 예뻐요."

소년이 머리도 들지 않고 대답했다. 아직도 유년의 모습이 몸 어딘가에 조금씩 남아 있었다. 중호는 목형공장에 다니던 자신의 모습을 떠올렸다.

"몇 살이냐?"

"열다섯이요."

"아버지 안 계시냐?"

왜 그렇게 물었을까. 중호는 뉘우친다. 소년이 중호를 힐끗 올려다보고 말했다.

"어머니하고 형만 있어요."

"여기서 일해?"

"그만두었어요. 지금은 자동차 정비 공장에 다녀요."

"왜 그만두었어?"

"형님이 택시 운전사예요. 자동차 정비를 배우래요."

"야, 보운아, 좀 들어와!"

이담의 목소리였다. 소년이 옷에 묻는 나뭇가루를 털고 뒤쪽 문을 열고 나갔다. 잠시 후엔 이담이 방문을 열고 중호를 불렀다.

쪽문을 나서자 바로 오른쪽이 방이었다. 세 평 남짓한 방엔 보운이까지 합해서 모두 네 사람이 앉아 있었다. 방엔 라면박스 두 개와 이불이 전부였다. 모두 선반 위에 올려져 있었다. 선반 아래엔 맥주

회사의 그 선정용 캘린더가 아직도 걸려 있었다. 밝은 데서 보니까 움막집에서 볼 때보다는 한결 화려하고 선명했다.

"중호 인사하지. 같이 있는 친구들이야. 이쪽은 이영화, 이쪽은 문태섭."

중호는 예의 바르게 인사를 했다. 그들은 이담보다 조금씩 나이 들어 보였다. 나중에 안 일이지만 영화는 아이가 없었고 태섭은 이미 아버지가 되어 있었다. 태섭은 방금 면도를 한 듯 파르스름한 면도 자국이 그대로 드러나 있었지만 오랫동안 햇볕을 받지 못한 사람처럼 안색이 창백했다. 어떻게 보면 피부가 노기등등해서 분노가 착색된 듯 느낌을 주고 있었다. 중호가 인사를 하고 이담과 영화라는 사람이 탈의 판로에 대해 이야기하고 있는 사이에도 안전면도기만 만지작거리고 있었다. 반대로 영화라는 사람은 조금 경망스러울 정도로 쾌활했다. 가무잡잡한 얼굴에 눈동자가 빠르게 움직이고 장난기가 전신에서 느껴졌다. 맑고 탄력이 느껴지는 음성이었다.

"전 갈께요."

보운이란 소년이 말했다.

"보운이, 그동안 수고 많았다. 너 형님 말대로 어차피 이걸로 밥 먹기는 힘들고……넌 아직 어리니까 기술 익히는 게 백 번 나아. 잘 생각했어. 열심히 해! 응? 지나가다 시간 되면 한 번씩 들르고."

이담은 작업장 문 앞에까지 나가서 보운이의 어깨를 두들기면서 말했다. 이담과 중호는 보운이가 비닐우산을 펄럭이며 멀어져 가는 것을 지켜보았다. 옆의 밥집에는 영화와 태섭이 먼저 가서 자리를 잡고 있었다. 이담이 중호를 잡아끌었다. 중호는 집에서 밥을 먹겠다고 빠져나왔다.

봄의 분류

이담이 탈 만드는 과정을 중호가 직접 볼 수 있었던 것은 비가 내렸기 때문이다. 목수와 벽돌공들은 비 때문에 일을 할 수가 없었다. 기와를 올린 집에서는 미장공들이 벽을 바르고 있었다.

중호는 이담의 작업장을 찾아갔다. 미닫이문이 빨쪽이 열려 있었고, 노랫소리가 흘러나오고 있었다. 반가웠다. 그날 이후 몇 번 작업장을 찾아갔지만 갈 때마다 문이 잠겨 있었다. 몇 발짝 뛰어가다가 중호는 걸음을 멈추었다. 그냥 라디오에서 흘러나오는 노래로 단정하고 있었던 탓인가. 뭔가 이상하다는 느낌과 함께 라디오 소리와는 다르다는 것을 깨달았다. 너무 아름답고 감미로워서 새삼 귀를 기울였다. 잡음이 없었고, 반주도 없었다. 그때야 그는 작업장에서 누군가가 노래를 부른다는 것을 깨달았다. 깜짝 놀랐다. 어느 먼 곳에서 부르는 노래처럼 아득하면서도 이국적인 느낌이, 아, 그토록 감미롭고 청아한 노래도 있었던가 하고 감탄했다. 무대 위에서 화려한 의상을 입고 부르는 준비된 노래였다면 그렇게 놀라지는 않았을 것이다. 술집과 날밥집들이 이어진 이런 생활공간에서 그런 노래가 불렸기 때문이리라. 중호는 가슴을 졸이며 노래에 귀를 기울였고, 노래를 방해하지 않기 위해 노래가 끝날 때까지 밖에서 기다렸다. 노래가 끝나자 중호는 작업장 안으로 들어갔다.

두 사람은 조립식 탁자에 앉아 있었고 이담은 미닫이 옆의 선반 앞에서 뭔가를 뒤적이고 있었다.

"야아~~ 안중호!"

이담이 짧은 탄성으로 중호를 반겼다.

"내가 올 줄 알았지. 오늘은 오겠지 하고 기다렸지."

"몇 번 왔었어요. 올 때마다 문이 잠겨 있었어요."

그러나 중호는 영화 앞으로 다가가서 물었다. 태섭이 아니고 영화 앞으로 다가간 것은 중호의 직감이었다.

"조금 전에 부른 노래 무슨 노래예요?"

"재료 구하러 다녔어."

이담이 대답했다.

영화는 엉뚱스럽다는 듯 중호를 바라보다가 말했다.

"비제의 로망스, 몰라?"

"예, 몰라요."

중호는 모른다고 당당하게 말하는 자신이 이상하게 대견스러웠다.

"비제의 로망스라면 이 노래야. 진주 조개잡이 중에서 귀에 익은 그대 음성."

"아~ 처음 들었어요, 그토록 청아하고 감미로운 노래도 있었나 하고……."

"이 친구 노래 좀 들을 줄 아네."

"그 노래는 영화가 정말 잘 부르지." 이담이 말했다.

"벨칸토 창법이라서 그래. 바그너는 벨칸토 창법을 무척 싫어했지."

"벨칸토 창법이라면 베냐미노 질리야."

이담이 거들었다. 마치 시험 치르기 위해 미리 암기해 놓은 듯 이런 대화가 조금 경박스럽게도 보일 텐데 그러나 그때의 중호에겐 신기한 감탄만 안겨주었다. 마치 고전적인 문화생활에 젖어 드는 느낌 때문이었다.

"비 오는 날은 대마찌 나는 날 아냐?"

이담이 보리짚으로 만든 여치집처럼 구멍이 숭숭 뚫린 바가지를 들고 와서 조립식 탁자에 앉으며 말했다.

"대마찌도 알아요?"

"노동판 용어지. 무슨 일 했어?"

"노동일 했지요, 뭐."

"노동일 하는 건 아는데, 매형이 목수라고 했어?"

"매형이 아니고 조카사위예요. 벽돌공이요."

중호는 이담의 옆에 앉아서 이담이 일하는 모습을 살폈다.

"재료 구하는 데 며칠씩 걸려요?"

"당연하지. 나무는 목재소에 부탁하면 되지만 바가지는 구하기가 쉽지 않아. 부탁해놓은 시골집이 몇 군데 있긴 하지만 없으면 시장 바닥에서 찾아야 해!"

바가지가 나무보다 무른 탓이리라. 이담뿐 아니라 다른 사람들도 마찬가지였다. 머리카락보다 조금 굵어 보이는 실톱으로 아주 조심스럽게 톱질하고 있었다. 바가지엔 지도 위에 그려놓은 등고선처럼 연필로 선이 그어져 있었고 그 연필 선을 따라 톱질하고 있었다. 코 있는 부분은 산의 표고를 나타내듯 길쭉한 삼각형들이 촘촘하게 표시되어 있었는데 인중이 있는 부분은 간격이 넓었다. 눈이 있는 부분과 이마 쪽에도 눈썹이 있는 부분에도 모두 등고선 같은 그림이 그려져 있었다

태섭은 손놀림이 꿈뜬 노인처럼 더듬거렸다. 처음 하는 일처럼 서툴렀다. 중호가 보기엔 도무지 그 일에 익숙해질 것 같지 않았다. 등고선처럼 간격이 좁은 쪽으로 가선 몇 번 바가지를 부러뜨렸고, 이어 톱날도 부러뜨렸다.

"에이, 나는 안 되겠네."

그건 힘으로 하는 일이 아니었다. 섬세함과 부드러움이 요구되는 것 같았다. 집중력과 강약의 조절이 필요했고, 순발력과 유연함이 있어야만 하리라. 이담은 아주 노련했다. 마치 연필로 바가지 위에 선을 긋듯이 적당한 힘으로 톱질하였다. 태섭이 바가지 하나를 가지

고 코 있는 부분만 자르고 있는 동안 이담은 얼굴의 반 이상을 자르고 있었다. 영화는 부챗살처럼 가늘게 대나무를 자르면서, 등고선의 모서리 부분에 드릴로 구멍을 뚫어 실톱을 끼울 수 있게 만들었다. 만들면서 영화는 계속 노래를 불렀다. 리골레토 중에서 아리아를, 나비부인 중에서 어떤 개인 날을, 노예들의 합창, 산타 루치아, 물망초, 무정한 마음……. 그러다가 아는 노래가 나오면 이담도 몇 소절은 따라 불렀다. 아, 중호는 일이 이렇게 놀이처럼 즐거울 수 있다는 것이 신기했다. 태섭은 영 일이 맘에 들지 않는지 주위에서 어정거리다가 아예 방으로 들어가 버렸다. 태섭이 하던 일을 중호가 해 보았다. 등고선 같은 연필선의 귀퉁이에 연필심 크기의 드릴로 구멍을 뚫고 거기에 실톱을 끼우고 미음자처럼 생긴 톱틀에 톱을 끼우는 작업이었다.

옆의 밥집에 우우 몰려가서 점심을 먹었다. 공짜로 밥을 얻어먹는 것이 좀 서먹했지만 그냥 참았다. 점심을 먹은 뒤에 일은 다시 시작되었다. 이담은 영화가 잘라놓은 대나무를 이용해서 오전에 잘라놓은 바가지를 쌓아 올리기 시작했다. 잘라놓은 바가지의 틈서리에 대나무를 끼워 넣어서 코가 솟아오르고, 눈과 눈썹이 튀어나오고, 입이 길쭉하게 찢어졌다. 보리짚으로 만든 여치집처럼 엉성하던 처음의 모습과는 달리 조금씩, 조금씩 탈의 형상을 이루고 있었다. 오후엔 중호도 톱질을 시작했다. 톱날의 방향이 연필선과 조금만 어긋나도 힘이 엉뚱한 곳으로 가해져서 톱날이 부러졌다. 부러지지 않으면 톱날은 엉뚱한 곳을 파고들었다. 그러니까 톱날의 방향이 흔들리지 않게 일정해야 했고, 잡아당길 때의 힘이 리드미컬해야 했다. 중호는 그 일에 조금씩 익숙해져갔다. 재미있었다. 얼마나 열심히 그 일에 매달렸는지, 얼마나 조심스러웠는지 머리카락 같은 톱날 끝에 그의 신경이 퍼져나가는 듯한 느낌에 사로잡혔다. 쌓아 올리기를 하면서 간간이 중호를 살피던 이담이

"중호 일하는 것 좀 봐! 아름다워. 몰입의 경지야. 칼로 제 살을 베듯이 하잖아? 적어도 저만한 집중력은 있어야지--"

하고 말했다. 칭찬을 들은 중호는 기분이 좋았다. 그렇게 한나절이 걸려 중호가 바가지 하나를 거의 다 잘랐을 때다. 잠깐 자리를 비웠던 이담이 커다란 주전자에 막걸리를 가득 채워서 들어왔다. 그때야 중호는 배에서 쪼르륵 소리가 날 정도로 허기가 져 있음을 알았다.

"일도 끝나지 않았는데 웬 술이야?"

영화가 별로 달갑지 않다는 투로 말했다.

"다섯 시가 넘었어. 중호도 왔잖아."

이담이 말했다.

"가서 두부와 김치 가져와. 썰어 놨을 거야."

영화에게 말했지만 중호가 얼른 일어나 두부와 김치를 가지고 왔을 때다. 아찔한 느낌과 함께 세계의 움직임이, 시간의 흐름이 뚝 멎어버린 순간이 펼쳐졌다. 이담이 만족스런 표정으로 중호를 바라보

고 있고, 영화와 태섭이 지루한 듯 마주 앉아 있는 풍경이, 흩어져 있는 바가지와 대나무와 성취감에 젖어 흐뭇해 있는 자신의 기분과 숨 쉬는 속도까지가 언젠가의 어느 순간과 겹치면서 시간이 사라져 버렸다. 과거와 현재와 미래가 한순간에 펼쳐진 순간이었다. 아, 이게 뭐야? 감각이 착란을 일으키는 것인가? 하는 각성과 함께 정신이 번쩍 들었다. 멈추었던 세계가 다시 돌아가기 시작했다. 아쉬웠다. 햇살과 그림자와 사람들이 다시 시간에 휩싸여서 움직이기 시작했다.

"중호 얼굴이 활짝 피었어!"

"오랜만에 몰입했어요."

이담이 움찔 놀라는 표정을 지었다가 너털웃음을 터뜨렸다.

"좋으냐?"

"그럼요. 감각이 다 살아서 문어발처럼 뻗어나가는 것 같았어요."

"몇 년 만인데?"

"모르겠어요."

"너희들 지금 선문답하냐?"

태섭이 중호와 이담을 번갈아보며 말했다. 중호도 그랬다. 환히 보이는 무언가를 두고 이야기하고 있으면서도 그 이야기는 엉뚱한 것이 되고 있었다.

"내가 가섭이다."

이담이 낄낄거렸다. 그때 중호는 그들 사이에서 느껴지는 어떤 분위기, 이담의 눈치를 살피면서 뭔가를 펼쳐 보이려는 너그러움 같은 것이 느껴졌다. 멍석을 깔아주려는 미묘한 배려 같은 것이었다. 영화는 술을 한 잔도 마시지 않았다. 권하지도 않는 것으로 보아 마시지 못하는 모양이었다.

영화가 돌아가고 태섭이 방으로 들어간 뒤에 둘만 남았을 때 이담이 말했다.

"중호, 너 나하고 같이 있지 않을래?"

아프지도 않고 충격을 가하지도 않았는데 둔중한 무엇이 그를 치고 저만큼 달아난 자리에 환하게 나타나는 환호! 그동안 그를 애타게 했던 것의 정체가 이런 것이었던가. 만약 이담이 그런 말을 하지 않았다면 그는 애만 태우면서 그의 주위를 맴돌기만 하였으리라.

"정말입니까?"

중호는 풀쩍 뛰어오를 듯 기뻤다. 그는 집으로 달렸다.

*

창호지를 바른, 마당 쪽으로 난 조그마한 창이 훤히 밝아오는 것을 지켜보면서 중호는 꼼작 않고 누워 있었다. 세 평이 조금 넘을까 말까 한 방에 장정 세 사람이 누워 있으니 조금은 갑갑한 편이었다. 마당 쪽에서 수동식 펌프우물로 물을 퍼 올리는 소리와 뭔가를 씻는 소리가 들렸다. 추적추적 내리는 빗소리도 들렸다.

"그걸로 밥 먹고 살 수 있겠어요?"

탈 만드는 사람과 같이 있겠다고, 노동일은 당분간 하지 못하게 되었다고 말했을 때 병희는 중호에게 충고를 하는 것이 겸연쩍은 듯 그렇다고 아무 말도 하지 않는 것은 도리가 아니라는 듯 머뭇거리면서 한마디 던졌다. 중호는 자신의 무책임한 행동이 민망스러웠지만,

"아네요. 영장 나올 때까지만요."

그렇게 말하고는 도망치듯 병희의 집을 빠져나왔다. 그러고는 이담과 술을 마셨다.

무엇보다 속이 쓰렸고 배가 고팠다. 뭔가를 좀 먹어야만 했다. 그는 살그머니 몸을 일으켰다. 발치 쪽에 방문이 있어서 사람을 건너뛰지 않고 밖으로 나올 수가 있었다. 주전자에서 물을 따라 마시다가 문득 거기에다 라면을 끓여야겠다는 생각이 스쳤다. 라면을 아주 얼큰하게 끓이리라. 그래서 이담과 태섭의 속도 풀어주어야지. 중호는 자신의 기발한 아이디어에 매료된 듯 행동이 빨라졌다. 아궁이의 로라식 연탄난로를 끌어내고 그 위에 주전자를 올려놓았다. 두 되들이 주전자였다.

작업장 한쪽에 세워놓은 비닐우산을 쓰고 밖으로 나왔다. 모래를 뿌리는 듯 빗소리가 우산 위에서 들렸다. 바람이 불지도 않은데 걸음을 걸을 때마다 비닐우산이 펄럭거렸다. 빗소리는 음악처럼 즐거웠다. 식료품가게에서 라면과 파, 양파, 계란을 사 들고 작업장으로 돌아왔다 이담과 태섭은 그때까지도 자고 있었다.

물이 끓기 시작했고, 도마가 없어 중호는 모든 것을 손바닥 위에 올려놓고 길쭉길쭉하게 썰었다. 동욱이와 함께 야방꾼할 때 해 보았

던 솜씨다. 밥을 사 먹지 않고 손수 해결할 때 그는 편안했다.

"중호가 오니까 사람 사는 동네 같네-"

이담이 잠을 깨고 한 말이었다.

"뭐 하는 거야?"

"라면 끓여요."

"주전자에?"

"괜찮아요. 나중에 깨끗이 닦으면 돼요."

이담이 옆의 밥집에서 김치를 얻어왔고 양은그릇 몇 개와 젓가락까지 빌려왔다.

"어, 라면도 이렇게 끓이니까 맛있네-"

무뚝뚝한 태섭도 한마디 거들었다.

"하루에 한 끼 정도는 라면으로 때울까?"

"생활은 중요한 겁니다."

"맞아! 우린 생활이 없었어. 남자가 부엌에 들어가면 뭐가 떨어진다고 못 들어가게 했지."

식사를 끝내고 일을 시작할 때쯤 영화가 왔다.

"오후에 세운상가 쪽에 나가봐야겠어."

그러나 아무도 영화의 말에 반응을 나타내지 않았다.

어제처럼 모두들 조립식 탁자에 빙 둘러앉았다. 이담이 다시 한번 톱질하는 요령을 가르쳐주었다. 중호에게 가르쳐 주는 태도를 보였지만 태섭과 영화에게도 다시 한번 주의를 주려는 의도가 느껴졌다.

"무턱대고 억지로 힘을 주면 안 돼. 알았어? 그냥 슬그머니, 힘을 주지 말고 바가지가 무슨 저항이 있겠나? 그냥 일정한 속도와 악력으로 당기는 거야."

그러나 중호는 어제 벌써 비슷한 요령을 터득했다.

"무이가 그렇게 어려우냐?"

그러면서 태섭은 바가지 하나를 자기 앞으로 끌어당겼다.

일에 조금 변화가 생겼다. 태섭은 드릴로 등고선 같은 그림의 귀퉁이에 구멍만 뚫었다. 귀퉁이마다 구멍을 뚫는 일도 보통 일이 아니었다. 영화는 대나무를 잘게 쪼개었다. 부챗살보다 더 가늘게. 중호는 뚫어놓은 구멍에 톱날을 끼우고, 미음자처럼 생긴 톱 틀에 톱을 고정한 뒤에 톱질을 시작했다. 힘은 들지 않았지만 집중력이 요구되었고, 서서히 정말 서서히 톱날에 피가 통하듯 신경이 살아나기 시작했다.

"중호 봐! 일은 저래야 하는 거야."

이담이 어제처럼 소리쳤다. 그의 음성엔 여전히 감탄과 흥분이 가미되어 있었다. 중호는 얼굴을 왈칵 붉히고 여전히 일에 열중했다.

"젊은 사람이라 다르구먼."

영화가 말했다.

"넌 늙었냐?"

이담이 핀잔을 주었다.

그날 이담은 톱질하지 않았다. 만들어 놓았던 탈에 석고를 발랐다. 대나무를 끼워서 쌓아 올렸던 부분은 언제 칠해놓았는지 아교로 단단하게 고정되어 있었다. 이담은 사포로 문질러서 날카롭고 각진 부분을 죽인 뒤에 틈서리를 석고로 메우고 있었다. 어제 만들어서 선반 위에 올려놓았던 것들도 아교풀을 칠하고 각진 부위를 사포로 문질렀다. 보리짚으로 만든 여치집처럼 엉성하고 구멍투성이의 바가지가 석고로 메우니까 탈의 형체를 나타내기 시작했다. 바가지의 형체에 따라 예쁜 얼굴이 되기도 하고 우락부락한 얼굴이 되기도 했다.

"중호에게 이 일을 전담시키면 어떨까."

일에 열중해 있었기 때문이리라. 툭 던진 말의 의미를 깨달았을 때 그는 움찔 놀랐다. 잡아당기던 톱날이 연필선에서 벗어나면서 톱날이 부러지고 말았다. 그는 이담을 바라보았다.

"괜찮아! 붙이면 되잖아."

그러나 중호의 머릿속엔 톱질을 전담시키겠다는 이담의 의도가 자꾸만 확대되면서 복잡해졌다.

"정말요?"

그러나 그의 말은 영화의 노랫소리에 막혀 이담에게 전달되지 않았다.

그날 영화는 슈베르트의 연가곡을 부르고 있었다.

틀에서 나사를 풀어 톱날을 뽑아내고 있는 중호를 이담은 미소를 머금고 지켜보았다. 영화와 태섭은 그들의 이야기에 관심을 보이지 않았다. 영화는 일은 뒷전이고 노래를 위해 일을 흉내 내고 있는 것 같았다. 누가 음악을 영혼의 울림이라고 했던가. 너무 무겁지도 않게 그렇다고 가볍지도 않게 영화는 계속해서 노래를 불렀다. '넘쳐 흐르는 눈물', '홍수', '우편마차' 그리고 보리수를 부를 땐 중호도 하던 일을 멈추고 멍하게 영화를 바라보았다. 중호뿐이 아니었다. 노래가 끝났을 때 이담이 던진 말로 보아 노래는 다른 사람들에게도 감동스러웠던 모양이다.

"아깝다. 이젠 천재가 출현할 시기도 지났는데……."

야유도 빈정거림도 아니었다. 사실을 말하기 때문이었을까. 언뜻 들으면 비꼬는 말 같은데도 이담의 말은 이상스럽게 여운을 남기면서 분위기를 침통하게 했다. 노래가 감동스러웠기 때문에 장난기가 가미된 이담의 말에서 장난기가 증발해버린 격이었다.

"빛을 보지 못하고 죽은 천재들이 한 둘이냐? 가뭄에 콩 나듯이…… 그래도 꽃을 피운 천재들은 운이 좋은 거야!"

토를 달지 않으면 안 된다는 듯 영화가 말했다.

서먹한 분위기를 바꾸려고 중호가 말했다.

"영화 형님. 저- 지난번에 불렀던 노래, 진주조개잡이 중에서 귀에 익은 그대 음성, 다시 한번 더 불러주세요."

조금은 서러운 듯, 그러나 티 없이 맑은 영혼의 울림을, 악착스럽게 바글거리는 현실로부터 조금은 비켜선 듯 이국적인 노래를 다시 듣고 싶었다. 그러나 영화는 노래를 부르고 싶은 기분이 아닌 듯 이야기를 엉뚱하게 끌고 갔다.

"비제는 정말 천재였어. 겨우 열 살에 파리 음악원에 들어갈 정도였고 열일곱에 교향곡 일 번을 작곡할 정도였어. 로마 대상을 타고는 관비로 유학을 갔었지. 오래 살았으면 정말 좋은 곡들 많이 남겼을 터인데 심장병으로 죽었어."

"몇 살에요?"

"글쎄, 서른 몇 살쯤이었어!"

"천재는 단명이랬어."

또 시작이었다. 대화라기보다 툭툭 던지는 단편적 지식들.

"그래. 천재라면 모차르트를 빼놓을 수 없지. 천재라기보다는……. 그래 정말 그런 사람을 천재라고 해야겠지? 서른다섯에 죽을 때까지 그렇게 많은 작품을 남기다니……. 슈베르트도 그래. 우리는 좀팽이들이야."

"……."

"슈베르트는 서른하나에 죽었어. 쇼팽도 서른아홉에. 멘델스존, 저 뒤의 조지거슈윈도 비슷비슷한 나이에 죽었어. 왜 그렇게 짧게 살다 간 거야? 그렇게 살다 간 것도 이 세상에 살았다고 할 수 있는 거야?"

아무도 영화의 말에 대꾸하지 않았다.

"슈베르트와 차이콥스키는 장티푸스로 죽었어."

"장티푸스로 죽은 것도 천재의 단명과 연관됩니까?"

"체질과 연관된 단명이겠지."

"성격과 연관된 것 같아. 반대로 오래 산 사람들도 많아. 시벨리우스, 코다이, 스트라빈스키는 모두 아흔을 전후해서 죽었어!"

앞치마를 두르고 바가지 가루를 하얗게 뒤집어쓰고 얘기를 하는 영화는 영판 음악선생이었다. 그런 영화에게 조금씩 친밀감을 느끼게 된 중호가 말했다.

"영화 형님은 음악을 계속하시지 그러셨어요?"

불쑥 그렇게 말을 하고 나서야 중호는 언젠가 이담이 했던 말을 떠올렸다. 군사정권 때 서리를 맞은 사람들 중 한 사람이라고. 조심 없이 내뱉은 말 때문에 중호는 조심스럽게 영화를 바라보았다.

"내 소원도 그렇단다." 하고

영화는 아무렇지도 않다는 듯 말했지만 표정은 어두웠다. 갑자기 화장실에 가려는 듯 마당 쪽의 쪽문을 열고 밖으로 나갔다. 영화는 오랫동안 돌아오지 않았다. 중호는 영화의 움막집을 떠올리고는 쓸데없는 말을 지껄였다는 자책감에 머리를 숙이고 일에만 몰두했다. 취중에 지껄이던 이담의 말이 떠올랐다.

"남자는 남자를 통해 어른이 되는 건데 말이야. 우리는 정작 아버지 같은 아버지가 없는 세대야. 손이 크고 수염이 무성하고 가슴이 넓은 할아버지들, 만주 벌판을 뛰어다니던 할아버지들, 이론과 행동이 일치하던 할아버지들은 모두 없어지고 뻐리 할아버지들 밑에서 자린 뻐리 아버지들만 남았어. 주정꾼에 노름꾼, 무능한 인텔리 실업자들, 권모술수로 밀실만 만들어가는 기회주의자들……. 문화란 하루아침에 만들어지는 것이 아닌데 말이야."

중호는 이담을 건너다보았다. 약간 신파조 냄새가 풍기는 말이었지만 그때의 분위기는 그랬었다. 이담의 아버지는 어떤 사람이었을까. 손이 크고 수염이 무성하고 가슴이 넓은 사람이었을까. 아니면 이념을 따라 가족도 버리고 간 극성스러운 이기주의자였을까. 중호는 경애 누이와 그의 남편을 떠올렸다.

영화는 그날 작업장에 돌아오지 않았다. 오후 늦게야 이담은 바가지에 단청을 칠하기 시작했다. 끓인 아교를 엷게 물에 타서 골고루 바른 뒤에 그 위에 밀타승(密陀僧), 즉 흰색 안료를 칠했다.

"이게 농도에 따라 금밀타·은밀타라고 부르는 안료야."

중호와 둘만 있기 때문인가. 이담은 일을 하면서 말이 많아졌다.

다시 아교 물을 입히고 석간주를 바르고 황금색 단청을 입혔다.

"이게 석간주라는 거야."

그날 만든 탈은 모두 황금색 바탕에 코발트블루를 덧칠해서 마치 오래된 청동에 푸른 녹이 슨 것 같은 질감을 풍기게끔 했다. 몇 번이나 연마 헝겊에 문지르고 다시 덧칠하고 하는 작업을 되풀이했다. 눈꼬리 쪽이나 수염이 있는 자리와 머리카락 있는 곳엔 녹이 남아 있게 만들어서 오래된 질감을 풍기고 있었다. 선이 가늘고 둥근 모양에 입이 조그마한 각시탈이 만들어졌다. 길쭉한 모양에 선이 굵고 우락부락한 남자 탈과 대조적이었다. 모두 터무니없이 과장되어 있었지만 남자 탈들의 우뚝 솟은 코가 성적 매력을 과시하고 있었다. 성적 매력이 아름답게 느껴지는 건 마력 같았다.

"남자들은 넥타이 매듭과 크기를 축 처져 내린 모양 등으로 자신의 남성을 과시하고 싶은 무의식이 있다면서요?"

"누가 그러데?"

"프로이트였나? 정확하게는 모르겠어요."

"……."

그러나 이담은 다시 설명하기 시작했다.

"단청의 안료는 용매에 용해되지 않는 유색미립자상의 유기 또는 무기 화합물의 착색제야. 접착제와 혼합하여 사용해야 하는 거여. 광택이 없고 벌레의 침식을 방지하고 방습의 효과가 있기에 바가지 탈에는 꼭 단청을 써야 한다?"

"……."

"단청은 무광택이기 때문에 햇빛의 방향에 따라 색깔이 달라 보이지 않아. 접착제가 적게 들어가면 균열이 생긴다고……"

"……."

일을 하면서 이담은 중얼거리듯 설명했다.

"유기질 안료로는 시아닌 그린, 퍼머넌트 오렌지, 퍼머넌트 옐로, 톨루이딘 레드, 퍼머넌트 블랙과 무기질 안료로는 티타늄옥사이드, 아이언 옥사이드 옐로, 호분, 에메랄드그린, 리드 레드, 코발트블루, 아이언 옥사이드 레드, 크롬옐로, 울트라마린 블루가 있지. 모두가 문화재 관리국에 등록된 규격 안료야."

그걸 어떻게 다 외우고 있습니까? 하고 물으려다가 중호는 입을 다물었다. 뭔가 전문가가 되려면 자신의 일에 저만한 지식과 긍지는 가져야겠다는 생각이 들었기 때문이다.

다음날까지 이담이 만든 탈들은 모두가 오래된 청동에 푸른 녹이 슨 것 같은 질감을 풍기고 있었다.

어떤 날은 바가지의 색깔에 메주의 검은 곰팡이가 슨 것 같은 질감을 풍기는 탈을 만들었고, 어떤 날은 무쇠의 질감에 붉은 녹이 슨 것 같은 질감을 자아내기도 했다. 누런 색깔의 바가지가 오래된 청동제품으로, 녹슨 쇠로, 곰팡이 같은 것으로 해서 고풍스런 골동품으로, 시간에 풍화된 철기제품 같은 모습으로, 삶에 찌든 표정으로 바뀌는 것에 매료되어서 중호는 이담이 단청을 입힐 때 일손을 놓고 지켜보았다.

탈의 형태도 하나 같이 이상스럽고 기괴한 것들이었다. 히죽 웃음을 머금은 입속에 까만 이빨들이 촘촘하게 박혀 있는가 하면 눈은 우스꽝스럽게 삐뚤어져 있었고, 예쁜 각시탈마저도 무표정한 백치처럼 변해 있었다. 상식적이고 일상적인 표정이 아니라 끔찍스런 해학과 비현실적인 표정들이 보는 사람들로 하여금 평소의 감각에 혼란을 일으키게 하는 것들이었다. 내면에 있는 무엇을 쿡쿡 찔러서 두려움을 느끼게도 했고 그러면서도 야릇한 기쁨을 느끼게도 했다. 그것들은 오래 바라보고 있으면 뭔가 그때까지 확고부동하게 믿어왔던 것들이 와해하면서 불안과 두려움을 유발했고, 웃음을 띠고 있으면서도 보는 사람들을 야유하는 듯 기분 나쁜 표상들이었다.

중호는 탈에 완전히 매료되었다. 사람의 표정이라는 것이, 그냥 무심히 보아왔던 사실이 이렇게 다양할 수 있다는 것도, 그 표정이 사람의 감정을 움직인다는 것도 새로 안 사실이었다. 정상적인 사람의 행복한 표정이 없었다. 짓눌리고 억압된 감정들, 겁먹은 듯 비실거리는 표정들, 사시(斜視), 백치처럼 무덤덤한 표정에서 느끼는 끔찍스런 불쾌감, 슬픔에 젖은 얼굴, 절규에 가깝도록 일그러진 표정에 느끼는 공포감, 입이 딱 벌어지게 경악에 찬 표정에서 느끼는 전율, 이런 것들을 교묘하게 접합해 만든 그의 탈은 감동보다는 충격에 더 가까웠다.

"한 폭의 그림이나 책보다도 이런 가면이 우리에게 주는 느낌은 더 직접적이고 강렬하지. 사람의 얼굴을 닮았다는 이점도 있지만 표정이란 이 세상을 바라보는 눈이야. 그 사람의 의식이야. 실지로 이런 얼굴이 있진 않지만 여기에 나타난 감정과 해학은 예술의 기초적 요소가 아니겠어? 이것 봐, 제물집, 초라니, 할미, 말뚝이, 문둥이, 중, 입삐뚜루미…… 이런 이름부터가 소외된 사람들의 집합체잖아? 예술은 소외된 것들의 사랑에서 출발하지. 그리고 그건 용기가 필요해. 그런 용기가 이성만으로 생기지는 않아."

이담은 틈나는 대로 중호에게 이런 이야기를 했다.

간혹 우물가에서 세수하다가 주인집 딸들과 맞닥뜨릴 때가 있었다. 활짝 핀 꽃처럼 중호의 머릿속에 남아 있는 여인은 동생 정아였다. 언니 정희와 동생 정아는 쌍둥이처럼 닮아 있었는데 똑같은 모양을 하고서 언제나 붙어 다녔다. 주인아저씨 윤 씨는 홀아비였다. 그러나 중호는 그녀들에게 다가갈 수가 없었다. 아직 세상을 살아나갈 아무런 방편도 없기 때문이었다.

*

이담으로부터 탈 만드는 법을 배운다는 이상한 형태의 고용 아닌 고용관계 때문이리라. 그리고 중호가 그들보다 어리기 때문이리라. 중호는 수동적일 수밖에 없었다. 그들과 같이 생활하면서도 중호는 이담과 영화가 예고 동창이라는 것, 태섭이 광고업에 손을 댔다가 잘 풀리지 않아서 이담에게 와 있다는 것 외엔 아는 것이 별로 없었다. 태섭이 간혹 아이와 마누라를 만나기 위해 외출을 한다는 것, 영화 부인은 어딘가 직장에 다닌다는 것, 이담은 탈 재료를 구하려고 이삼 일씩 집을 비운다는 것 정도였다. 그들의 가족 관계라든가 성장 과정 같은 것은 알 수가 없었고, 구태여 알 필요가 없었는지도 모른다.

마찬가지로 중호는 그들이 왜 그렇게 살고 있는지, 아니면 그렇게 밖에 살 수 없는 것인지에 대해서도 따져보지 않았다. 실업자들이 많던 시절이라 으레 그러려니 하고 당연하게 여겼는지 모른다. 중호는 탈의 판로가 어떻게 형성되는지, 수입이 얼마나 되는지도 알려고 하지 않았다.

이담의 탈 만드는 일에서 태섭과 영화가 생활비를 뜯어낸다는 것도 생각지 못할 일이었다. 영화는 집에서 밥을 먹고 왔지만 태섭과 이담이 옆의 밥집에서 먹는 밥값도 만만치가 않았기 때문이었다. 일주일에 한 번씩 치르는 밥값을 치르지 못해 싫은 소리를 들을 때가 몇 번 있었다. 중호는 될 수 있으면 집에서 밥을 먹고 다녔다.

대학원에서 연출을 공부한다는 청년이 두 번 이담을 찾아왔었다. 이담에게 뭔가를 요구하는 듯, 같이 동참해주기를 부탁하는 듯 목소리가 불만과 간절함에 젖어 있었다. 이담이 완강히 거절하는 눈치였다.

날씨가 후덥지근해서 조금 답답하게 느껴지던 어느 날 저녁에 피부가 가무잡잡하고 살이 쪄서 몸이 동글동글한 사람이 작업장을 찾아왔다. 작업장의 기구들이 생소하지 않은 듯, 뭔가 달라진 것이 없나 하고 일별하듯 작업장을 쭉 훑어 보고는 이담 쪽으로 돌아섰다.

"연락도 안 하고 갑작스레 웬일이세요?"

남자가 내민 손을 붙들고 이담이 인사했다.

"별일 없으시죠?"

태섭도 남자가 내민 손을 붙들고 인사했다. 그러나 썩 반가운 손님은 아닌 듯 잠시 머뭇거리다가 슬그머니 쪽문을 열고 방으로 들어가 버렸다. 이담과 남자가 조립식 탁자에 마주 앉았지만 중호는 그들 옆에 앉을 수도 없고 그렇다고 태섭을 따라 방으로 들어가지도 못하고 작업장에서 엉거주춤하고 있었다.

"나가지-"

남자가 말했다.

"중호도 같이 가자."

이담이 나가면서 중호에게 소곤거렸다. 중호는 그들이 나가자 문을 잠그고 그들 뒤에 조금 떨어져서 따라갔다. 대로변으로 나와서 숯불고기 집으로 들어갔다.

자리를 잡고 앉았을 때 이담이 말했다.

"중호 인사해라. 우리 일의 스폰서야."

그는 일어나서 인사했다.

"우연히 알게 되었는데 탈에 대한 안목이 좋아요. 순발력도 대단해요. 조금 있으면 혼자서도 몇 사람의 일을 너끈히 해 낼 것 같아요."

이담의 소개가 쑥스러워서 그는 머리를 푹 숙였다. 그리고 남자가 김찬국 씨라는 것도 그때 알았다. 물수건으로 손을 닦으면서 김찬국 씨가 말했다.

"지난번에 그 소년은 어디 가고?"

"그만두었어요. 놈은 이 일에 관심이 없었어요."

"내 말이 그 말이에요. 손이 굳은 장정들 모아놓고 관심도 없는 아이 데려다 놓고 무슨 일을 하느냐는 거지. 이런 젊은 사람 하나 데리고 선생님 집 지하에 가서 차분하게 만들면 되는 것을……."

"이 친구 아직 군대도 가지 않는 젊은이예요."

이담의 안색이 곤혹스러운 듯 잠시 흔들렸다.

"시내에 물건 내가고 심부름하는 거야 영화 몫이니까 당연한 거고 손이 굳은 장정이래야 태섭이 하난데, 그 친구 내가 힘들었을 때 같이 있었던 친구라지 않았어요?"

"또 한 사람 있었잖아?"

"친구 동생인데 취직되어서 갔습니다."

"그러기에, 그런 사람들을 왜 끌어모으느냐는 거지. 여기 공방이 오갈 데 없는 친구들 피신처처럼 되고 있잖아."

이담이 사람 좋게 웃으면서 말했다.

"걱정 마세요, 알아서 할게요."

"혹시 선생님 집에 들어가는 게 불편해서 그래요?"

"그런 것도 있지요."

"거기 들어가서 일만 하고 잠은 집에서 자면 되잖아."

"생각해볼게요."

고기가 익자 김찬국 씨가 이담과 중호에게 술을 따랐다. 고기를 먹고 술을 마시느라 잠시 뜸했던 대화를 김찬국 씨가 이어갔다.

"하회탈처럼 기분이 좋아지는 탈이 잘 나가. 한국 대표적인 탈이지. 기괴하면서도 시원스런 것, 낯설면서도 충격적인 것이 현대적 감각이라니까 나는 할 말은 없지만 좀 온화하고 단정하고, 가정집에 걸어놓기가 무난한 작품들을 더 만들었으면 좋겠네. 나는 장사꾼이 잖아. 매장에 나가보면 흉물스럽고 끔찍한 탈들만 남았어."

"……."

"어떤 관광객들은 기겁하고 달아나더라고. 탈을 모르는 대부분의 사람들은 그런 충격이 거북스러운가 봐. 물론 무릎을 치면서 탄복하는 사람들도 있을 거야. 그런 사람들은 두 개씩 세 개씩 사 가지. 그러니까 좀 더 다양하게, 바가지탈은 너무 비싸고… 대중적인 것도 만들었으면 해서……."

이담은 가타부타 말도 없이 히죽 웃기만 했다. 마치 광대 같았다. 술잔이 오가고 취기가 어느 정도 올랐을 때 김찬국 씨가 말했다.

"이건 기우심에서 하는 말인데 영화 씨가 판로를 넓히려고 나 몰래 거래하는 덴 없겠지? 다른 아케이드, 민속촌 같은데다 물건을 대주는 일은 없겠지?"

"그러면 안 됩니까?"

이담이 또 장난처럼 히죽 웃었다.

"그냥 나에게만 맡겨. 처음 시작할 땐 안 그랬잖아!"

김찬국 씨 얼굴이 불콰해졌다.

"독과점을 하려면 그만한 혜택을 우리한테 주어야죠."

"내가 지금 여기에 투자한 돈이 얼만 줄 알아?"

"사업가에게 그 돈은 돈도 아니죠. 돈이라야 저쪽 가게 말고 더 있어요?"

장난스럽게 야살을 놓던 이담은 이제 그만하겠다는 듯 표정을 바꾸면서 말했다.

　"공장에서 찍어내는 물건이 아니잖아요. 그리고 맘 놓으세요. 신경 안 쓰게 할게요. 모두들 잠깐 와 있는 건데 곧 떠날 거예요." 태섭은 아내와 별거 중인데 곧 합칠 것이고 영화는 어디 음악선생으로 자리가 날 것 같다고 했다.

　묘하게도 이담의 말은 힘이 있었다. 그 문제로 더 이상 다른 말은 하지 말라는 듯해서 이야기는 농담처럼 이어졌다. 술을 마시면서 '돈은 돈을 따르기 마련'이라고 '돈이 모이는 곳에 투자해야 한다'라고 김찬국 씨가 말했고, 이담은 '작업장 사람들에 대해선 간섭하지 말라고' 부탁했고, '알았네, 알았네.' 하면서 김찬국 씨는 손을 휘저었다.

　자리에서 일어날 때쯤 김찬국 씨는 백화점 코너에 가게를 하나 더 개점할 예정이라고 말했다. 결국 그 말이 목적이었던 모양이다. 그러면서 봉투를 이담에게 건넸다.

　밖으로 나왔을 땐 비가 내리고 있었다. 시원스러웠다. 그러나 얼굴과 목덜미에 떨어지는 빗방울은 선뜩해서 진저리를 치게 했다. 생각보다 비의 양이 많았다. 옆의 가게로 뛰어가서 비닐우산을 샀다. 택시를 타는 김찬국 씨에게 하나를 건네고 다른 하나는 두 사람이 받쳐 쓰고 작업장을 향해 걸었다. 비닐우산에 콩 튀듯 쏟아지는 빗소리가 즐거웠다.

우물가에선 주인집 딸들이 뭔가를 씻고 있었다. 동생 정아가 우산을 받쳐주고 언니가 뭔가를 급하게 씻고 있었다. 두 젊은 여자가 물을 튕기면서 뭔가를 씻는다는 것은 보기가 좋았다. 중호는 잠시 그들과 어울리는 자신을 상상해보았다.

그날 밤이었다. 자리를 펴고 누웠을 때도 밖은 빗소리로 자욱했다. 빗줄기가 땅바닥을 때리고 작은 돌멩이와 모래 알갱이들이 톡톡 튀는 풍경이 눈에 보이는 듯 선했다. 지붕 위에도 튀어 오르는 빗물로 부옇게 흐려 있었다. 깜깜한 밤인데도 깜깜한 어둠 속에서 그런 풍경은 깜깜하게 떠올라 보였다. 정아와 정희가 물을 튕기며 장난치는 모습도 떠올랐다. 마당의 펌프 가엔 물이 괴어 질퍽거렸다. 마당에 켜 놓은 전깃불의 반사광 속에는 사선을 긋는 빗줄기가 작은 물고기들처럼 반짝이고 있었다. 바람이 불면 빗방울은 바람에 날려 뭉쳤다. 그럴 땐 크레센도로 두들겼다. 뭉치지 않은 쪽은 데크레센도로 꼬리를 감추면서 사라졌다. 크레센도. 데크레센도. 천지는 물걸레처럼 질척거리며 젖어 들었다. 크레센도, 데크레센도, 크레센도, 데크레센도. 그러다 설핏 잠이 들었다. 잠결에 난데없이 터져 나온 비명을 듣고 후딱 몸을 일으켰다. 옆에서 이담이 소리를 지르고 있었다. 잠꼬대가 아니었다. 손을 위로 뻗어 올리고, 마치 기지개를 켜듯 아아아-하고 소리를 치면서 팔과 다리를 마구 뒤틀고 있었다. 머리카락이 하늘로 딸려 올라가는 것처럼 곤두서고 있었다. 머리를 쓸어내렸다. 놀라움 때문에 입을 틀어막고 이담의 뒤틀리는 몸을 지켜보았다. 팔이 뒤틀리고 손목이 뒤틀리고 손가락까지도 뒤틀리고 있었다. 다리도 마찬가지였다. 마당에 켜놓은 전깃불이 이 모든 것을 지켜볼 수 있게끔 흐릿하게 방 안을 밝히고 있었다. 머리는 아이들이 도리질을 할 때처럼 좌우로 흔들렸고, 입에선 거품이 일고 있었다. 그가 이런 것을 지켜만 보고 있었던 것은 아니었다. 놀라 후다닥 일어나 이담을 내려다보다가 공포감 때문에 문을 열고 밖으로 달아나려다가 다시 들어와서 이담을 내려다보면서 지켜보았다. 더욱 기이하게 느껴졌던 것은 태섭은 이 모든 것을 예견하고 있었다는 듯 태연하게 이담의 팔다리를 붙들면서 같이 뒤틀리고 있었다. 다행스러운 것은 이담이 아아아-하는 비명은 몸이 뒤틀리기 시작하고부터는 없어지고 푸드득거리기만 했다. 그냥 있는 힘을 다해 주리를 틀고 있다는 표현이 맞으리라. 불시에 당한 일이라 중호는 어쩔 줄 모르고 후들후들 떨고만 있었다.

"뭘 그러고 있나? 여기 와서 다리도 붙들고 발목도 붙들고 그래!"

태섭이 나지막하면서도 명령을 내리듯 말했다. 중호는 태섭의 말대로 얼떨결에 이담의 발목을 잡았다. 손발이 후들거렸다. 태섭은 이불이 이담을 질식시킬까 봐 그러는 것인지 아니면 이담의 머리가 어디에 부딪히고 긁힐까 봐 그러는 것인지 이불을 훌쩍 밀어버리고 베개도 치워버리고, 주위의 물건들을 치우면서 이담의 팔이 엉뚱한 곳으로 뻗지 않게끔 자꾸 옆구리 쪽으로 끌어내리려고 했다. 얼마나 시간이 흘렀을까. 뻣뻣했던 이담의 몸에 힘이 빠지면서 팔다리가 축

축 늘어지기 시작했고, 마치 딸꾹질을 하듯 후루룩 후루룩거리면서 이담의 발작이 멈추었다.

이담의 이마에서 땀이 흘러내렸다. 이마뿐이 아니고 귀 뒤에도 목에도 팔다리에도 땀이 흥건하게 괴어 있었다. 태섭은 언제 그런 것을 준비해두었는지 수건을 찾아서는 침통한 표정으로 흘러내리는 땀을 닦아주고 있었다. 이마의 땀을 닦고는 귀 뒤로 흘러내리는 땀을 닦아주고 목덜미의 땀을 닦아주고는 옷을 들추고 가슴과 배의 땀도 닦아주었다. 주리를 트는 듯 그 고통이 그렇게 힘들었던가. 이담은 죽은 사람처럼 꼼짝하지 않았다.

안도감 때문이었으리라. 중호는 자신도 모르게 흐느끼는 울음이 터져 나왔다. 이담의 발목을 붙든 채 그는 소리 죽여 울었다. 소리 죽여 우는 그를 가만히 지켜보던 태섭이 말했다.

"너, 이 일을 모두에게 모른 척해라."

"……."

"살다 보면 알면서도 모르는 척, 묵시적으로 묵계적으로 지나가는 것도 있잖아!"

태섭의 말은 강압적이었다.

"데모하다가, 감방에 붙들려 있을 때 이 병이 생겼어. 충격 때문인지 원래 이 병이 있었던 것인지 아무도 모르지. 그냥 발작에 대해 모르는 척하란 말이다, 알겠니?"

태섭이 조금 엄하게 추궁했다.

"예."

대답하고 나자 울음이 더한층 격렬해졌다.

태섭이 이담의 몸을 주무르기 시작했다. 천천히 정성스럽게. 팔도 주무르고 다리도 주물렀다. 굳었던 근육을 풀어주는 것이리라. 중호도 울음을 그치고 이담의 왼쪽에 앉아서 태섭처럼 팔과 다리를 주물렀다. 근육이 없었다. 어린아이들처럼 말랑말랑한 살이 통뼈처럼 굵은 뼈에 붙어 있었다. 몸체가 듬직하게 보였던 것은 굵은 뼈대 때문이었으리라. 피하지방도 근육도 없는 피부는 얇아서 말랑거렸다.

감성이 이성보다 한 발짝 앞서 이성을 길들이는 것을 깨닫지 못할 때가 있었다. 그날 이후 이담에 대한 중호의 태도가 그랬다. 어쩐지 안타까워서 조금 더 너그러워지고 싶고, 조금은 더 뭔가를 베풀고 싶은 심정이었다. 처음 그들 사이에서 느껴지던 느낌-멍석을 깔아주면서 너그러워지려던 무엇이 그에게도 움트기 시작했다.

다음날 이담은 하루 종일 맥을 추지 못하고 비칠거렸다. 전신이 밀가루반죽처럼 축축 처져 내린 듯 벽에 기대어 있든가 방 안에 누워 있었다. 그런 이담을 바라보는 중호가 안절부절못하고 부산을 떨었다. 집에서 사용하지 않는 석유난로를 가져와서 보리차도 끓이고, 작업장 바닥에 물을 뿌려 비질도 하고, 마른걸레로 바가지 가루를 닦아내고는 했다. 실톱, 끌. 조각도 같은 도구들도 기름을 약간씩 묻혀 깨끗하게 닦아 제 자리에 비치해서 이담이 일을 하고 싶을 때 언제든지 시작할 수 있게끔 만반의 준비를 해두고는 했다. 나중엔 작업장 앞의 길바닥까지도 비질했다. 일을 하면서, 문득문득 정용이 그를 소개했을 때 이마 한쪽에 긁히고 딱지가 앉아 있던 이담의 얼굴이며 축 늘어져 있던 모습이며, 또 치기 만만하게 그의 앞으로 뛰어가던 일들이 떠올라 가슴이 찡하여 왔고, 그런 자신을 학대하고 벌주고 싶은 충동도 일어났다.

며칠 뒤에 이담은 또 한 번 발작을 일으켰다.

황금색의 단청을 긁어내어서 석간주를 조금 비쳐 나오게 하려고 애를 쓰고 있었다. 영화는 낮은 소리로 노래를 부르고 있었다. 신이 나서 열정적으로 부르는 것이 아니라 분위기를 조절하려고 부르는 것처럼 우리 가곡을 부르고 있었다. 두 사람은 조립식 탁자에 앉아 있었고, 이담은 긁어낸 바가지의 표면이 녹슨 느낌을 풍기도록 그라인더의 연마헝겊에 연신 바가지를 문지르고 있었다. 그러다가 쿵 하고 넘어지면서 아아아-하고 소리를 질렀다. 손가락을 베었든가 아니면 어디 다친 줄 알고 이담을 바라보고 있었다. 태섭이 소리쳤다.

"문부터 닫아!"

그러면서 태섭은 이담 쪽으로 뛰어가서 그를 반듯하게 뉘었다. 주위의 물건들을 쭉쭉 밀쳐버렸다. 이담이 몸을 비틀기 시작했다. 영화가 미닫이문과 쪽문을 걸어 잠그고 이담의 곁으로 왔지만 몸을 비틀고 있는 이담에게 접근하지는 않았다. 태섭도 마찬가지였다. 이담이 몸을 비틀고 있을 때 억지로 붙들어두려고 하지 않았다. 대신 주위에 상해를 입힐 수 있는 물건을 치워주는 것이 최선의 방법인 것 같았다. 전신을 비틀면서 입에 거품을 물고 도리질하던 이담이 지친 듯 서서히 풀어지기 시작했다. 그때야 태섭은 이담의 팔을 허리 쪽으로 끌어내리고 옆에 붙어 앉았다. 입에 괸 거품을 후루룩거리면서 이담이 발작을 멈추었을 때 모두들 처연한 표정으로 말없이 이담을 지켜보고만 있었다.

"안 되겠다. 방으로 옮기자!"

태섭이 이담의 입에 묻은 거품을 수건으로 닦아내면서 말했다.

중호가 쪽문을 열었다. 태섭은 이담의 머리를 자신의 아랫배 쪽으로 오게 하고 겨드랑이로 팔을 집어넣어서 목을 받쳐 들었다. 영화가 다리를 붙들고 들어 올렸다. 중호가 방으로 들어가서 요를 깔았다.

"물 좀 적셔와!"

태섭이 수건을 던졌다. 마당에는 아무도 없었다. 마중물을 떠 넣게끔 받아놓은 플라스틱 대야에 수건을 풍덩 적셔서 비틀어 짜고는 태섭에게 가져갔다. 태섭이 정성스레 이담의 땀을 닦았다. 마치 염을 하는 것처럼 섬뜩했다. 그는 밖으로 나왔다.

잠시 후에 밖으로 나온 태섭은 담배부터 피워 물고 한숨처럼 길게 연기를 토했다. 피운 담배를 바닥에 짓이기면서 말했다.

"이담이 이럴 땐 주위의 위험한 물건부터 빨리 치우는 거야. 그리고 알아둬. 아직도 많은 사람들이 귀신병이라잖아? 소문이 나면 안 좋아. 심리적으로 불안할 때 발작이 자주 일어나지만 날씨가 흐리고 저기압일 때 조심해야 해."

"……."

"아주 잊어버린 듯이 모르고 있다가 한 번 발작이 일어나면 연달아 몇 번 일어날 때가 많아."

태섭이 또 담배를 꺼냈다.

왜 그랬던 것일까. 알아두어야 할 정보였다. 그런데도 그런 정보를 알려주는 태섭이 싫었다. 중호는 자신의 못된 성격도 싫었다.

그는 방으로 들어가서 이담의 옆에 앉았다. 영화는 없었다. 눈꺼풀이 얇고 쌍꺼풀이 뚜렷한 눈을 보았다. 아이들처럼 긴 속눈썹이 파르르 떨리고 있었다. 갸름한 얼굴과 홀쭉한 뺨을 보았다. 정말 잘생긴 얼굴이었다. 그러면서도 피곤하고 지쳐 보였다. 이 아름다운 얼굴이 그토록 끔찍한 발작에 일그러지고 지치다니. 얼굴을 쓸어보고 싶었다. 눈꺼풀을 만져보고 싶었다. 피하지방도 없이 말랑말랑한 살결이 슬픔을 안겨주었다.

*

"김 사장, 가게를 하나 더 낼 예정인가 봐."

"알고 있어."

영화가 말하고 이담이 대답했다.

"어디다 낸대?"

태섭이 물었다. 영화가 대답했다.

"신한 백화점 민속점 코너래."

"작품을 좀 더 많이 만들어야 할 것 같아."

아무도 이담의 이 말에 반응을 보이지 않았다.

약속이나 한 것처럼 서로의 역할이 정해지면서 일이 진행되었다. 밑그림이 그려진 바가지들이 조립식 탁자 위에 놓였다. 이담은 또 다른 바가지를 들고 서성거리면서 표면에다 연신 밑그림을 그렸다. 구멍을 뚫고 톱날을 끼우는 것은 손이 굼뜬 태섭이 맡았고 대신 영화가 톱질을 했는데, 톱질을 시작하고부터 영화는 노래를 부르지 못했다.

일을 서두르고 있기 때문이리라. 이담은 아교를 바른 것도 석고를 입힌 것도 모두 작업장의 벽에 걸어두고, 기왕에 만든 것과 새로 만들 것을 비교하면서 밑그림을 그렸다. 바가지의 안쪽에 지지대를 끼웠다. 그 나무에 구멍을 뚫어서 못에다 걸게 만들었다. 밑그림을 그린 바가지가 많아지면 이담은 다른 사람이 잘라놓은 바가지를 대나무를 끼우면서 쌓아 올리기를 하였다. 아교를 바르고 석고를 입히고는 벽에다 걸어두었다. 이전에는 탈이 거의 완성되었을 때 걸개를 만들었다. 그러나 쌓아 올리기를 하면서 바로 걸개를 만들었고, 그래서 작업장에 걸린 탈이 하루가 다르게 늘어났다. 물론 단청을 입혀서 완성된 작품들도 몇 개는 걸어두었다. 그게 표본 역할을 한 것이었다.

행인들이 발쪽이 열린 미닫이문을 통해 작업장에 걸린 탈을 보고는 걸음을 멈추고 기웃거릴 때가 있었다.

"들어와서 보세요."

이담이 미닫이문을 활짝 열면서 말했다. 행인들은 움찔 놀라 범행 현장을 들킨 사람들처럼 빠르게 사라져 갔다. 처음 몇 번은 이담의 그런 행동과 행인들의 반응에 모두들 웃음을 터뜨렸다. 그러나 이담의 그런 행동이 되풀이되면서 뭔가를 드러내고 싶어 하는, 아무에게나 자랑하려고 하는 욕구 같은 것이 어렴풋하게 느껴지고는 했다.

먼지 때문이기도 하지만 날씨가 조금씩 더워지면서 미닫이문을 열어놓을 때도 많아졌다. 빨쪽하게 열린 문틈으로 기웃거리던 사람들도 활짝 열린 미닫이문 앞에서는 거리낌 없이 턱 버티고 서서 탈 만드는 과정과 벽에 걸린 탈을 맘 놓고 지켜보고는 했다. 이담이 들어와서 보세요, 하면 기다렸다는 듯이 작업장 안으로 들어와서 이것저것 물어보고는 탈을 사고 싶어 하는 사람들도 생겼다.

어느 날 저녁 무렵 밥집에서 밥을 먹고 중호가 먼저 작업장에 돌아와 있을 때였다. 작업장을 비워둘 수 없기에 밥을 먼저 먹은 사람이 돌아와서 작업장을 지키고 있었는데, 그 역할은 전적으로 그의 몫이었다. 잠시 후에 이담이 돌아왔고 이담의 뒤를 따라 경찰관 한 명이 불쑥 들어왔다. 서른도 채 안 되어 보이는 앳된 경찰관이었다. 중호는 깜짝 놀라 조립식 탁자에서 얼른 일어났다. 누구를 잡으러 온 것인가. 가슴이 철렁 내려앉아서 이담의 표정부터 살폈다. 이담은 그렇지 않았다. 어린아이들이 자랑거리를 내보이듯이 약간은 우쭐거리는 느낌을 풍기면서 완성된 탈을 죽 훑어보고는 두 개를 골라 신문지에 싸고는 골판지 박스에 넣고는 끈으로 묶었다. 그걸 경찰관에게 건네주었고, 경찰관은 아주 당연하다는 듯이 그것을 받았다. 그런 뒤에 경찰관의 등을 떠밀다시피 해서 밖으로 데리고 나갔다. 중호는 어이가 없었다. 그냥 주어버리는 탈이 아깝다기보다는 이담의 태도에 어이가 없었다. 뒤늦게 밥을 먹고 온 태섭에게 중호가 다급하게 알렸다.

"태섭 형님. 경찰이 왔었어요."

태섭은 못 들은 척 반응이 없었다. 안달이 났다.

"경찰 봤어요?"

"그래."

"어떻게 알고 왔을까요?"

태섭은 대답하지 않았다. 부아가 치밀었다.

"탈을 만드는 것도 신고해야 합니까?"

여전히 태섭은 덤덤한 표정으로 아무런 대답도 하지 않았다. 중호는 초조했다. 일도 할 줄 모르면서 공연히 그에게 엄하게 구는 태섭을 그도 백안시하고 싶은 심술이 생겼다. 중호도 입을 다물었다. 다른 일에 집중하려고 오후에 만들던 쌓아 올리기를 계속했다. 석고는 바르지 않았다. 아직은 재료를 마음대로 사용하는 것이 조심스러웠기 때문이었다. 그렇게 한참 일을 하고 있는데 이담이 들어왔다. 술을 마셨는지 조금 불콰한 얼굴이었다. '경찰관에게 술도 사 주었단 말이지-'그렇게 생각하자 권력에 아부하는 주위의 다른 사람들과 똑같은 모습으로 이담이 평범해 보였다. 서글프고 처량하고 화가 치밀었다.

"왜 왔답니까?"

중호가 볼멘소리로 물었다.

"그냥 지나가다가 들렸대."

"그런데 왜 탈을 두 개씩이나 줍니까?"

"윗 사람에게도 한 개 주고 싶대."

이담이 히죽 웃었다. 화가 더 치밀었다.

"이제 탈을 벽에다 걸지 말아야겠습니다. 이렇게 걸어놓으니까 오다가다 보고 틈을 내서 들린 거지요."

"김 과장이 보낸 거 아냐?"

태섭이 정색을 하고 이담에게 물었다.

"자기는 아니라는데 그런 느낌이 들어."

중호는 자신이 모르는 무엇이 그들 사이에 있다는 느낌을 받았다.

"그래야겠지? 그런데 이렇게 걸어놓지 않고는 탈을 비교하기가 힘들잖아!"

그러나 이담의 말은 건성으로 들렸다. 다른 생각에 몰두한 것처럼 보였다.

"이거 중호가 만든 건가?"

옆의 공터에 나가서 소변을 보고 들어온 이담이 그때야 중호가 만든 '쌓아 올리기'가 눈에 띄었는지 그렇게 물었다.

"예."

"됐다. 페이퍼로 문지르고 석고도 발라라."

"예?"

"쓸 만큼만 이겨서 발라라."

기분이 한결 풀렸다. 석고를 바르고 문질러서 벽에 걸어두고서야 잠자리에 들었다.

다음날부터 이담과 그는 문을 열어놓는 방향에 대해 신경전을 벌였다. 이담은 아무렇게나 문을 열어놓으려고 했고, 중호는 될 수 있으면 행인들이 보이지 않은 쪽의 미닫이를 열어놓으려고 했다. 그럴 때마다 이담은 쿡쿡 웃었다.

경찰이 두 번째로 찾아와서 탈을 얻어갔을 때 그가 항의하듯 따졌다.

"겁이 나서 주는 건 아니지요? 왜 자꾸 주는 겁니까?"

그의 말이 과격하였는지, 태섭이 순간적으로 노기를 띠고 그를 노려보았다. 곧 두들겨 팰 것처럼 긴장감이 흘렀다. 이담이 그를 달래었다.

"또 만들면 되잖아. 세상에 제 고집대로 살려면 힘들어. 너두 세상 살아가는 방법 좀 익혀라. 탈을 좋아하니까 갖고 싶은 거겠지 하고 생각하면 그렇게 신경 곤두세울 일도 아니잖니? 집집마다 탈을 하나씩 걸어두는 것도 의미 있는 일이고……. 생각해봐. 벽의 한쪽에 이런 탈이 한 개씩 걸려 있다고 생각해봐, 히히 재밌잖아!"

어처구니가 없었다.

"그것 하나 만드는데 정성이 얼마나 들었습니까?"

"위에 사람이 뺏어갔다니까 한 개씩 더 주었어."

"……."

"경찰이라고 무턱대고 미워하지 마라. 그들도 그들만의 고충이 있게 마련이잖니?"

남들의 평범한 일상사나 이야기하듯 하는 이담의 말에 더 화가 났다. 중호는 솔직한 심정으로, 다른 사람들에게는 너그럽게 묵인할 수는 있어도 경찰관에게는 밟아 부수어버리더라도 주고 싶지 않았다. 경찰이 권력자로 보였던 것일까. 그러나 그 경찰은 일주일쯤 지나서 다시 찾아왔다. '과장님이 어디 선물할 데가 있다고'라고 말했고 이담은 두 개의 탈을 박스에 넣어주었다.

그는 화가 나서 씩씩거렸다. 이담이 바보 같았다. 나이도 한참 어려 보였는데 싫은 소리 몇 마디쯤 따끔하게 해주고 주었다면 그렇게 화가 나지 않았을 것이다. 결찰이라고 겁먹고 화도 낼 줄 모르는 순응이 비굴하게 보였다. 그러니까 이런 모양으로 사는 거지 하고 그들 모두의 삶을 매도하고 싶었다. 그렇다고 이담에게 대어들 수도 없었다. 술을 마시고 싶었다. 몸이 훈훈해지고 기분이 방만해지게끔 마시는 술이 아니고, 몸속에서 화풀이 대상을 찾지 못해 씩씩거리면서 돌아다니는 피돌기에 독한 술을 쏟아부어서 서로 뜨겁게 타오르며 싸우게라도 만들어야만 할 것 같았다. 그렇다고 그들이 보는 앞에서 혼자 술을 마실 수도 없었다. 밖으로 나왔다. 혼자 감자국 집을 찾아가서 술을 마신다면 나중에 이담이 알 것 같았다. 소주를 한 병 사 들고 동욱을 찾아갔다.

똑같이 닮은 주택단지의 집들은 모두가 마무리 단계에 들어가 있었다.

"우짠 일이고?"

김치와 조림 멸치와 양은그릇을 내놓으면서 동욱이 물었다. 아직 창문을 해 달지 않은 집의 다락에 동욱은 기거하고 있었다. 창틀에 창문이 없는 집은 나간 집처럼 썰렁했다. 동그랗게 뚫린 창틀을 통해 시장건물이 내려다보였고, 그 건물 뒤쪽의 어둠 속에 불을 밝힌 주택들의 창이 짐승의 눈동자처럼 보였다. 주택들은 조용히 숨죽이고 엎드린 듯 아늑해 보였다.

"우짠 일이냐니까!"

동욱이 재촉했다.

"그냥 왔어."

그는 연거푸 술을 두 잔을 들이켰다.

"와 그리 급하노? 무슨 일이 있었구나!"

"야, 경찰이 탈을 얻으러 오니까 얼씨구나 하고 두 개씩 세 개씩 싸주잖아. 무슨 죄지었어?"

"경찰관들 사귀 노모 좋다 아이가! 그러니까 주지. 형은 아직 세상 물정 모르네."

"지랄. 아부하는 게 세상 물정 아는 건가?"

"일을 만들지 말고 쉽게, 쉽게 살라카모 그런 것도 알아야제."

"씨팔!"

갑자기 동욱을 한 대 후려치고 싶었다. 동욱을 노려보다가 아니다 싶었다. 동욱이와 상관없는 이야기였다. 창밖으로 눈을 돌렸다. 먼 곳의 불빛들이 어둠 속에서 숨죽이고 있었다. 순한 짐승들의 눈빛 같았다. 문득 민박집에서의 기억이 떠올랐다. 호수 건너편에 띄엄띄엄 흩어져 있는 불빛이 물결을 타고 출렁거리면서 길게, 길게 뻗어왔다. 고흐의 '론강의 별 달빛'처럼 어둠에 녹아들고 싶은 풍경이었다.

"나 다음에 올게."

중호는 남은 술을 벌컥 들이켜고는 일어났다.

그가 돌아왔을 때 이담과 태섭도 술을 마시고 있었다.

"앉아!"

중호는 이담이 시키는 대로 이담의 옆에 앉아 이담이 따라주는 술을 주는 대로 받아 마셨다.

"경찰이 그렇게 무섭습니까?" "나이도 한창 어려 보이는 애송이한테 그렇게 비굴한 모습을 보여야 합니까?" "따끔하게 야단을 칠 수도 있었잖습니까?" "형님 말씀대로 좀팽이들 모습이 이런 겁니까?"

손등에 불이 붙었다. 태섭이 피우던 담배를 그의 손등에 꾹 눌러 버렸다.

"건방지게 네가 뭘 알아, 임마!"

의자가 넘어지고 탁자 위에 술잔과 주전자가 뒹굴었다. 그는 무슨 소리를 어떻게 지껄였는지 기억에 없었다. 중오감이 저주스런 언어를 마구 뱉어내고 있었다.

밖으로 나와서 뛰다시피 걸었다. 손등이 후끈거렸다.

"나 오늘 여기서 잘게."

불을 끄고 누웠던 동욱이 덮었던 담요 한 장을 건네주었다.

*

땀을 뻘뻘 흘리며 시멘트 벽돌을 져 날랐다. 반나절이 지나자 면장갑의 손가락 끝부분도 구멍이 뚫렸다. 벽을 쌓은 일은 이미 끝나 버렸기에 병희는 데모도 이 씨만 데리고 대문 기둥을 쌓아 올리고 오늘 일은 끝낸다고 했다. 데모도가 필요 없다고 했다. 빈둥거리고 있으려니 자꾸만 어제의 일이 떠올라 자진해서 일을 하겠다고 우겼다. 중호가 데모도 일을 거들자 이 씨는 기다렸다는 듯이 병희 옆에 붙어서 일을 배우겠다고 〈고테〉 자루를 잡았다. 병희는 데리고 다니는 일꾼에게 오랜만에 기술을 가르치면서 생색이라도 내려는 것인지 다른 말은 하지 않았다.

"삼촌, 싸웠어요?"

벽돌을 지고 가서 그들의 옆에 부릴 때마다 병희는 물었다. 자진해서 일을 하겠다고 했지만 두 사람의 데모도 노릇은 힘들었다. 이 씨가 사모리를 손수 이기고 물통에 물을 길어다 놓고 시작했지만 두 사람의 데모도 노릇은 쉽지 않았다.

"싸웠어요? 무슨 일 있었어요?"

이 씨에게 기술을 가르친다는 핑계로 두 사람 데모도 일을 시키는 것이 미안해서 그러는지 짐을 지고 갈 때마다 물었다.

"아무 일도 없었어요. 그니까 그만 물어요."

정신없이 일만 하였다. 태섭에 대한 분노와 머릿속에서 되풀이되던 욕설이 희미하게 사라지고 있었다. 점심시간이 다 되어서 빈 지게를 오른쪽 어깨에 걸치고 터벅터벅 벽돌 더미 쪽으로 걸었다. 뜻밖에도 거기에 이담이 서 있었다. 반가웠다. 눈물이 울컥 솟으려고 했다.

"잠깐만요."

빈 지게를 가지고 이 씨 옆으로 가서 말했다.

"이 씨가 데모도 일 마저 해야겠네요."

이 씨 옆에다 지게를 내려놓았다.

"민이 아버지. 나 저기 좀 갔다 올게요."

이담에게로 뛰어갔다.

"괜찮아?"

"일당 없이 하는 일이라 괜찮아요."

이담이 앞서 걸었다. 병희와 이 씨가 일을 하다 말고 둘을 지켜보고 있었다.

그가 걸음을 재촉하여 이담과 나란히 걸었다. 작업장 쪽이 아니라 학교 위쪽의 산비탈 쪽이었다. 이담이 걸음을 멈추고 말했다.

"어디 보자."

그러면서 그의 손을 잡아들고는 담뱃불에 데었던 데를 살펴보았다.

"아프냐? 따가우냐?"

"……."

또 한참을 말없이 걸었다. 약방이 보이자 약방으로 들어가서 연고와 밴드를 샀다. 연고를 바르고 밴드를 붙일 때까지 이담은 한마디도 하지 않았다. 개울 쪽으로 올라가는 입구에 음식점이 있었다. 밥을 주문하고 막걸리 반 되를 시켰다. 술이 나오자 중호가 먼저 이담의 잔에 술을 따르고 자신의 잔에도 따랐다. 양은 술잔에 한 잔씩 따르자 술이 바닥났다.

"산다는 건 말이다."

그렇게 말하고 이담은 입을 다물었다. 입가심하듯 두어 모금 막걸리를 마신 뒤에 입을 열었다.

"우리가 옳다고 생각하는 대로 살아지는 것이 아니잖아. 그러니까 운명론자처럼 '정말 팔자라는 게 있나 보다' 하고 맘이 약해질 때가 있지. 옳다고 생각하더라도 옳다고 말할 수 없을 때도 있고 말이야. 정말 중요한 건 옳게 사는 거야. 사소한 것, 중요하지 않은 것까지 그렇게 살려면 피곤하고 힘들어."

"죄송합니다."

중호는 이담이 말하는 의미를 뚜렷하게 깨닫지 못하면서도 자신의 욱하는 성깔에 대해 뉘우치면서 말했다.

이담이 풀썩 웃었다.

"뭐가 죄송하냐? 난 지금 어제의 일을 얘기하는 게 아니야. 나도 내가 옳게 사는 건지, 왜 이러고 있는지 확신이 안 생겨서 그래!"

밥이 나왔다. 밥을 먹으면서 이담이 말했다.

"내가 너를 처음 보았을 때 말이야, 부끄럼이 많은 네가 참 순수해 보였어. 또 안타깝게도 보였어. 그건 나도 그래. 아는 사람이 없는 이곳에 와서 가게를 구할 때 복덕방 영감이 보운이를 소개해 주면서 집에서 놀고 있으니까 심부름이나 시키면서 데리고 있으라고 했는데, 그놈은 이런 데 도통 관심이 없었어. 구닥다리 옛날 거라고 쳐다보지도 않으려는 거야. 마침 그때 네가 보였어."

"……."

"그래, 그때 뭔가 네게 도움을 주고 나도 도움을 받고 싶었던 거야."

"……."

"아직 내 생각이 맞는지 확신이 없어."

중호는 아무런 대답도 할 수 없었다.

밥을 먹고 나오자 해가 머리 위에 성큼 다가와 있었다. 두 사람의 그림자가 난쟁이 어릿광대처럼 발밑에서 어릿거리고 있었다. 햇살이 눈에 부셨다. 그들은 그림자를 밟으며 골짜기를 끼고 올라갔다.

이담은 뒷주머니에서 조그마한 술병을 꺼내서 한 모금 마시고는 그에게 건네주었다.

"이건 언제 구했어요?"

"아침에, 너에게 올 때."

"내가 무슨 술꾼 같은데요?"

"너 술꾼 아니냐? 술 좋아하잖아"

"히히……. 그래도 그렇지."

중호는 한 모금 마시고는 이담에게 건네주었다.

"아냐. 너만 마셔!"

중호는 뒤쪽 호주머니에 술병을 찔러 넣었다. 숲속으로 접어들자 신록이 눈부셨다. 연초록색의 투명한 잎을 투과한 햇살이 그림자까지도 환하게 일렁거리게 했다.

"아아-, 참 좋네요."

중호가 중얼거렸다.

"우리 산에 자주 와야겠다, 그렇지?"

이담이 맞장구를 쳤다.

개울이 두 쪽으로 갈라지면서 산세가 가팔라졌다. 이담은 왼쪽의 골짜기로 접어들었다. 바위를 뛰어넘으면서 그들은 천천히, 산길을 걸었다.

"여기 물봉선이 있네."

이담이 풀을 하나 뜯었다.

"개울가에 많은데 이렇게 수풀 속에도 있어. 이건 산용담이라는 건데 꽃이 피면 색깔이 정말 아름다워! 푸른 연보라색에 안쪽에는 짙은 자색의 꽃을 피우지. 여성 바가지탈을 만들 때, 바탕색으로 깔면 우수를 띈 얼굴로 표현할 수 있어. 황홀해! 이건 쑥부쟁이인데 용담보다는 색상이 옅어. 이건 며느리밑씻개. 이름 고약하지?"

이담은 중호를 보고 히죽 웃은 뒤에 또 다른 풀을 뜯으면서 말했다.

"이게 구절초야! 가을에 마가렛 같은 하얀 꽃이 피지. 그러나 마가렛보다는 더 함초롬하고 더 우아하고 더 외로워 보이지. 구절초는 한두 송이 피어 있어야지 몰려서 있으면 구절초 맛이 없어."

"산에서 살았습니까, 언제?"

"강원도에서 잠수한 적이 있었지. 그보단 꽃의 색감에 심취했었지."

"……"

그랬었구나. 그는 '왜요'하고 묻고 싶었지만 묻지 못했다.

"노동운동은 아니고 노동운동 하는 학생들에게 탈춤을 가르쳤지. 태섭은 동네 친구인데 그때 가까워졌지. 지금 사업이 잘 안되어서 나에게 와 있는데 곧 떠날 거야."

"광고업을 했다면서요?"

이담은 가타부타 말이 없었다. 대신 휘파람을 불었다.

길은 다시 평평해지고 저만큼 솔수펑이가 나왔다. 관목들 뒤쪽의 바위에 걸터앉으면서 이담이 말했다.

"젊었을 땐 한 번쯤 국수주의적 애국심에 빠질 때가 있잖아. 우리 국토에 대한 애착 같은 것이었지."

드디어 이담 자신의 과거 이야기를 하나 보다 하고 그는 잔뜩 긴장했다.

"그때 우리나라 이 산들이, 이 골짜기와 이름 모를 풀들이 눈물이 나도록 고맙게 여겨졌었어. 전쟁이 나고 도망갈 데가 없어지면 산속으로 도망할 수가 있었잖아. 풀과 나무뿌리를 캐 먹을 수 있는 것만 해도 얼마나 축복이야? 구석구석에 산을 끼고 골짜기를 끼고 있는 이 국토가 가난한 백성들을 따뜻하게 재워주고 배부르지는 못해도 먹여주었으리라 생각하면 고맙게 여겨졌지. 자동차를 타고 며칠을 달려도 허허벌판만 이어지는 나라도 있잖아? 어마어마하게 큰 산의 능선만 며칠씩 달리는 나라도 있잖아?"

"우린 나라가 작잖아요."

"젊었을 때 잠깐이라 말했잖아!"

"국가가 무조건 애국하라는 것도 좀 우습지 않아요?"

"……"

"신체검사 때 국가에서 사용할 재목감으로 자랐다는 게 가슴 뿌듯한 느낌을 안겨주었어요. 한쪽에선 억울하고 강제로 압류당한 느낌도 들었지만요."

"……."

"이제 이만큼 컸으니까 등급을 매겨서 재목감으로 사용하겠다는 것 아닙니까? 돈 없이 가난하게 산 열등감과 상실감은 쉽게 잊히지 않아요."

"사람이니까 어쩔 수 없지."

"아직은 너무 젊어요. 남을 위해서 살고 싶지 않아요.'

"그래, 그래. 옛날 스파르타 시민에겐 7세부터 60세까지가 군인이었단다. 아들을 셋 이상 낳은 남자만이 일찍 병역을 면제받을 수 있었다니 웃기지 않아? 모든 남자의 상시적 전쟁 의무는 말할 것도 없었겠지."

"옛날에 태어났다면 내가 어떻게 되었을까 하고 생각해 보았어요."

그러면서 중호는 둥글게 마모된 바위를 쓰다듬었다. 세월이 그의 손끝에서 쓸려나가는 듯 뭉클한 느낌에 휩싸였.

갑자기 이담이 새소리를 흉내 내기 시작했다. 휘파람 소리에 혀를 교묘히 움직여서 새소리처럼 들리게 했다. 산속은 햇살이 비스듬히 비쳐 들면서 오후의 적막감이 감돌기 시작했다. 서남쪽으로 비껴간 햇살이 어쩐지 허전했다. 그때 그들의 발 앞에, 멀리 날지 못하는 새끼 새 두 마리가, 알에서 부화해 겨우 날 수 있을 정도의 새끼 새 두 마리가 풀썩 날아왔다간 허둥거리며 달아나고 있었다. 잘 날지 못하는 날개를 퍼덕거리며 달아나는데, 곤두박질치기도 하고 겨우 이 삼십 센티쯤 날아올랐다가는 곧장 떨어져서 달아나고 있었다. 중호가 달아나는 새들을 보고 웃음을 터뜨렸다.

"저놈들 왜 저래요?"

이담은 계속 휘파람으로 새소리를 흉내 내고 있었다.

"저놈들 엄마 새인 줄 알고 속아서 저러는 거구나!"

"강원도에 있을 때 적적해서 산속을 거닐다가 많이 해 보았어."

재밌었다. 중호도 따라 해 보았다. 몇 번 해 보았지만 이담의 새소리와는 비교가 되지 않았다.

"네가 하니까 안 오잖아!"

이담이 중호를 툭 쳤다. 그는 새소리 흉내를 그만두고 기다렸다. 그러나 한 번 속은 새 새끼들은 다시 나타나지 않았다.

"내려갑시다, 추워요."

그가 일어나서 엉덩이를 털었다. 천천히 산에서 내려오면서 이담이 말했다.

"남의 욕망을 훔치고 그렇게 훔친 욕망이 자신의 욕망인 것처럼 열심히 사는 것 아닐까?"

"왜 그렇게 생각하세요?"

"요즘 내가 사는 게 영 자신이 없어."

중호는 대답하지 않았다.

이담이 다시 주위에서 울고 있는 새소리를 다시 흉내 내기 시작했다. 중호는 어떤 반응이 올까 하고 기다렸다. 혼자서 일정한 간격으로 울어대던 새는 틀림없이 리듬을 놓치고 있었다. 이담이 새소리를 흉내 내기 시작하자 마치 그 음색을 가늠하기라도 하듯이 조금 더 길게 뜸을 들였다가 조심스럽게 울었다. 그건 새가 어떤 반응을 보여 올까 하고 긴장하고 기다렸기 때문에 기다리는 시간이 길게 느껴졌는지도 모른다. 아무튼 이담도 그만큼의 시간을 기다렸다가 새소리를 흉내 내었다. 잠시 후엔 새도 그만큼의 시간을 기다렸다가 울었다. 웃음이 터지려고 했다. 이담은 걸어가면서 연신 휘파람으로 새소리를 흉내 내었고, 새는 그를 따라오면서 연신 울었다. 숲을 빠져나올 때까지 이담과 새는 무슨 얘기를 주고받는 것처럼 소리를 주고받았고, 그는 신기하고 즐거워서 그들의 놀이를 방해하지 않으려고 말없이 이담의 뒤를 따랐다.

"무슨 얘기 했어요?"

숲을 빠져나오자 중호가 장난스럽게 물었다.

"외롭대! 무척 외롭대!"

"왜요? 수놈이었어요, 암놈이었어요?"

"나처럼 수놈이야."

"그러면 담이 형도 외로워요?"

이담이 그를 흘깃 훔쳐보았다.

"사람은 다 외롭지 않아? 수놈은 수놈이라서 외롭고 암놈은 암놈이라서 외롭고, 여자는 여자답지 못해서 외롭고 남자는 남자답지 못해서 외롭고……. 너 아주 짓궂은 놈이다아?"

"몰랐어요?"

그가 낄낄거렸다. 이담이 노래를 불렀다. 그도 따라 노래를 불렀다. 노래가 끝나자 갑작스럽게 자신들이 낭만적 허무주의자가 된 듯 서글프고 묘한 기분에 빠져들었다.

흐르는 물처럼

　새로 낸 가게에 물건을 대느라 바쁘게 지내는 동안 그는 노련한 간호사처럼 이담의 손발 노릇을 하였다. 석고를 덜어서 이기고 바르는 일에서부터 아교를 묽게 풀어서 바가지 위에 덧칠하는 일과 가칠 단청까지 이담이 시키는 일이면 무엇이든지 하였다. 태섭은 그날의 일을 사과하지 않았다. 그 역시 그들의 일에 끼어들었던 무례한 행동에 대해 사과하지 않았다. 그와 태섭 사이의 서먹한 기류는 애써 모른 척하면서 넘겼다.
　태섭은 사업이 잘 풀리는지 밖으로 나가는 일이 많아졌다. 표정도 밝아졌다. 영화 역시 공방에 잠깐씩 들리긴 했지만 아예 나오지 않는 날이 많았다. 학교에 취직자리라도 알아보는 듯했으나 물어보진 않았다.
　이담이 석고나 단청을 손에 묻히고 있을 때는 필요한 물건들을 대신해서 옮겨주었다. 기구들은 언제나 제자리에 정리해 두어서 이담이 손쉽게 집을 수 있게끔 해 주었다. 해가 넘어가 어둑어둑해지면 마당 쪽에 있는 화장실을 사용하지 않고 옆의 공터에다 방뇨하면서 둘은 낄낄거렸다. 태섭과의 그 일이 있고부터 중호는 잠을 같이 자려고 하지 않았다. 이담의 만류에도 불구하고 집에서 자고 다닐 때가 많았다.

일을 하다 보면 윗옷을 벗어버릴 때도 많았다.

"어느 화가처럼 발가벗어버릴까?"

이담이 말하고 낄낄거렸다.

"창작에 종사하는 사람들이 일에 열중했을 때 자신도 모르게 옷을 하나씩 벗어버리는 경우가 그래. 작업장이 길가에 있지 않다면 우리도 옷을 훌훌 벗어버릴 텐데."

사실 그랬다. 앞치마를 하고 있는데도 그들의 옷에는 물감과 아교와 단청이 묻어 얼룩덜룩해 있었다. 길갓집이 아니라면 앞치마 속에 내의만 입고 일을 할 수도 있었으리라.

탈은 잘 팔리지 않았다. 생필품이 아니기 때문이리라. 재고품이 생기면서 일을 하지 않고 놀러 다닐 때가 많아졌다. 그런 날이면 산기슭을 찾아가든가 아니면 시장 바닥을 돌아다니며 이야기를 주고받았다.

아무것도 아닌 듯한 일들이 되풀이되면서, 불쑥 던지는 농담 한마디나 잠깐 스치는 눈길을 통해서도 그는 이담에 대해 신뢰감을 쌓아가고 있었다. 어느 날 그들은 낮술을 마셨다. 술을 마시려고 작정했던 것은 아니었다. 반주로 시작된 술이 감자탕 집을 거치면서 시장

쪽으로 옮겨가면서 마시게 되었다.

"저기 좌판을 벌여 놓고 앉은 할머니 보이지? 얼굴의 모든 주름이 입으로 몰린 것 같지 않아? 탈과 연관해서 뭔가 떠오른 것 없어? 이렇게 얘기하면 할머니에게 불경스럽지만 탈 자체만 생각하면 말이야, 한 개인의 일생이 온통 먹이를 찾아다니는 모습으로 떠오르지 않니? 비극적이지? 아니지. 어쩌면 삶의 원초적 모습인지도 모르지."

"좀 그러네요. 할머니에게는 미안하지만 주름을 활용해서 한 사람의 삶을, 결국 한 사람의 생애를 표현할 수도 있다는 얘기네요."

"그리고 말이야, 저기 저 남자는 개구리가 입을 다물고 있는 것처럼 완강해 보이지 않아? 왜 그런지 알아?"

"왜 그런데요?"

"생각해 봐. 왜 그런 느낌이 드는지를 따져봐! 미학이라는 것이 무어냐? 저 사람은 타조가 목을 꼿꼿하게 세우고 있는 것처럼 단순하게 느껴지면서 완강함 같은 것이 느껴지잖아? 무지한 단순성, 남성적이면서 번민이나 갈등 같은 것과는 상관없이 단순하고 단정해 보이는 게 왜 미감을 유발하는 줄 알아? 균형과 조화가 아니라 성적 매력과 연관시켜봐. 융통성이 좀 부족해 보이는 저 완강함이 미와 연관되어있다면 어떤 이미지겠어? 삶을 저렇게 단순화시켜버리면 본질이 빠져버리고 참 우스워지겠지?"

"……."

"저기 약국 앞에 서 있는 아저씨는 어때? 정장을 하고 단정하게 넥타이를 매고 있어서 얼른 나타나지 않지만 저 표정 좀 봐. 세상에 대해 호기심도, 부러울 것도, 두려울 것도 없다는 저 당당한 오만을! 삶에 찌들어서 절망감에 빠져서가 아니라 나는 이런 사람이야 하고 시위하는 듯 거만한 표정이지. 저게 권태로움 때문일까 오만함 때문일까, 무지 때문일까?"

"……."

"저런 걸 활용해야 해. 나이가 들면서 형성되는 사람의 습관은 대체로 성공했느냐 패배했느냐를 토대로 해서 형성된다고 봐야지. 성공한 사람들은 대체로 좋은 습관을 갖고 있지. 반대로 성공하지 못한 사람들의 자기 파괴적 습관도 그렇게 이해하면 이해는 할 수 있지. 저기 택시에서 내리는 사람 좀 봐. 심술이 뒤룩거리는 표정 좀 살펴봐!"

"어디요? 아-"

"저런 표정이 왜 형성되는 것이라 생각하나? 오래된 평소의 습관 때문이야. 생활 속에서 형성되는 거지. 저기 색안경을 쓰고 있는 아주머니 좀 봐라. 한 손을 구부려서 핸드백을 걸치고 가는 모습이 우아하게 보이나 거만하게 보이나?"

길을 가면서 이담이 그런 말을 할 때마다 중호는 눈길을 돌려 이담이 지적한 사람들을 살피고, 낄낄거리고, 최면에 걸린 사람처럼 이담의 말에 따라 혐오감을 가지고, 안타까움을 가지고, 안쓰러움을 가지고는 했다. 탈을 제작하기 위해서 사람들의 표정을 관찰하는 데에도 훈련이 필요했다.

눈에 띄도록 훤칠한 외모에 아직도 비둘기 색깔의 코르덴바지와 허름한 점퍼를 걸치고 다니는 이담과 함께 다니는 것이 타인의 시선을 끌기에 충분했다. 그러나 별로 부끄럽지 않았다. 누가 타인의 시선을 지옥이라고 말했던가.

이담의 뇌전증은 그렇게 심각한 편은 아니라고 했다. 그러나 길을 가다가 발작을 일으켰을 땐 정말 속수무책이었다. 넘어질 때 팔로 땅바닥을 짚은 것은 반사적인 운동신경 탓인지 아니면 멍한 의식 속에서도 위험을 느끼고 팔이나 어깨를 먼저 부딪치면서 넘어지는 것인지 알 수가 없었다. 그런 뒤엔 의식이 없는 것이 확실했다. 사람들이 많이 모이는 시장 바닥이었다면 사람들이 주위에 우 몰려들었을 것이다. 그러나 그날의 발작은 시장을 벗어나 외진 골목에서 있었기 때문인지 길을 가던 몇몇 사람들이 놀라서 걸음을 멈추고 그들을 바라보다가 '아무것도 아니에요, 그냥 가세요.' 하는 중호의 말에 남의 사생활을 확인하는 것처럼 언짢은 표정으로 슬금슬금 피해서 가던 길을 가버렸다.

"될 수 있으면 술을 마시지 말아야겠습니다. 술을 마시면 더 하지 않아요?"

언젠가 태섭에게 물었던 적이 있었다.

"술이 좋은 건 아니지만 갈등이나 불안감이 계속될 땐 술을 조금 마시고 긴장을 푸는 것이 낫지. 아직 정확한 원인에 대한 연구는 없고 정확한 검사도 없어. 물가에서 발작을 일으킬 때가 많아서 남들은 귀신 병이라는데 그런 건 아니고……. 습도가 높고 기압이 낮을 때, 계절이 바뀔 때도 영향을 받는 것 같아."

태섭은 오랫동안 지켜본 사람처럼 말했다.

이담은 일을 하지 않고 미닫이 앞에 의자를 가져다 놓고 비 오는 풍경을 지켜보고 있었다. 어쩔 수 없이 그가 무슨 일이라도 해야만 했다. 탈을 만들었다. 바가지의 형태에 따른 지시를 기다렸지만 이담은 아무런 언질도 주지 않았다. 밑그림을 그렸다. 자신도 모르는 사이에 나름대로 익숙해져 있었다. 자른 것들을 꼼꼼하게 쌓아올리고 석고를 바르고 아교를 입혔다. 단청을 바르는 과정과 단청의 색깔을 배합해서 어떤 질감을 풍기게 하는가 하는 방법에 대해서도 자신도 모르는 사이에 익숙하게 일을 처리하고 있었다. 흰색 안료 위에 석간주와 아이언옥사이드레드를 혼합해서 바르고, 마르기를 기다렸다가 크롬옐로를 덧칠해서 긁어내는 수법을 사용하였다. 연마 헝겊에 문지르면서 코발트블루를 바르고 구석진 곳과 사이사이로 몰리게 해서 청동에 녹이 슬기 시작했다. 자신이 보아도 가슴 뿌듯할 만큼 괜찮은 탈이 만들어졌다. 마음 같아선 쾌재를 부르고 싶었지만 꾹 참았다.

"이젠 내가 없어도 되겠구나."

이담이 말했다. 그가 만든 탈을 보고 한 말이지만 말이 엉뚱했다.

"왜요? 어디 가실려구요?"

대답 대신에 이담은 기왕에 만든 자신의 탈을 하나 들고 왔다.

"네가 만든 것과 이것이 어떻게 다른가?"

놀라웠다. 나름대로 열심히 만들었는데 이담이 기왕에 만든 것과 거의 같은 모양이었다. 판박이나 다름없었다.

"기능적인 면에서는 되었는데 창의성이 없지?"

부끄러웠다. 결국 밑그림이 문제였다. 많이 만들어보고 많은 시행착오를 거쳐야만 하리라. 사람들의 그 풍부한 표정들이 어떻게 만들어지는가를, 눈과 코와 입의 조화와 형태에 대해서, 주름살에 대해서도 주의 깊게 관찰하여야만 하리라. 여러 사람들을 만나고 여러 경험을 쌓아야만 가능하리라. 한마디로 그런 것도 연륜이 쌓여야만 가능하리라 생각되었다. 길을 가면서, 사람들의 표정을 살피면서 그 많은 표정들을 머릿속에 입력시켜야만 가능하리라. 그런 뒤에 그 모든 것들을 종합해서 자신이 표출하고 싶은 탈의 표상을 만들어야겠다고 어렴풋하게 느끼고는 했다. 결국 연륜이 쌓여야만 했다.

그러나 이담은 집중적인 훈련이 필요하다고 했다. 모든 것엔 시기가 있고, 그 시기에 집중적인 훈련이 필요하다고 했다. 그러면서 이담은 계속 탈을 만들라고 했다. 중호가 만든 탈은 재고품이 되었다.

빗물에 녹아들 때

　-모두에게 미안하다, 나는 실패한 인생을 살다 간다-

　영화가 그런 유서를 써 놓고 죽었다고 했다. 영화의 아내가 아무에게도 알리지 않았기 때문에 이담과 태섭도 모르고 있었다고 했다. 치욕스러움 때문이었을까. 자살이 죄악이라고 생각하기 때문이었을까. 이담은 유골이 안치된 묘지에 혼자 다녀왔다고 했다. 살아있었던 사람의 삶이 거짓말처럼 처리되었다. 이담은 작업장에 의자를 갖다 놓고 그냥 멍하게 앉아 있을 때가 많아졌다. 영화가 음악가들의 생몰연대에 그렇게 관심을 가졌던 것은 내면의 어떤 갈등 때문이었던가.

　젊은 경찰이 또 찾아왔다. 이담은 탈을 주지 않고 경찰의 등을 떠밀어서 밖으로 데리고 나갔다. 떼미는 모습이 너무 완력적이었다. 그는 조금 긴장되었다. 그들은 작업장 옆의 공터 쪽으로 가는 듯싶었고, 잠시 후엔 야단을 치는 듯 고성이 오가는 소리가 들렸다. 불길한 느낌에 얼른 옆의 공터로 나가보았다. 어둑어둑한 어둠 속에서 이담은 경찰의 앞가슴을 밀치고 있었다. 화가 많이 나 있었고 경찰이 오기를 기다리고 있었다는 느낌도 들었다. 중호는 그들 옆으로 달려가서 그들을 말려야 했다. 그러나 무엇 때문인지 발이 떨어지지 않았고 숨을 죽이고 그들을 지켜보고만 있었다.

"여기에 나타나지 말아. 왜 거짓말을 하나? 당신 몇 살이야. 처음부터 거짓말을 하고 있다는 것 나 알고 있었어. 당신 탈 하나 만드는 데 얼마나 힘이 들고 시간이 걸리는 줄 알아? 이게 아이들 장난감인 줄 알아? 과장 팔고 상관 팔아서 챙긴 탈이 벌써 몇 개째야? 당신 과장한테 가서 말해 이젠 손 좀 떼라고, 아무 일도 없다고. 알았어?"

"왜들 이래? 무슨 일이야?"

태섭이 뛰어와서 말렸다. 이담 역시 그쯤에서 끝내고 싶은 듯 태섭이 끄는 대로 끌려 나왔고 경찰은 얼른 몸을 돌려 어둠 속으로 멀어져 갔다.

"좀 참지 그랬어."

태섭이 걱정스러운 듯 중얼거렸다.

"괜찮아. 김 과장한테 일러바치라고 일부러 그랬어."

"……"

"내가 탈춤에서 손을 끊은 지가 벌써 몇 년째야? 너도 알잖아?"

이담도 어이가 없다는 듯 혼자 중얼거리고 있었다.

아무 일도 없었던 것처럼 시간은 흘러가고 있었지만 갑자기 사라진 영화의 존재가 텅 빈 허무처럼 문득문득 느껴지고 있었다. 이담은 점점 말이 없어졌다.

　다음 날이었다. 흐린 하늘이 비를 흩뿌리다가 말다 하다가 저녁 무렵이 되어서야 구름 사이로 푸른 하늘을 언뜻언뜻 드러내고는 했다. 구석진 곳에 몰려 있던 어둠이 스멀스멀 밀려오고 있었다. 아직 사방으로 탁 트인 유휴지 쪽은 밝았다. 유휴지 귀퉁이에 심어놓은 청무는 금방이라도 부러질 것처럼 청정했고, 물웅덩이가 생긴 곳은 행인들이 물웅덩이를 피하느라 풀쩍풀쩍 뛰어 건너는 모습도 보였다. 언뜻언뜻 드러나는 하늘이 물웅덩이에 희끄무레하게 반사되면서 어둠에 잠기고 있었다. 지루했던가 보다. 이담이 라면 박스에서 한복을 꺼내 입었다. 작업장에서 꼼꼼하게 정성을 들여 매무새를 고친 뒤에 옆의 공터로 걸어 나갔다. 이미 컴컴해진 공터에서 그는 기이한 자세를 취했다. 한동안 꼼짝하지 않고 있다가 입으로 가늘게 북소리를 내면서 춤을 추기 시작했다. 둥 둥 둥두두둥 둥두둥 두 둥 두두두. 탈춤이었다. 그는 공터 가로 자리를 비켜주면서 이담이 추는 춤을 지켜보았다. 태섭도 옆으로 다가왔다. 그때까지도 그는 탈춤에 대해 아는 것이 없었다. 오금질도, 깨끼질도, 가사도 장삼도……. 그런데도 고개를 까딱거리며 경중경중 뛰어오르다가 다시 약을 올리는 짐승처럼 고개를 까닥거리면서, 너울너울 춤을 추는 이담의 모습은 허깨비처럼 하나의 환상이었다. 날렵한 한 마리 짐승처럼, 아니 물속에서 흐늘대는 수초처럼 가볍게 몸을 다루었다. 쉬-하고 춤을 끝냈을 때 그의 얼굴은 땀에 범벅되어 있었다.

"이 선생!"

그들은 깜짝 놀라서 소리가 들린 쪽으로 돌아섰다. 점퍼 차림의, 안경을 낀 오십 대의 남자가 이담에게 다가갔다.

"새삼스럽게 탈춤은 왜 익히시나?"

차분하면서도 묵직한 목소리였다.

"문 선생도 잘 있었소?"

태섭도 얼어붙은 듯 꼼짝하지 않았다.

"어제 우리 김 순경 혼내주었다면서?"

그러면서 남자는 담배를 꺼내 물었다. 라이터 불빛 속에 잠깐 드러난 남자의 얼굴은 아래쪽에서 비치는 불빛 때문에 기괴해 보였다.

"애가 철이 없어, 나도 야단을 좀 쳤소만, 그렇다고 공무 집행하는 사람을 그렇게 막 대해도 돼요?"

"……."

"당신 사부님 많이 편찮으셔!"

"예?"

"그러니 사부님 댁에 들어가서 조용히 탈이나 만들고 있게! 나도 동태 파악하기가 힘드네."

남자가 담뱃불을 밟아 껐다.

"가세, 얘기할 것도 좀 있으니까.

남자가 이담의 등을 밀면서 중호와 태섭의 옆으로 다가왔다. 남자가 중호를 흘깃 쳐다보았던가. 어둠 속이었지만 흐린 불빛을 받은 남자의 얼굴이 잠시 그를 향했다 싶었다. 중호는 얼어붙은 듯 서 있었다.

"문 선생도 같이 좀 가시지."

공터를 빠져나가던 남자가 빠뜨린 것이 있다는 듯 돌아서서 중호를 향해 말했다.

"젊은 친구, 자넨 군대 안 가나? 대한민국 사람이면 군댈 가야지."

중호는 붙박은 듯 서 있었다.

"중호 문 잠그고 먼저 가라."

이담이 옷을 갈아입고 나와서 말했다.

중호는 어둠 속에 서서 멀어져가는 세 사람을 지켜보고 있었다. 문득 이 모든 것을 벗어나고 싶은 충동을 느꼈다.

그들은 유휴지를 끼고 도랑을 따라 멀어져 가고 있었다. 중호도 그들 뒤를 따라 감자국 집 쪽으로 걸어갔다. 정용의 자취방이 있는 집 앞으로 지나갔다. 방엔 불이 꺼져 있었다. 오랜만에 태호의 집이 있는 쪽을 택해서 우물 옆으로 올라갔다. 태호의 집에는 불이 환하게 켜져 있었다.

어머니가 불렀다.

"왜요?"

"여기 앉아봐라. 너 저쪽 우체국 다니는 사람 동생하고 어울리지 않았지?"

"태호 말이지요? 왜요?"

"낮에 경찰관들이 와서 붙들어 갔단다."

"왜요? 왜 붙들어 갔는데요?"

"모르지. 대문 앞에서 바로 수갑을 채웠다더라."

"……."

"그러니 어울리지 말라고."

"예, 알았어요, 걱정 마세요.'

말은 그렇게 했지만 기분이 찝찝했다.

세광이는 그의 방에서 숙제하고 있었다. 중호는 어머니가 차려놓은 밥상 앞으로 다가갔다. 잡채가 있었다. 중호가 물었다. 만들기 힘든 잡채를 언제 만들었냐고.

"순자가 만들었다고 가지고 왔다. 요즘 돈을 많이 번단다."

"잘되었네요."

중호는 병희에게 가 보고 싶었다. 그러나 시간이 너무 늦었다.

*

작업장에 들어선 김찬국 씨는 작업장 안의 분위기에는 관심이 없는 듯 조립식 탁자에 앉자마자 말했다.

"크고 이름난 곳이 아니더라도 괜찮아. 전시회를 한 번 가져야 하겠어. 그래야 이 바가지탈이 대중에게 알려지고 선생님의 노고도 빛을 보겠지. 그래야 수요도 생기고 판로도 뚫리겠지."

이담은 대답하지 않았다.

"선생님에게 부탁해야지. 내가 부탁할까? 여름이 끝나기 전에 열면 어떨까?"

사전에 무슨 이야기가 있었던 듯 의논이라기보다는 일방적인 통보에 가까웠다.

"여러 매체를 활용해서 전시회를 한 번 갖자구!"

"……."

"마지막으로 선생님의 전시회로 하면 되지 않겠어? 아니 선생님의 마지막 전시회를 우리가 열어드리는 것처럼 말이야."

이담은 대답하지 않았다. 입을 꾹 다물고 탁자 위의 한 곳만 바라보고 있다가 김찬국 씨의 말이 끝나자 김찬국 씨를 한 번 바라보는 것으로 끝이었다. 이담은 스스로의 입장을 밝히지 않았다.

한참을 그렇게 앉아 있던 김찬국 씨는 안주머니에서 봉투를 꺼냈다.

"이거 재료 구입비로 써요."

그러고는 자리에서 일어나 밖으로 나갔다. 그가 나가는데도 이담은 따라 나가지 않았다.

이담은 재료를 구입하러 나가지 않았다. 대신 제재소에서 가져온 이후 아직 한 번도 손대지 않은 가마니 속의 나무 탈들을 꺼냈다. 그 중 한 개를 골라 다듬기 시작했다. 칼로 깎고 끌로 파고 조각도로 다듬으면서 탈을 만들기 시작했다. 혼자 탈을 만들면서 중얼거리지도 않았다. 중호는 이담을 돕지 못했다. 도울 일이 없었다. 그냥 멀거니 구경만 했다. 이담이 탈을 만들고 있는 동안에도 비는 시나브로, 내렸다 그쳤다 했다.

"전시회를 한 번 가지는 것도 괜찮지 않겠어요?"

중호가 무료해서 물었다.

그러나 이담은 대답하지 않았다.

억수로 쏟아지던 장대비가 뚝 그치고 어느새 거미줄처럼 부슬비가 흩날리다가 또 언제 그랬냐는 듯한 삼십 분 넘게 장대비가 쏟아지고는 했다. 세상은 온통 물걸레처럼 질퍽거렸다. 이담은 잠을 자지 않고 탈을 만들었다. 그는 집에 가지 않고 작업장 방에서 눈을 뜨고 누워 있었다. 밤인지 아침인지 분간되지 않을 정도로 공방 쪽이 훤했다. 눈을 뜨고 주위의 풍경에 신경을 쓰고 있는데도 그는 이담이 부르는 소리를 듣지 못하고 있었다. 한참 후에야 이담이 자신을 부르고 있다는 것을 깨닫고 얼른 밖으로 나갔다.

이담은 밝은 백열등 불빛 아래 혼자 앉아 있었다. 그가 마주하고 있는 벽에는 며칠 동안 낑낑거리면서 완료한 탈이 걸려 있었다. 그건 탈이라기보다는 조각품이라고 해야 마땅하리라. 시원시원하고 듬직한 남자 탈이었다. 망치 끝으로 무수히 두들겨서 만든 브론즈가 망치 자국마다 빛을 가득 머금고 있었는데, 그게 눈동자였다. 눈동자는 짝짝이였다. 확대된 동공과 축소된 동공의 불균형이 어째서 묘한 분위기를 자아내는지 신기했다. 몸의 어디에서 전율이 느껴지는 듯, 또 웃음이 터지는 듯싶었다. 잠자리 눈처럼 얼굴에 비해 크게 확대된 눈 속의 짝짝이 동공. 머리는 긴 삼각형으로 잘라서 몇 겹으로 둘둘 말아놓은 것이 고깔 같아 보이기도 했고 틀어 올린 타래처럼 보이기도 했다. 코는 크고 축 처져 있었는데 그 코 때문에 탈이 부드러우면서도 듬직하게 느껴지는 듯싶었다. 귀는 얼굴에 비해 앙증스러웠다. 검게 염색한 마닐라 삼이 거칠고 짧게 털을 이루고 있었다.

언젠가 임꺽정이를 만들어야겠다던 이담의 말이 생각났다. 너털웃음 속에 까맣게 박힌 이빨 때문인가. 호쾌하고 시원스러움 속에 뭔가 불안을 느끼게 했다.

"옷 입고 나와!"

이담이 말했다. 중호가 옷을 입고 나왔을 때 이담은 탈을 보자기에 싸고 있었다. 조심스럽게 싸는 것을 지켜보면서 중호는 서서히 잠에서 깨어났다. 날씨가 흐린 탓인지 몸이 개운하지 않았다. 보자기에 싼 탈을 박스에 넣고 끈으로 묶었다.

중호가 세수하고 작업장에 들어갔을 때 이담은 조금 피곤한 듯 우두커니 서 있었다. 중호를 보자 이담은 빈지의 아래쪽 사람이 드나들게 되어 있는 쪽문을 열었다. 빈지는 잠겨 있지 않았다. 아- 거기에 새벽이, 불빛 때문에 모르고 있었던 새벽이 하얗게 도사리고 있었다. 거대한 짐승 같았다. 그들은 그 새벽 속으로 걸어 나갔다. 물로 깨끗하게 씻은 짐승처럼 도사리고 있는 것은 그러나 새벽이 아니고 안개였다.

감자국 집 앞에 이담이 미리 불러놓은 듯 택시가 세워져 있었다. 그들이 다가오는 걸 운전기사가 지켜보고 있었다. 촉촉하게 젖은 아스팔트길을 달릴 때 중호는 물었다.

"어디로 가는 겁니까?"

"선생님한테."

이담은 앞만 응시하고 있었다.

"사부님이요?"

이담은 대답하지 않았다. 이담은 시트에 머리를 기대고 눈을 감고 있었다.

도로 밖 풍경이 명암도 없는 물속을 달리는 듯 착각을 일으켰다. 비로 깨끗해진 풍경은 원근이 잘 구별되지 않았다. 얼마쯤 달렸을까. 기사가 일단 기어를 넣고 천천히 마치 걸어가듯이 오르막길을 오르는데 갑작스럽게 엔진소리가 요란하게 확대되면서 귓속이 멍해졌다.

" 이거 왜 이러는 거지요?"

"괜찮아. 기압 때문이야."

이담이 시트에 머리를 기댄 채 말했다. 차창엔 물이 뚜룩뚜룩 굴러떨어지고 있었다. 자동차는 엉금엉금 기어가고 있었고 산 중턱을 넘어가는 듯 건물이 보이지 않았다.

"안 되겠는데요. 좀 밀어야겠습니다."

기사가 시동을 끄고는 그들을 돌아보고 말했다.

그들은 차에서 내렸다. 기어를 뺀 자동차는 별로 힘을 쓰지 않았는데도 쉽게 밀렸다. 차창에만 물이 흘러내리는 것이 아니라 자동차 전체가 안개에 부딪혀 비를 맞은 듯 물방울을 떨어뜨리고 있었다. 안개뿐만이 아니었다. 어지럽게 흩날리는 거미줄처럼 가는 가랑비까지 흩날리고 있었는데 질퍽하게 내린 장맛비로 인해 지열로 품어내는 김과 어우러져 만들어내는 장관이었다.

"좋지? 이렇게 변하는 자연은 지루하지 않아! 그러면 세상은 또 어떻게 변하는지 궁금해지지-"

"……."

"내가 죽으면 내 영혼은 빗물 속에 녹아 흐를 거야."

이담은 무슨 희망사항처럼 그렇게 말했다. 말이 이상스럽게 울림을 가지고 있었다.

"비가 오면 빗물 속에 내 영혼이 녹아 있다고 생각해!"

"……."

내리막길로 접어들었는지 택시는 저절로 굴러갔다. 그들은 나란히 걸었다. 온몸에 부드러운 저항감이 느껴졌고 안개와 물방울이 전신을 훑고 있었다. 자동차는 그들과 같은 보조로 따라오고 있었다. 시야가 툭 틘 것이 아니라 바로 앞에서 차단되기 때문에 그들은 그들의 발걸음만 바라보았다. 이담이 중호의 팔을 붙들었다. 운전수가 차를 타라고 손짓하고 있었다.

안개가 조금씩 엷어지고 있었다. 대신 빗발이 조금씩 굵어지고 있었다. 시트에 머리를 기대고 눈을 감았다. 잠깐 잠이 들었던가.

 산모퉁이를 돌아서 조금 달리자 왼쪽에 자동차 한 대가 겨우 지나다닐 정도의 시멘트다리가 나왔다. 도로의 오른쪽은 논벌이었다. 그들은 다리를 건너지 않고 차에서 내렸다.

 "클랙슨 울릴게요."

 택시 기사는 그들의 등 뒤에 대고 말했다. 강으로 흘러드는 지류인 듯 개울엔 벌건 흙탕물이 다리 아래에서 넘실거렸다.

 "저기 보이는 집 있지?"

 다리를 건너면서 이담은 산비탈에 있는 허름한 양옥집을 가리켰다. 빨간 기와를 올린 집이었다. 비를 맞아 산뜻해진 집들은 모두가 비슷비슷한 모양을 하고 있었다. 시멘트로 포장된 길이 동네의 공터까지 나 있었지만 그들은 비닐우산을 펄럭이며 둑길을 따라 걸었다. 왼쪽은 미나리꽝이었다.

 "경치가 좋아요."

 "앞으로 여기서 일할지도 몰라."

 "아, 저기 박이 심어져 있네요."

 집 앞 텃밭에 옥수수가 울타리처럼 빙 둘러 심어져 있었고, 가운데엔 하얗고 둥근 박들이 무슨 보름달처럼 흩어져 자라고 있었다.

 "와~, 몇 개예요? 많네요~"

 이담은 대답이 없었다.

 현관 벨을 누르고 기다렸다.

비는 옷 젖기에 좋을 만큼 시나브로 내리고 있었다.

나이 든 아주머니가 현관문을 열어주었다.

"선생님, 저 왔습니다."

현관을 들어서면서 이담이 소리쳤다. 중호는 이담을 따라 들어가면서 주춤거렸다. 생소함에 대한 낯가림이 그를 조심스럽게 만들었다. 나이 든 아낙이 이담을 반겼다. 이담은 안방으로 들어가면서 중호가 거실에 머물러 있기를 눈짓으로 알렸다.

창 쪽으로 피아노가 있었다. 창이 없는 벽은 책장이 차지하고 있었는데 책장과 책장 사이에는 족자와 바가지탈이 걸려 있었다. 중호는 바가지 탈들을 먼저 살폈다. 현관 옆 창을 통해서 바깥 풍경이 보였다. 뒤쪽 산모퉁이를 돌아내려 오는 개울물이 물살 때문에 조금 펑퍼짐하게 넓어졌다간 다시 좁아지면서 돌다리 밑으로 해서 흘러가고 있었다. 시외버스 한 대가 시내 쪽으로 달리고 있었다.

"고생이 많다면서?"

카랑카랑한 노인네의 목소리였다.

"오랜만에 찬국이가 들렀기에 내가 부탁했지. 자네에게 좀 알리라고. 몸이 말을 듣지 않아. 자네 여기 지하실에서 일을 하며 같이 있어 주었으면 하고 말이야."

"예, 대충 얘기를 들었어요. 누님은요?"

"걘 무슨 공부 욕심이 왜 그렇게 많은지 학교에서 사는 걸 뭐. 이제 결혼도 포기했나 봐."

뒤이어서 가벼운 웃음소리가 들렸다.

"마지막으로 개인전을 한 번 더 열자고 하던데……, 자네가 와 있어야만 하지."

아주머니가 차를 내왔다. 안방에다 먼저 가져다주고 중호에게도 가지고 왔다. 원형 테이블 위엔 커다란 연적이 하나 댕그랗게 놓여 있었는데, 차를 마시면서 중호는 연적을 가만히 들여다보았다. 뚜껑에 잔금이 나 있었지만 주인이 소중히 여긴다는 것을 분위기만으로도 짐작이 갔다. 중호는 무료해서 책장 앞으로 다가갔다.

"창고에 내려가 보려나?"

그 소리와 함께 그들은 밖으로 나왔다.

"중호 인사 올려라. 제가 데리고 있는 학생인데 재주가 좋아요."

이담의 소개에 중호는 인사를 드렸다. 볼이 홀쭉하고 눈이 깊숙이 들어간 노인은 깨끗하게 늙어 보였다. 노인네는 머리를 몇 번 주억거리고 알겠다는 뜻을 내비쳤을 뿐 아무런 말도 하지 않았다. 두 사람이 밖으로 나간 뒤에 중호는 책장 앞으로 다가갔다. 눈에 익은 책들을 보자 갑작스럽게 반가움과 함께 형언할 수 없는 감회 같은 것이 뭉클 되살아났다. 프로이트의 책들을 보자 아득히 먼 옛날 일들처럼 그리움이 밀려들었다. 이십 세기를 바꾼 인물. 그런 문장이 문득 떠올랐다. 그의 기호를 이용하면 수학 공식처럼 풀리는 사르트르의 작품들. 여자, 항아리, 물, 기적소리, 우표, 마름모꼴, 쓰러뜨리기……. 을유문화사에서 출간한 세계사상교양전집이 보였다. 그 옆에는 정음사에서 나온 세계문학전집도 보였다. 왜 이렇게 문학책들이 많은지 나중에 이담에게 물어보아야겠다는 생각이 들었다. 사르트르의 『자유의 길』을 뽑았다. 옛날엔 그의 책에서 프로이트의 언어를 찾아내는 데 더 열중이었다. 책장의 아래쪽 귀퉁이에 홍명희의 임꺽정이가 있었다. 가슴이 두근거렸다. 정용이의 서가가 떠올랐다. 정용이의 서가에는 유리문이 있었다. 비밀 첩보요원처럼 중호의 귀에다 대고 홍명희에 대해서, 한설야에 대해서, 이기영에 대해서 속삭였었다. 도서관에 있는데 지도교수의 허락을 받고 연구용으로 볼 수 있다고.

중호는 임꺽정(林巨正) 1권 봉단편(鳳丹編)을 꺼냈다. 복사본인 듯 표지가 조잡했다.

자-임꺽정이의 이야기를 붓으로 쓰기 시작하겠습니다. 쓴다 쓴다 하고 질감스럽게 쓰지 않고 끌어오던 이야기를……"

남들이 언어의 보고라고 하던 임꺽정이었다. 그는 정신없이 읽어 내려갔다.

얼마나 시간이 지났을까

"중호 아까 우리 내린 데로 나가 봐. 차가 올 때 됐어!"

현관문을 열고 이담이 소리쳤다. 움찔 놀란 중호가 책을 제자리에 꽂고 밖으로 나왔다. 비는 여전히 옷 젖기에 알맞게끔 내리고 있었다. 중호는 시멘트로 포장된 불룩한 차도를 뛰어서 내려왔다. 택시가 나타나기를 기다리며, 연신 벽돌집을 올려다보았다.

이담이 선생과 가정부의 배웅을 받으며 집 앞에 나타났다. 그런 뒤에 이담은 차도로 내려오지 않고 미나리꽝 옆으로 해서 걸어오고 있었다. 어쩌자고 그 길을 따라왔던가. 한 사람 정도 다닐 수 있는 둑 위에 그가 십 미터쯤 걸음을 옮긴 뒤였다. 중호는 택시가 오는 쪽으로 눈길을 주었다. 그때 비명이 들린 듯싶었다. 이담 쪽을 바라보았을 때 이담은 나무등걸처럼 넘어졌다. 몸이 뒤틀리고 있었다. 중호는 정신없이 뛰었다. 이담은 물가에 사는 짐승이 물속으로 들어가듯 스르르 물속으로 사라지고 말았다. 눈 깜짝할 사이였다. 중호는 정신이 없었다. 그래도 본능적으로 이담이 사라진 지점에 잠깐 시선을 모았다가 물이 흘러가는 속도만큼씩 시선을 이동시키면서 뛰었다. 옷자락이나 팔이나 다리가 보일까 싶어서. 그러나 이담의 몸뚱이는 물 위로 떠 오르지 않았다. 언뜻언뜻 흙탕물과 다른 색깔이 물속에 보인 듯도 싶었다. 그렇게 몇 분의 시간이 흐른 뒤, 그게 십 분인지 이십 분인지 알 수 없지만 중호는 물 위의 어느 곳에 시선을 줄지 몰라 우두망찰해져 버렸다. 조금 전의 일이 없었던 일처럼 믿어지지 않았다.

"이 일을 어쩐다냐. 이 일을 어쩐다냐."

노인과 함께 달려 내려온 아주머니가 발을 동동거리며 소리쳤다. 노인은 그냥 멍 한 눈길을 흘러가는 물 위에 던지고 있었다. 중호는 개울물을 따라 강 쪽으로 뛰었다. 숨이 차게 아무리 뛰어 내려가도 이담의 자취는 보이지 않았다. 백 미터. 이백 미터. 삼백 미터…….

비는 여전히 옷 젖기에 좋을 만큼 그렇게 내리고 있었다.
"여보게 젊은이. 자네 가서 건영이와 같이 있던 사람들에게 알리게. 그리고 아줌마 전화를 걸어야겠어. 찬삼에게 거는 게 빠르겠어."
숨을 몰아쉬고 있는 그의 어깨를 두들기면서 노인이 말했다.
중호는 택시에 올랐다.

이담은 그렇게 죽었다. 그날이 아니더라도 이담은 언제 어디서든 그렇게 죽음을 맞이할 수 있었을 것이다. 길을 건너다가, 횡단보도를 건너다가, 하다못해 잠깐씩 텅 비어버리는 대중목욕탕에서 목욕하다가도 이담은 죽을 수 있었을 것이다. 좀 더 많은 시간이 흘러서 그가 자신의 발작을 경험이나 기분으로 감지할 수 있었다면……. 그가 그토록 오래 살 수가 있었을까.
중호가 태섭을 데리고 그곳에 도착했을 때 김찬삼 씨와 김 과장이 먼저 와 있었다. 경찰 두 명도 와 있었다.
"문 선생. 이건 이건영이의 운명이라고밖에 달리 할 말이 없소. 건영이의 뇌전증은 자연발생적이었어. 그 시기가 우리와 일치되었을 뿐이오. 다시 한번 노파심에서 하는 말이지만 행여나 우리 때문이었다는 말은 입 밖에도 내지 마시오. 이제 다 끝난 일이오."
"……."
"나도 도스토옙스키가 뇌전증을 앓고 있었다는 것을 알고부터 건영이에게 관심을 가지게 되었어. 솔직히 말해서 우리도 안타까웠어. 그 때문에 내가 이건영이를 놓아주지 못했어."

김 과장이라는 사람이 회한에 잠기듯 그렇게 말했다. 아무도 입을 열지 않았다.

"날이 어두웠으니 사체 수습은 내일부터 하겠소."

그런 뒤에 그들은 세워둔 택시를 타고 떠났다.

그들도 택시를 타고 돌아왔다.

죽은 이담의 몸뚱이는 다리 아래쪽 후미진 곳에서 건져 올렸다. 겨우 백 미터 남짓 떠내려간 것이었다. 살려고 허우적거리지 않았기 때문에 개울 바닥에 가라앉아 있었던 것인가. 발작 때문에 물을 먹지 않았기 때문이었을까.

중호는 이담의 화장장에는 따라가지 않았다. 죽음 뒤의 모든 형식은 살아 있는 사람들의 자기 위안적 허위라는 생각이 들었다. 어쩌면 이담의 어처구니없는 죽음을 그런 식으로라도 항거하고 싶었던 것인지도 모른다. 머릿속의 깨달음과 감정은 또 다른 것이었다. 이담의 가족으로는 노모와 시집간 여동생이 있었다. 그는 이담의 작업장에도 찾아가지 않았다. 가게의 보증금은 누가 찾아갔는지, 여러 가지 기구들-그라인더와 조립식 탁자와 탈들은 누가 가져갔는지 알고 싶지도 않았다. 그는 아무도 만나고 싶지 않았다. 살아 있다는 것이, 잠깐 동안 아등바등 사는 것부터가 부질없는 환상 같았다.

그는 징집영장이 나오기를 기다리면서 병희를 따라다녔다. 일을 하면서도 갑작스럽게 울음이 터질 때도 있었다. 그러면 정신없이 힘에 버거울 정도로 짐을 무겁게 졌다. 오랜 세월이 흐른 뒤, 삶의 여러 형식과 절차를 인정하고 그런 형식과 절차들이 삶에 품위를 준다고 생각하게 되었지만, 그때의 충격은 그런 것을 인정하고 싶지 않았다.

epilogue

　현리 시외버스 터미널에서 진동계곡을 따라 방동약수터 쪽으로 올라가는 길가, 방태산 쪽에서 내려오는 개울이 방태천으로 합류하기 조금 전에 넓게 퍼지는 길가에 병희와 순자의 민박집이 있었다. 열댓 집 정도 모여 사는 동네 귀퉁이였다. 그들은 이제 부동산 재벌이 되어 있었다. 여기저기에 번듯한 건물들을 가지고 있었고, 건물을 관리해주는 사람을 따로 두고 있었다. 그들은 이 민박집을 중호에게 넘겨주었다. 중호는 민박집 뒤쪽 산비탈 밭에는 손이 별로 가지 않아도 되는 메주콩과 옥수수를 심었다. 그리고 봄이면 밭 둘레에 박을 심었다.

　박을 심을 때마다 그는 이담을 떠올렸다. 하얀 박꽃이 시들고 며칠 있으면 숨어 있던 박이 갑작스레 부풀기 시작했다. 푸른 잎사귀들 사이로 자고 나면 하루가 다르게 불쑥불쑥 불거져 오르는 박을 보면 기쁨인지 슬픔인지 알 수 없는 감회에 사로잡혔다. 힘들었던 삶의 한때가 거기에 있었다. 물론 이담이란 사람이 없었으면 더 살벌했을지도 모른다. 박꽃이 지고 그때부터 한 달쯤 아니면 한 달 보름쯤 사이에 박은 다 자랐다. 너무 작거나 형태가 비뚤어진 것은 잘라서 박나물이나 박고지용으로 사용하고 나머지는 누렇게 껍질이 굳어질 때까지 방치해두었다가 가을에 거두어서 톱으로 잘랐다. 그러고는 가마솥에 삶았다. 한 번에 다 삶을 수가 없었다. 뒤겻 텃밭 쪽에다 무쇠솥을 걸어놓고 일주일이고 한 달이고 시나브로 삶았다. 낙엽이 많아 땅이 건 탓인지 한 아름이나 되는 박이 열릴 때도 있었다. 그런 박은 가마솥에 넣고 삶을 수가 없어서 땅에 파묻고 썩혔다. 물기가 많은 땅에 썩힌 박과 삶은 박은 속을 긁어내고 오랫동안 그늘에서 말렸다.

  바가지를 창고에 쌓아두고 형태에 따라 영감처럼 떠오르는 이미지를 잽싸게 붙드는 재미가 즐거웠다. 둥둥 떠다니는 낱말들을 옴짝달싹하지 못하게 묶어버리는 시작(詩作)의 즐거움과도 비슷했다. 그는 삶이 편린처럼 반짝이는 이미지로 느껴질 때가 있었다. 행방도 알 수 없는 어릴 적 친구들의 얼굴이 희미한 미소를 머금고 떠오를 때가 있었다. 오래전에 죽은 사람들의 모습이 실루엣처럼 어른거릴 때도 그랬다. '아아아아' 하는 비명과 함께 자동인형처럼 거품을 물고 푸들거리는 모습으로 떠오르는 이담의 환영으로부터 한동안 헤어나지 못한 적도 있었다. 유월 장마철이 되면 물가에 사는 짐승이 물속으로 들어가듯 흙탕물 속으로 들어가던 모습이, 하늘을 가득 메우고 파도처럼 번져가는 빗줄기 아래에서 킬킬거리던 모습이 실루엣처럼 떠올랐다. 한 줌의 뼛가루를 남기고 연기와 수분으로 증발해 버린 이담의 모든 것들이 대기권을 빠져나가지 못하고 둥둥 떠다니다가 수증기에 다시 녹아들어서 빗물로 쏟아져 내리는 것을 상상했다. 매장을 한 어머니의 몸에서 빠져나온 수분과 영양분들도 땅속으로 스며들어서 초목들을 튼실하게 살찌우고 지하수에 섞여 들었을 것이라고 상상했다. 그는 윤회를 그런 식으로 해석하고 싶었다. 질량불변의 법칙처럼 지상의 모든 생명체는 사라지지 않고 다른 생명체 속으로 스며든다고 믿고 싶었다.

　빗물 속에 이담의 영혼이 녹아 있다고 믿었다. 비가 내리면 지상에서 사라진 생명체들이 빗물 속에 녹아들어서 물이 필요한 다른 생명체들 속으로 빨려드는 것이라고 믿었다. 초목과 짐승과 벌레들에게 물과 함께 스며든다고 믿었다. 자욱하게 쏟아져 내리는 비는 모든 생명체가 교류하는 시간이었다. 비가 올 때면 그는 만사를 제겨두고 밖으로 나갔다. 지상을 떠난 생명체들이 빗물을 통해 통합되고 나누어지는 풍경을 지켜보는 것은 장엄한 축복이었다.

  모든 믿음은 간절한 염원에서 시작되었다. 그가 말했었다. '신은 우주의 침묵이고, 인간은 그 침묵에 의미를 부여하는 외침이라고'. 그런 외침은 메아리가 되어서 지구를 떠돌고 있을 것이다.

■□ 해설

'기투'(企投)하는 주체의 방식

고광식(문학평론가)

우리는 진리를 원한다. 그러나 우리의 마음속에는 의심밖에 없다. 우리는 행복을 추구한다. 그러나 우리는 불행과 죽음을 발견할 뿐이다. _ 파스칼

1. 기억의 물성

실존주의는 "나는 무엇인가? 그리고 나는 무엇을 해야 하는가?"에 대한 물음에서 출발한다. 이러한 물음에 대한 답은 자기 스스로 찾아야 한다. 삶의 주체 앞에 다양한 선택지가 놓여 있다. 주체는 선택을 통해 존재 방식을 정한다. 박홍의 소설 속 중호는 해방 전에 태어나 6·25전쟁을 겪으며 성장한다. 실존주의 철학자 사르트르가

제2차 세계대전 중 레지스탕스 활동에 참여하며 자유와 인간 존엄성에 대해 실존적 고민을 했던 것처럼 박홍은 한국사의 트라우마로 기록된 일제강점기와 6·25전쟁을 겪으며 성장한 인물들을 통해 인간 존엄성에 대해 실존적 고민을 한다. 실제로 박홍의 생애는 한국사의 트라우마와 지난한 개인적 경험으로 형성돼 있다. 그는 소설 속 삶의 주체인 중호가 겪은 성장통을 소설로 완성했다. '나'를 만든 것은 과거로부터 현재까지 정보로 저장된 기억이다. 그러므로 나의 정체성은 기억으로 만들어진다. 선택은 자유롭게 결정되지만 늘 불안하다. 박홍은 소설 속 중호를 통해 실존주의적 인간을 만들어 내는 데 성공했다.

박홍의 소설 속 인물들은 중호의 기억으로 각각의 정체성이 확립된다. 중호의 성장기 과정에서 만난 인물들은 해방 전후 삶의 무게를 고스란히 감당한 존재이다.

경원은 하얀 블라우스에 까만 스커트를 입고 있었다. 그녀는 수시로 두 남동생에게 백부와 부친의 모험담을 들려주었고, 그녀의 기대와 포부를 심어주었다.
"논산역에서 불심검문에 붙들렸어. 선교활동을 하고 있었는데 아버지는 본명을 감추고 다니셨나 봐!"
"독한 놈들이야. 움직이지 못하게 관 속에 집어넣고 고문을 했대요. 눈 바로 앞에다 눈부시게 환한 백열등을 켜 놓고 잠도 못

자게 했대. 눈을 감으면 눈꺼풀에 버팅개를 해서 눈도 못 감게 했대요."(9쪽)

중호가 알고 있는 아버지는 시각장애인이다. 중호는 해방 직전에 태어났기 때문에 일제강점기를 정확하게 기억할 수 없다. 다만, 어른들이나 누이를 통해 일제 치하 일본인들의 잔혹성을 알 뿐이다. 중호는 누이인 경원으로부터 아버지가 큰아버지와 함께 독립운동 했다는 사실을 안다. 일제강점기에 소수는 중호 아버지처럼 독립을 위해 투쟁했고, 다수는 일제의 만행이 두려워 침묵했다. 그리고 또 다른 소수는 적극적 친일로 반민족적 행위를 했다. 박홍 소설에 등장하는 인물들은 자신이 원해서 일제강점기에 태어나지 않았다. 원하지는 않았지만, 태어난 이상 자신의 삶을 스스로 선택할 수밖에 없었다. 중호의 아버지는 독립운동을 선택했고 그 결과 고문의 후유증으로 시각장애인이 됐다. 이렇게 중호 아버지는 자기 삶과 민족의 미래를 열려고 노력했다. 박홍 소설의 인물들은 일제강점기와 6·25전쟁을 겪으면서 현재를 견디며 미래를 여는 존재들이다. 따라서 자신의 삶을 구체적으로 알고 있으며 고민하는 실존주의적 존재이기도 하다.

중호의 유년기엔 유독 도깨비 이야기가 많이 등장한다. 우리나라 민담에서 다양한 모습으로 등장하는 귀신이 도깨비이다. 우리의 이야기 안에선 오래된 물건이 도깨비가 된다고 말한다. 도깨비는 초능력의 존재로 인간과 친밀성이 매우 높다.

"얼마나 힘이 센가 하면 잔치를 준비하는 집에 가서 밤새도록 부엌에 들락거리며 덜거덕거리는 소릴 냈으나 두려워서 아무도 나가보지를 못했단다. 이윽고 날이 새어 부엌에 나가보니 쇠로 만든 솥뚜껑은 종이쪽처럼 솥에 들어가 있고, 떡시루는 뒷간에 갖다 놓고 삶아놓은 국수는 뒷동산 소나무 위에 여기저기 걸려 있고 외양간에 황소가 없기에 찾아보니 지붕 위에 있었다고 하네."(20쪽)

중호는 신화적 시각으로 세계를 바라보는 유년기를 보냈다. 사람들은 도깨비는 힘이 세고 장난이 심하다고 믿었다. 우리 선조들은 정착 생활을 하면서 자연이 얼마나 중요한 존재인지를 깨닫게 되었을 것이다. 가뭄이나 태풍 같은 자연재해는 인간의 힘으로는 막을 수 없다. 이런 자연현상을 "솥뚜껑은 종이쪽처럼 솥에 들어가 있고, 떡시루는 뒷간에 갖다 놓고"처럼 인격화한 것이 도깨비이다. 신화가 지배했던 시대의 사람들은 자연적인 현상을 도깨비의 행위로 믿었다. 오래된 빗자루에 피가 묻으면 도깨비가 된다고 했다. 민담의 형식으로 전해진 도깨비는 외양간의 황소를 지붕 위에 올려놓기도 했다. 중호의 기억 속에 도깨비 이야기가 많다는 것은 그 시대의 참혹성을 반영한다. 당시 사람들은 죽음에 대한 불안감에 압

도당했을 것이다. 수많은 사람이 일제의 전쟁에 총알받이가 되었거나 6·25전쟁에서 사망했다. 당시 그곳에선 사는 것보다 죽는 게 쉬웠다. 이런 이유로 사람들은 도깨비 이야기를 많이 할 수밖에 없었다. 도깨비 이야기는 자연현상을 이해하는 지혜이고, 억울하게 죽은 사람들을 기억하는 하나의 방식이었다.

기억은 경험을 전제로 한다. 경험이 있었을 때 우리의 뇌는 정보를 저장한다. 이렇게 각각의 시간대마다 만들어진 층위의 기억이 '나'라는 존재를 만든다. 박홍은 소설 속 중호라는 인물을 통해서 자신을 찾아가는 여행을 한다.

2. 관계의 안과 밖 그리고 희망의 딜레마

소설의 프롤로그에서 '노인', 중호는 아내와 함께 민박집을 하며 살고 있다. 민박집에 온 어린 손주와 중호 아내의 대화로 중호는 시인이며 취미로 탈을 만든다는 사실이 드러난다. 박홍은 1장 '동화 속의 주인공'에서 어른들이 중호를 다리 밑에서 주워 왔다고 놀려 중호 스스로 자신은 전쟁고아라고 생각하게 만드는 장면을 자세히 서술한다. 이처럼 박홍 작가는 한국사에서 가장 어려운 시기를 딛고 성장하는 중호를 통해 참혹했던 과거와 독자가 마주하게 한다. 수많은 사람이 당시 그곳의 악몽을 딛고 현재로 왔다. 박홍은 중호라는 인물을 통해 과거를 호명하며 성찰한다. 작가는 『빗물 속에 영혼이 녹아 있다면』에서 해방 직전에 태어난 중호라는 인물의 성장 과정을 치밀하게 그려낸다. 한 인물의 성장통을 그려냈지만, 단순히 개인적 고민에 치우치지 않았다. 소설 속에는 가족의 기대가 너무 커서 몰락하는 인물이 있고, 자신의 삶을 실패로 규정하고 스스로 목숨을 끊은 인물이 있다. 구조화된 사회와 어쩔 수 없이 타협하는 인물들도 존재한다.

게오르그 루카치는 자신의 저서 『루카치 소설의 이론』에서 "소설은 내면성이 지니는 고유한 가치를 알아보려는 모험의 형식이다."라고 주장한다. 박홍은 루카치의 말처럼 자신을 찾아 떠나는 영혼의 모험을 시작한다. 그는 소설 속 중호를 통해 경제적 빈곤과 참혹한 환경에 저항하며 자신의 본질을 찾아 떠나는 마성적인 힘을 보여준다.

> 어느 날부터 그는 머리맡에다 노트를 준비해 두었다가 꿈의 인상들을 기록하기 시작했다. 무의식 속의 욕망들이 꿈속에서는 어떤 형태로 나타나는지 기록했다. 아니지. 꿈을 통해 무의식 속의 욕망들을 찾아내는 것이었다. 무의식적인 행동, 무의식적인 습관까지도 놓치지 않고 관찰했다. 그리고 자신의 콤플렉스를 분석해 보려고 버둥거렸다. 커다란 가마솥 안에서 몇 사람이 목욕하고 있는데, 갑자기 목욕하고 있는 사람들이 가족으로 변했

고 살이 익어서 삶은 고기처럼 변해버린 꿈을 꾸고는 무서워서 잠을 깼다. 옛날 같으면 개꿈이라고 치부해버렸을지도 모른다. 그러나 이젠 그냥 넘어가지 않았다. 어떨 땐 꿈을 꾸고 있으면서도 다른 한쪽에선 그 꿈의 배후에 감추어져 있는 무의식의 정체를 찾아내려고 또 분석해대는 자신을 깨닫고는 했다.(55쪽)

중호는 "전지전능하시고 자비로우신 하나님 아버지시여!" 하고 습관적으로 사용해 오던 기도의 서두가 조금씩 쑥스럽고 허황하게 느껴지기 시작했다. 어떤 교인들이 "아버지시여, 아버지시여. 저흰 죄인이옵니다. 죽어 마땅한 죄인들이옵니다. 지옥에 떨어져서 유황불에 여러 억겁을 허우적거려도 용서받지 못할 죄인들이옵니다. 부탁드리오니 주님의 너그러우신 자비로 저희들을 용서하시고 이 세상 악의 구렁텅이로부터 저희들을 주님의 눈동자처럼 보호하시와……" 하고 청산유수처럼 끔찍한 얘기들을 마구 뱉어낼 때 중호는 소름이 끼쳤고, 참을 수 없는 분노가 치밀었다.(43쪽~44쪽)

자신을 찾기 위한 노력이 치열하게 계속된다. 중호는 프로이트의 『꿈의 해석』을 읽고 자기 내면에 억압된 무의식을 들여다보기 위해 안간힘을 쓴다. '나'는 누구이고, '나'를 만든 안과 밖의 요소는 무엇인가를 고민한다. 그동안은 꿈을 대수롭지 않게 여겼지만, 프로

이트를 접하고 나서 중호는 자신의 콤플렉스를 알기 위해 꿈을 분석한다. 지난밤에 꾸었던 혼돈 속 감각적 자극들을 해석하다가 보면 온전히 떠오르는 의미가 있을 것이라 믿는다. 중호는 자신의 고통을 확인하면 무의식 속 욕망을 찾을 수 있다고 생각했다. 이런 이유로 중호는 "갑자기 목욕하고 있는 사람들이 가족으로 변했고 살이 익어서 삶은 고기처럼 변해버린" 지난밤의 꿈을 분석하려 노력했다. 이처럼 자신 안에 도사리고 있는 내면의 무의식을 이해하려고 안간힘을 썼다. 중호는 자신의 무의식 속에 본능적 충동이 억압되어 있다고 믿기 때문에 시각적 이미지로 꾼 꿈을 이해하려 애를 쓴다. 그리고 꿈이라는 의식의 숨겨진 안쪽을 이해하면 필연적으로 '나'를 만날 수 있는 것, '나'를 찾기 위해 반드시 꿈은 분석돼야 한다고 믿는다.

이윽고 중호는 종교에 대해서도 질문하기 시작한다. 그리고 자신이 믿고 의지하던 기독교 신앙의 가치와 윤리에 의문을 품는다. 무조건적인 믿음에서 나오는 "전지전능하시고 자비로우신 하나님 아버지시여!"와 같은 기도가 "조금씩 쑥스럽고 허황하게" 느껴졌기 때문이다. 중호는 머릿속에 근대화된 지식이 쌓이면서 인간의 본질적 가치가 왜곡될 수 있다고 생각했다. 인간의 존엄성이 형이상학적 신 앞에 무너지는 것 같아 견딜 수가 없다. 신은 인간을 이렇게 죄인으로 만들어 놓아도 되는가. 이러한 본질적 질문에도 불구하고 신자들은 "이 세상 악의 구렁텅이로부터 저희들을 주님의 눈동자처럼 보호"하라고 울부짖는다. 기도의 내용을 받아들일 수 없는 중호는 신념을 가진 기독교인들로부터도 소외될 수밖에 없었다. 중호가 습득했던 과학적 지식의 기반에서 보면 신앙이란 실증적 증거가 부족하여 믿기 어려웠다. 내부로부터 올라오는 불신을 감당하지 못하고 중호는 확고한 믿음으로 기도하는 신자들에게 소름이 끼쳤고, 분노를 느끼기까지 한다. 이처럼 중호는 성장하면서 밖으로부터 자신을 지배했던 신을 정면으로 부정한다.

그는 웅기에 대해서 어떤 태도를 보여야 할지 언제나 망설였다. 웅기는 국립대학에 합격했다고 그의 부모들을 속였다. 해서 그의 부모들은 그동안 비축해 두었던 돈에다 뭔가를 조금씩 팔아서 그에게 학자금을 보내왔는데 그는 밤새 그 돈을 놓고 울었다고 했다. 그러나 진작 결심한 대로 국립대 교복을 맞추어 입었고, 국립대학생 빼지를 사서 달고 가방까지 들고 다니며 가짜 국립대학생 노릇을 하고 다녔다. 가정교사 집에서도 감쪽같이 속고 있었다. 말이 없고 묵직한 그의 행동이 믿음을 주었을 것이다. 다음 해에도 그는 또 재수생이 되었다. 그리고 조금씩 세련되고 자연스러워졌다. 갑자기 출세한 사람들처럼 호탕한 웃음을 거리낌 없이 터뜨리며, 자신이 국립대 학생임을 더욱더 과시하려고 했다.(56쪽)

그는 존재하지 않았다. 아메바의 헛발운동처럼 먹이를 향해 움직이고, 추우면 따뜻한 곳을 향해 움직일 뿐이었다. 더우면 시원한 곳을 향해 움직이고 쓰면 뱉고 달면 삼키고. 아! 이게 뭔가? 식물의 뿌리가 해굽성, 물굽성, 땅굽성 하는 식으로 그의 행위는 느낌을 향해 물결운동을 일으키고 있는 것이다!

소유욕이란 무엇인가? 아메바의 헛발운동이다. 사랑이란 무엇인가? 아메바의 헛발운동이다. 혁명은 무엇인가? 아메바의 헛발운동이다. 역사란 무엇인가? 아메바의 헛발운동에 대한 기록이다. 인간은 한 번 느껴본 느낌에 대해 지향하든가 거부한다. 의식은 무엇인가? 모든 느낌의 집합체이다.(59쪽)

중호의 성장기 시절 우리 사회는 가부장제 의식이 강했다. 가부장제에서는 아버지가 강력한 권한을 가지고 가족을 통솔했다. 우리나라는 전통적으로는 가부장제가 강하지 않았지만, 일제강점기와 6·25전쟁을 겪으며 강해졌다. 이 당시 지배 이데올로기는 가부장제였다. 이런 가부장제 문화 속에서 가정마다 장남에게 거는 기대는 매우 컸다. 중호와 함께 입시에 실패한 웅기는 "국립대학에 합격했다고 그의 부모"를 속이기에 이른다. 웅기 한 명을 성공시키기 위해 동생들은 일찍부터 공부를 포기했다. 장남 하나만 성공하면 집안을 일으켜 세울 것이라는 믿음에서 웅기에게 대한 기대가 매우 컸다. 가족의 기대는 무거운 압박으로 작용했다. 동생의 몫까지 빼앗으며 혼자만 공부했기 때문에 반드시 성공해야 한다는 심리가 결국 거짓말을 낳게 된 것이다. 중호는 친구인 웅기가 "국립대학생 빼지를 사서 달고 가방까지 들고 다니며 가짜 국립대학생 노릇을" 하는 것을 지켜볼 수밖에 없었다. 집안의 기대에 부응하려다가 삶의 딜레마에 빠지는 웅기의 태도에서 당시 그곳의 불안과 고통이 고스란히 드러난다. 이처럼 더 나은 삶으로 가고자 하는 욕망이 많은 사람을 혼돈에 빠지게 한다.

누구든 주어진 환경에 자유로울 수 없다. 폐허가 된 시대에 던져진 주체는 철저하게 무력할 뿐이다. 중호는 무력한 존재인 자신의 삶을 바꾸기 위해 어떻게 해야 할 것인가를 고민한다. 일제강점기에 던져지듯 태어나 전쟁을 겪고 희망을 잃은 사람들이 너무 많다. 거대한 역사의 소용돌이에 휘말린 개인은 무력하다. 불안과 고통을 극복하기 위해 질문을 던져보아도 지금 여기를 벗어날 출구가 보이지 않는다. 공부를 잘했지만, 웅기처럼 국립대 입시에 실패한 중호는 극단적 회의를 하기 시작한다. 아무리 노력해도 희망은 보이지 않는다. 오히려 세상은 노력을 비웃기라도 하듯 견디기 어려운 고통을 주기만 한다. 중호는 자신을 세상에 존재하지 않는 투명인간이라고 생각하기에 이른다. 이렇게 자책하자 중호 자신이 "아메바의 헛발운동처럼 먹이를 향해 움직이고, 추우면 따뜻한 곳을 향해 움직"이는 아메바라는 생각이 든다. 그리고 중호가 바랐던 욕망이 단세포 생물인 아메바의 욕망과 다를 것이 없다는 판단에 이른다. 우리가 가치를 두었던 소유나 사랑도 결국은 "아메바의 헛발운동"이고 역사도 "아메바의 헛발운동에 대한 기록"이라는 생각이다. 따라서 중호의 머릿속에 인간과 아메바를 동일시하는 니힐리즘의 시간이 박제돼 있다.

박홍의 소설에서 고통받는 사람들을 구원할 신은 존재하지 않는다. 신이라는 배후 없이 폐허에 던져진 인물들의 삶을 향한 의지가 다양하게 나타날 뿐이다. 고통과 불안은 온갖 노력에도 해결되지 않고 미궁 속으로 더욱더 빠져든다. 역사적인 배경 자체가 폭력의 상흔으로 존재를 압박한다. 박홍은 소설 속 인물들을 구원하지 않는다. 다만, 세상과 연결된 관계 속에서 희망의 딜레마를 핍진하게 드러낼 뿐이다.

3. 자발적 페르소나를 쓰는 시간

주체가 트라우마에 의해 부과된 삶의 한계선을 넘어가려면 페르소나를 써야 한다. 융은 페르소나가 있어서 개인은 사회적 역할을 할 수 있고, 자기 주변의 세계와 상호관계를 맺을 수 있다고 말한다. 박홍의 소설은 시대적 상황이 개인에게 얼마나 큰 고통과 고립을 요구하는지 잘 보여준다. 일제강점기와 6·25전쟁의 시대적 압박은 한 개인에게 무력감을 주기에 충분하다. 소설 속 중호가 꿈꾸던 욕망이 좌절된 곳에 온갖 페르소나가 나뒹굴고 있다. 삶의 주체가 시대적 억압을 어떻게 극복하는지를 박홍은 중호를 통해 보여준다. 중호는 험난한 시대에 질문을 던지며 현재를 끊임없이 탐색하는 존재이다. 인간은 저마다의 상흔을 가지고 살아간다. 소쉬르가 정의한 기호인 기표와 기의가 모두 탈의 표정으로 표현돼 있다. 인간은 삶의 행로에서 상황에 따라 각자 자신에 맞는 탈을 쓸 수 있다. 그러므로 탈이 페르소나이고, 페르소나가 탈이다. 이제 주체는 자발적 탈을 써야 한다.

다양한 삶을 이해하려면 탈의 표정을 뜯어보면 된다. 박홍 소설 속 탈의 시니피앙 속에 숨어 있는 시니피에가 발화를 시작한다.

> 중호는 탈에 완전히 매료되었다. 사람의 표정이라는 것이, 그냥 무심히 보아왔던 사실이 이렇게 다양할 수 있다는 것도, 그 표정이 사람의 감정을 움직인다는 것도 새로 안 사실이었다. 정상적인 사람의 행복한 표정이 없었다. 짓눌리고 억압된 감정들, 겁먹은 듯 비실거리는 표정들, 사시(斜視), 백치처럼 무덤덤한 표정에서 느끼는 끔찍스런 불쾌감, 슬픔에 젖은 얼굴, 절규에 가깝도록 일그러진 표정에 느끼는 공포감, 입이 딱 벌어지게 경악에 찬 표정에서 느끼는 전율, 이런 것들을 교묘하게 접합해 만든 그의 탈은 감동보다는 충격에 더 가까웠다.(97쪽)

"저기 좌판을 벌여 놓고 앉은 할머니 보이지? 얼굴의 모든 주름이 입으로 몰린 것 같지 않아? 탈과 연관해서 뭔가 떠오른 것 없어? 이렇게 얘기하면 할머니에게 불경스럽지만 탈 자체만 생각하면 말이야, 한 개인의 일생이 온통 먹이를 찾아다니는 모습으로 떠오르지 않니? 비극적이지? 아니지. 어쩌면 삶의 원초적 모습인지도 모르지."

"좀 그러네요. 할머니에게는 미안하지만 주름을 활용해서 한 사람의 삶을, 결국 한 사람의 생애를 표현할 수도 있다는 얘기네요."(114쪽~115쪽)

우리의 머릿속에 떠오르는 온갖 심란한 표정이 탈에 있었다. 대학을 휴학하고 징집영장을 기다리는 중호는 "탈에 완전히 매료"되어 세상을 견자의 눈으로 바라보기 시작한다. 사람의 표정이 탈에 결합하는 순간은 놀라웠다. 시대와 삶의 고통에 일그러진 구체적인 표정이 탈 자체였다. 탈의 메시지를 읽게 되자 혼자만의 고립에서 벗어나 타자의 공간으로 이동할 수 있었다. 중호는 탈이 희로애락의 경계를 무너뜨리며 신산한 삶을 전달 가능하게 만든다는 점 때문에 놀랐다. 고통에 일그러진 사람들처럼 어떤 탈도 행복한 모습을 한 것이 없었다. 특히 중호가 본 "절규에 가깝도록 일그러진 표정에 느끼는 공포감"으로 탈은 시대를 사실 그대로 반영했다. 탈은 상상해서 만든 다양한 인간의 모습이 아니다. 세상의 절망과 공포를 재현하는 자의적 표현이었다. 우리의 머릿속으로 상상할 수 있는 것들은 모두 탈로 표현될 수 있다. 탈을 보고 정확하게 한 시대의 고통을 이해할 수는 없다. 왜냐하면 시대를 지나는 개인마다 "입이 딱 벌어지게 경악에 찬 표정에서 느끼는 전율"이 다르기 때문이다. 탈에 대한 깨달음이 중호를 미래로 나아갈 수 있게 해주는 동력이 되었다.

박홍의 소설 세계에서 탈은 "좌판을 벌여 놓고 앉은 할머니"를 바라보는 것처럼 인간을 이해하는 기표로 작용한다. 탈은 인간성의 경계를 이해하는 사물이다. 탈은 '나'의 모습이면서 동시에 '타자'의 모습이다. 탈을 바라보면 세계에 속한 인간들이 어떻게 억압에 대응하고 억눌리는지를 알게 된다. 그러므로 탈을 쓰는 것은 세계에 대한 반응이며 행동이다. 인간의 자연적 불평등이 탈의 표정에 있고, 사회적 불평등이 탈춤을 추는 행위로 나타난다. 탈을 쓴 사람이나 탈을 보는 사람 모두 서로에게 연결돼 있다. 탈은 인간에 대해 이해를 끊임없이 점검하게 한다. 어쩌면 우리가 알아야 할 "삶의 원초적 모습"이 탈의 표현 방식인지도 모른다. 탈을 쓰고 추는 춤은 나약하지 않다. 가볍고 연약해 보일지라도 삶을 그대로 전달하는 힘이 있다. 이 땅의 설명 불가한 삶을 탈은 설명할 수 있게 만든다. 삶의 역동성을 표현한 탈은 인간을 구체적으로 이해할 수 있게 한다. 그러므로 탈은 독특한 표정으로 "결국 한 사람의 생애를 표현할 수도" 있다.

탈춤은 인간 정신의 역동적 표현이다. 춤을 추는 현재의 행위로 과거의 시간과 현재의 시간을 연결한다. 춤은 고립된 자아에서 타자와 공존하는 시간을 만든다.

이담이 라면 박스에서 한복을 꺼내 입었다. 작업장에서 꼼꼼하게 정성을 들여 매무새를 고친 뒤에 옆의 공터로 걸어 나갔다. 이미 컴컴해진 공터에서 그는 기이한 자세를 취했다. 한동안 꼼짝하지 않고 있다가 입으로 가늘게 북소리를 내면서 춤을 추기 시작했다. 둥 둥 둥두두둥 둥두둥두 둥 두두두. 탈춤이었다. 그는 공터 가로 자리를 비켜주면서 이담이 추는 춤을 지켜보았다. 태섭도 옆으로 다가왔다. 그때까지도 그는 탈춤에 대해 아는 것이 없었다. 오금질도, 깨끼질도, 가사도 장삼도……. 그런데도 고개를 까딱거리며 겅중겅중 뛰어오르다가 다시 약을 올리는 짐승처럼 고개를 까닥거리면서, 너울너울 춤을 추는 이담의 모습은 허깨비처럼 하나의 환상이었다. 날렵한 한 마리 짐승처럼, 아니 물속에서 흐늘대는 수초처럼 가볍게 몸을 다루었다. 쉬-하고 춤을 끝냈을 때 그의 얼굴은 땀에 범벅되어 있었다.(119쪽)

이담은 탈춤을 통해 외부 세계와 소통하기 시작했다. 어쩌면 이담은 뇌전증이라는 오해받기 쉬운 천형 같은 질환을 춤으로 풀어내고 있었는지 모른다. 춤은 세상과의 갈등을 표현하기도 하고, 주체의 한을 분출시키는 통로를 만들기도 한다. 이담은 자신이 극복해야 할 삶의 한계를 춤으로 풀어내었다. 관념 속에 있는 세계와 현실 속의 세계가 끊임없이 충돌한다. 이담은 "입으로 가늘게 북소리를 내면서 춤을" 추었다. 북소리는 가변적 창의성으로 춤판을 확장한다. 맹목적으로 숭배되었던 것들이 무너지고, 인위적인 세상이 풍자되기 시작한다. 이담이 삶에는 희극도 비극도 없다는 듯이 "고개를 까딱거리며 경중경중 뛰어오르다가 다시 약을 올리는 짐승처럼 고개를" 까딱거리며 한 마리 새가 된다. 이 땅을 밟고 뛰어오르는 몸짓에 포기할 수 없는 삶이 묻어난다. 이담은 지금 이곳에 고립되어 있지만, 한 마리 새가 되어 미래로 나아가고 있다. 그는 탈춤을 추며 미래의 자신과 마주하고 있는지도 모른다. 이담이 추는 탈춤은 보이지 않은 미래를 두려워하지 않겠다는 의지의 표현이다.

박홍은 소설 속 등장 인물들에게 페르소나를 쓰게 한다. 페르소나를 쓰고 새로운 미래로 나아가는 역할을 주문한다. 시대의 폭력은 언젠가는 사라질 것이고, 그때를 만나려면 현재를 견뎌야 한다. 빛이 없는 현재를 극복하고 빛이 있는 새로운 세계로 가기 위해 페르소나 쓰기는 필요하다. 주체가 자발적으로 페르소나를 쓰고 사회적 역할을 충실히 했을 때, 세상의 끝에서 삶을 다시 시작할 수 있다.

4. 잠들지 않는 기억

　각인된 기억은 아무리 털어내려 해도 사라지지 않는다. 머릿속에 새겨 둔 기억은 '나'의 실재성이자 정체성으로 존재한다. 우리의 삶 자체인 기억은 우리 몸보다 우선하여 나를 만들어 간다. 기억으로 만들어진 '나'는 지금 여기의 실존과 맞닿아 있다. 그러므로 모든 인간적 요소를 담고 있다. 중호가 성장하는 과정에서 머릿속에 보존한 시대의 혐오와 공포와 절망이 현실을 딛고 미래로 가는 힘이다. 중호는 시대와 불화를 경험하면서 성장한다. 그는 자기가 필사적으로 극복하려던 이데올로기나 맹목적인 신앙 그리고 불평등이 타자에게도 동일하게 존재한다는 것을 깨닫는다. 중호는 삶의 난제가 모두의 지옥임을 안다. 규명할 수 없는 수많은 난제가 생멸의 한순간에 끊임없이 도출된다. 박홍 소설의 인물들은 중호의 기억 속에서 잠들지 않고 영원히 살아 있다. 부조리의 시대에 저항 또는 타협하면서 삶의 목적의식을 분명히 한다. 소설 속 인물들은 사회의 중심이 아니라 주변에서 고통받는 존재로 그려진다. 따라서 박홍의 소설은 당시 그곳의 잠들지 않는 실존주의적 기억을 끊임없이 불러온다.
　타자의 죽음을 애도하려면 기억해야 한다. 당시 그곳의 절망과 고통을 보전하고자 하는 중호의 마음이 박제된 기억으로 나타난다.

그때 비명이 들린 듯싶었다. 이담 쪽을 바라보았을 때 이담은 나무등걸처럼 넘어졌다. 몸이 뒤틀리고 있었다. 중호는 정신없이 뛰었다. 이담은 물가에 사는 짐승이 물속으로 들어가듯 스르르 물속으로 사라지고 말았다. 눈 깜짝할 사이였다. 중호는 정신이 없었다. 그래도 본능적으로 이담이 사라진 지점에 잠깐 시선을 모았다가 물이 흘러가는 속도만큼씩 시선을 이동시키면서 뛰었다. 옷자락이나 팔이나 다리가 보일까 싶어서. 그러나 이담의 몸뚱이는 물 위로 떠 오르지 않았다. 언뜻언뜻 흙탕물과 다른 색깔이 물속에 보인 듯도 싶었다. 그렇게 몇 분의 시간이 흐른 뒤, 그게 십 분인지 이십 분인지 알 수 없지만 중호는 물 위의 어느 곳에 시선을 줄지 몰라 우두망찰해져 버렸다. 조금 전의 일이 없었던 일처럼 믿어지지 않았다.(125쪽)

사고사를 목격하는 일은 언제나 고통스럽다. 힘난한 역사의 질곡을 헤쳐온 이담의 삶은 뇌전증으로 인해 항상 위태로웠다. 뇌전증을 바라보는 인식도 좋지 않았던 어두운 시대였다. 우리의 역사가 상처받고 단절된 곳에 고통스러운 이 땅의 사람들이 있었다. 이담은 개울물이 흐르는 둑길을 따라 걷다가 나뭇등걸처럼 넘어졌다. 평상시 같으면 적절한 처치를 했을 텐데 급작스럽게 나타난 뇌전증으로 인해 그는 물속으로 사라지고 말았다. 사고를 목격한 중호가 "이담이 사라진 지점에 잠깐 시선을 모았다가 물이 흘러가는 속도만큼씩 시선을 이동시키면서" 뛰었지만, 그는 물 위로 떠오르지 않았다. 위태로웠던 이담의 생이 개인사 속으로 사라진 것이다. 따뜻한 이성의 소유자였던 이담은 자신의 깊은 상흔을 안고 유명을 달리했다. 이제 이담은 중호의 기억 속에서 과거를 끊임없이 소환하는 대상이 됐다. 가장 아픈 시절 함께 공유했던 시공간에 그는 영원히 존재한다. 그리고 중호의 기억 속에서 그는 새로운 삶을 만드는 존재로 거듭난다. 그와 함께했던 시간을 중호는 떼어낼 수 없음을 안다.

> 빗물 속에 이담의 영혼이 녹아 있다고 믿었다. 비가 내리면 지상에서 사라진 생명체들이 빗물 속에 녹아들어서 물이 필요한 다른 생명체들 속으로 빨려드는 것이라고 믿었다. 초목과 짐승과 벌레들에게 물과 함께 스며든다고 믿었다. 자욱하게 쏟아져 내리는 비는 모든 생명체가 교류하는 시간이었다. 비가 올 때면 그는 만사를 제겨두고 밖으로 나갔다. 지상을 떠난 생명체들이 빗물을 통해 통합되고 나누어지는 풍경을 지켜보는 것은 장엄한 축복이었다.(128쪽)

소설의 에필로그에서는 노년의 중호를 통해 과거의 시공간 속에 존재했던 인물들이 소환된다. 그들을 이 세상에서 떼어낼 수 없음을 중호는 빗줄기를 바라보며 인식한다. 이러한 인식은 불교의 윤회 사상을 떠올리게 한다. 그리고 이담의 영혼이 빗물 속에 녹아 흐르고, 다른 생명체로 살아나 지금 여기에 존재한다고 믿는다. 중호는 비가 내리는 공간으로 "모든 생명체가 교류하는 시간"이 흐른다고 생각한다. 과거의 기억에서 의미를 찾지 못하면 삶은 공허할 수밖에 없다. 현재의 '나'는 과거의 상흔을 딛고 만들어졌다. 이와 같은 태도로 "빗물을 통해 통합되고 나누어지는 풍경을 지켜보는 것은 장엄한 축복"이다. 삶의 기록은 혼자서 쓸 수 없다. 필연적으로 타자와 만나 함께 쓰는 것이 실존적 삶이다. 줄기차게 내리는 빗줄기는 과거의 발신자가 현재의 수신자인 '나'에게 보내는 기호이다. 내리는 비를 하염없이 바라보는 노년의 중호가 뜨거웠던 당시 그곳의 삶을 잠들지 않는 기억으로 깊게 응시한다.

   박홍은 K-문학 장에 『빗물 속에 영혼이 녹아 있다면』이라는 뛰어난 한 편의 성장 소설을 등재했다. 소설은 삶의 주체가 기투하는 방식을 치밀하게 보여준다. 그리고 실존주의적 존재의 본질에 심오한 질문을 던진다. 이제 우리는 박홍의 소설로 당시 그곳의 삶을 새롭게 정의해야 한다.

박 홍 장편소설
빗물 속에 영혼이 녹아 있다면

초판 1쇄 발행 | 2025년 3월 20일
초판 2쇄 발행 | 2025년 4월 30일

지은이 박 홍
펴낸이 문정영
펴낸곳 시산맥사
편집주간 김필영
편집위원 최연수 박민서
등록번호 제300-2013-12호
등록일자 2009년 4월 15일
주소 03131 서울특별시 종로구 율곡로 6길 36. 월드오피스텔 1102호
전화 02-764-8722, 010-8894-8722
전자우편 poemmtss@hanmail.net
시산맥카페 http://cafe.daum.net/poemmtss

ISBN 979-11-6243-560-1 (03810) 종이책
ISBN 979-11-6243-561-8 (05810) 전자책

값15,000원

* 이 책은 전부 또는 일부 내용을 재사용하려면 반드시 저작권자와 시산맥사의 동의를 받아야 합니다.
* 이 책은 교보문고와 연계하여 전자북으로 발간되었습니다.
* 본문 페이지에서 한 연이 첫 번째 행에서 시작될 때에는 〈 표기를 합니다.
* 저자의 의도에 따라 작품의 보조 동사와 합성 명사는 띄어쓰기가 달라질 수 있습니다.